완벽하지 않은
너를 사랑해

완벽하지 않은 너를 사랑해

발행일	2017년 8월 11일

지은이	김 소 린
펴낸이	손 형 국
펴낸곳	(주)북랩
편집인	선일영 　　　편집　이종무, 권혁신, 이소현, 송재병, 최예은
디자인	이현수, 김민하, 이정아, 한수희　　제작　박기성, 황동현, 구성우
마케팅	김회란, 박진관, 김한결
출판등록	2004. 12. 1(제2012-000051호)
주소	서울시 금천구 가산디지털 1로 168, 우림라이온스밸리 B동 B113, 114호
홈페이지	www.book.co.kr
전화번호	(02)2026-5777　　　　　　　팩스　(02)2026-5747

ISBN 　979-11-5987-734-6 03810 (종이책)　　979-11-5987-735-3 05810 (전자책)

이 도서의 국립중앙도서관 출판예정도서목록(CIP)은 서지정보유통지원시스템 홈페이지(http://seoji.nl.go.kr)와
국가자료공동목록시스템(http://www.nl.go.kr/kolisnet)에서 이용하실 수 있습니다.
(CIP제어번호 : CIP2017019681)

(주)북랩 성공출판의 파트너

북랩 홈페이지와 패밀리 사이트에서 다양한 출판 솔루션을 만나 보세요!

홈페이지 book.co.kr ・ **블로그** blog.naver.com/essaybook ・ **원고모집** book@book.co.kr

딸에게 들려주는 인생 이야기

김소린 에세이

완벽하지 않은
너를 사랑해

북랩 book Lab

점심을 먹고 있던 어느 날, 작은 방에서 부엌으로 쏜살같이 걸어 나오던 너…. 그날을 잊을 수 없다.

심신이 건강한 인간이라면 누구나 하는 그 당연한 일이, 말 못할 벅찬 감동으로 다가올 수 있다는 사실이 놀라웠다.

걸음마를 시작할 때 결코 엄마의 손을 놓는 법이 없었던 너. 언제쯤 엄마 손을 내려놓고 자유롭게 네 길을 걸어 다닐까 했는데….

누군가는 자주 이런 말을 했다.

"언제 다 키워…."

육아서를 옆에 끼고 살고 미리 공부했어도 내 눈으로 보는 너는 항상 처음이었고 신선했다. 매 순간이 잊을 수 없는 추억으로 바뀌는 황홀한 경험이었다. 엄마를 향한 너의 순수한 눈은 '나'라는 존재를 다시 한 번 돌아보게 만들었지. 이제 그 아기는 어여쁜 숙녀로 자라고 있다.

너만의 길을, 꿋꿋하게 걸어갈 수 있기를….

깜깜한 새벽은 내가 좋아하는 시간이다.

세상은 고요하다.

낮은 불 하나를 켜고 만트라를 틀면

애쓰지 않아도 나는 깊은 내면으로 점점 미끄러져 들어간다.

자 이제부터 쓰자, 라는 결심이 없어도

그저 식탁에 앉아 글을 쓰게 된다.

20대 중반, 나는 직장 생활을 하고 있었다. 후들거리는 다리로 퇴근하며 생각했다. 열심히 일하고 최선을 다해 살 것을 요구받지만 막상 그 끝에는 아무것도 없다는 허무함만이 가득할 때 나는 도대체 어디에 말뚝을 박고 나머지 인생을 살아가야 할지 막막했다. 왜 삶을 살아내야 하는가에 대한 의문이 머릿속에 선명하게 박혀 있었다. 한두 번 생각하다 답 없음으로 정해버리고 돌아설 수 있었지만 왠지 나는 그렇게 되지가 않았다. 이 답을 찾지 못한 채 그냥 살아가는 것은, 주는 대로 먹으며 갇혀 사는 우리 속의 동물처럼 느껴져 수치스럽기까지 했다.

완벽주의자였던 나는 온갖 마음의 병을 달고 살았다. 허기야 완벽주의에 집착한다는 것 자체가 자신의 결점을 감추고 부끄러워한다는 반증이긴 했다. 이대로라면 더 나이를 먹는다 해도 나아질 것이 없겠다는 절박함의 끝에서 나는 아슬하게 매달려 있었다.

자신을 끝까지 몰아세우면서도 만족하지 못하는 너를 볼 때면 역시 피는 못 속여, 라고 속으로 뜨끔하면서도 점점 젊은 날의 나를 닮아가는 너에게 놀랄 때가 한두 번이 아니었다.

딸아, 이 글은…:

마음은 진아가 아닌 줄 알면서도 돌아서고 나면 그 마음 때문에 분노하고 좌절하고 물에 젖은 신문지 마냥 축 늘어져 있던 시간들의 창피한 기록물이다. 이쯤 했으면 풍월을 읊을 순 있을 거야, 싶었던 마음이 무색하게 매 순간 빼야 할 힘이 더 남아 있었고 인정해야 할 게 더 남아 있었으며 내려가야 할 곳이 더 남아 있었던 시간들에 대한 고백이다.

무엇보다 답을 찾기 위해 헤매던 길 위에서 만난 사람들과 경험과 깨달음은 값진 것이었단다. 마땅히 알아야 하지만 늘 우리 안에 있어왔기에 알 필요를 느끼지 못했던 원래의 나를 찾아 떠나는 여행을 이제 시작하려 한다.

차 례

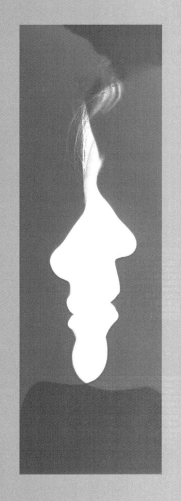

첫 번째 이야기

사랑, 그 흔하고도 낯선 이름

네 존재만으로도 충분해

결혼 전까지 수많은 사람들을 만났고 이백 명에서 삼백 명까지의 인맥들이 늘 내 전화번호를 채우고 있었다. 모든 사람들을 가리지 않고 두루 만나고 다녔지만 누군가가 내가 그어놓은 선 안으로 들어와 가족처럼 가까워지는 관계는 막상 두려워했다.

그의 목소리에서 묻어 나오는 여유와 유머가 좋았다. 그날 나는 많이 웃었다. 아주 오래 전부터 알아왔던 사람처럼 편안했다. 흔하지 않으나 그다지 세련된 느낌도 아닌 갈색 정장에, 좀 무딘 인상을 풍기게 하는 두꺼운 뿔테 안경을 끼고, 바람에 날려 정돈되지 않은 머리 그대로 허겁지겁 카페에 들어서는 그의 첫인상은 아주 평범했다. 신경 쓰지 않은 그의 옷차림은 소개팅을 하러 나온 차림 같지 않았다. 그래서 더 의문스러웠는지 모른다. '도대체 뭐가 더 있길래?'

유머는 연습한다고 나아질 수 있는 자질도 아니고 그 사람을 반짝이게 하는 최면 같은 작용을 하기 때문에 나는 종종 유머가 넘치는 사람에게 끌렸다.

하지만 기대를 하며 새로운 누군가를 만나기 위해 자리에 앉아 있으면서도 어느 순간 상대의 결점을 하나하나 들추어내어 만나지 않을 구실을 찾아내기 시작하는 이상한 딜레마에 빠져 있었다. 점점 사이가 가까워질수록 인간관계 속에서 느끼는 두려움이 다시 스멀스멀 기어 올라왔다. 그럴 때마다 나는 연락을 끊고 잠수를 탔다. 그렇게 정상적으로 보이게 살다가 어느 순간 잠수를 타는 식으로 양극단을 오가며 서서히 현실에 적응해나갔다. 들쑥날쑥한 내 심리를 묵묵히 지켜봐준 그때의 그는 지금 내 옆에 같이 살고 있다.

20대 때 나의 일기 속에는 열정과 꿈과 순수로 뭉쳐진 아름다운 친구들이 많이 등장한다. 그들을 만난 뒤에도 집으로 돌아오면 여전히 남아있는 허무함에 매번 놀라는 내가 나온다. 친구들의 웃음소리와 내 끝도 모를 허무함은 너무도 극명하게 대비되었다. 아직도 그때의 감정이 생생하다.

유년시절, 나는 무엇이든 참고 인내하는 아이로 자라났다. 어디에도 내 아픔을 드러낼 탈출구를 찾을 수 없었다. 내면이 내는 소리를 애써 외면해야 했고 아픔에 대해서는 침묵하는 아이로 자라났다. 지금 생각해보면 그때의 나는 병명을 몰랐을 뿐, 위염, 공황장애, 결벽증, 강박증, 고소공포증, 폐쇄공포증, 대인공포증, 우울증까지 골고루 마음의 문제를 떠안고 있었다. 몸은 신호를 보내는데, 정작 내 마음 안에서는 어떤 소리도 내지 않았다. 마치 혀가 잘려버린 아이 같았다.

어른이 되어서야 그런 나 자신을 살펴보고 돌보며 그랬구나, 하고 스스로를 안아 주었다. 내가 하고 싶어 하는 것도 하게 해주었다. 누구나 할 수 있는 이 쉬운 일을 나는 잘 못하고 살았다.

지금은 별 희한한 사람을 만나고 집으로 돌아온다 해도 그것이 내 삶에 어떤 영향을 주지는 않는다. 만남 뒤의 극명한 허무함도 더 이상 느낄 수 없다.

온라인 명상카페 동아리에서 처음 만났던 우리 다섯 명은 종교인, 치과의사, 대학생, 백수에 학원 강사까지 다양한 사람들이 섞여 있었다. 우리는 서로의 사회적 배경이나 외모, 취미, 개인 취향, 성향 등 에고에 관한 것들에는 별로 궁금해 하지 않았다. 그 대신 삶에 대한 근본적 의문이 생길 때면 밤낮을 가리지 않고 가상공간에서 만나 답을 찾기 위한 토론에 열중했다. 생각으로 생각을 하나씩 제거해 나가는 철저한 과정 후 우리는 더 이상 말이 필요 없게 되었다. 그렇게 몇 년이 지난 후 처음 만났지만 어색하지 않았고 우리 사이에는 따뜻한 공기가 흘렀다. 어느 날 치과의사가 자신의 집으로 초대했다. 그녀의 집은 양산 통도사 근처였다. TV 대신 가야금이 놓여진 그녀의 집은 소박했고 작은 마당이 있는 평범한 시골집이었다. 밤이 내려앉을 무렵 우리는 간단히 저녁을 먹고 산책을 나갔다. 여의사는 통도사 쪽으로 이어지는 지름길을 가르쳐주겠다며 길을 안내했다. 개울길을 따라 걷다가 작은 다리 밑을 지날 때였다. 한 도반이 허공에 몇 번 손짓을 하더니 내게 주먹 쥔 손을 내밀어주었다. 그의 손 안에는 놀랍게도 반딧불이가 붙어 있었다. 그제야 근처에 반딧불이 여기저기 날아다니는 모습이 서서히 보이기 시작했다. 은은한 달빛에 자연의 실루엣이 드러났다. 도반들의 실루엣도. 모든 것이 더할 나위 없이 완벽했다. 도대체 뭐가 더 필요할까.

그들 중 한 명은 세도나로 자신을 찾아 떠났고 또 한 명은 어느 시골로 떠났으며, 여전히 자신의 자리를 지키고 있는 다른 한 사람이 있는가 하면 나머지 한 명은 이제 이 세상에 없다. 나에게서 모성애가 느껴진다며 나를 잘 따르던 그 아이는 죽기 한 달 전 통화에서 한결 편안해진 목소리를 들려주었다. 얼마나 고마웠는지….

누군가에게 도움을 주었던 순간을 떠올려 보면, 그때 나는 어떤 생각도 없이 그저 가슴이 시키는 대로 무작정 뛰어들었다. 나에게 조금이라도 생각할 시간이 주어졌다면 나는 머뭇거렸을 지도 모른다. '이 돈이면 옷 한 벌을 살 수 있는데, 이 시간이면 카페를 가거나 소파에 누워 쉴 수도 있는데.'라면서 말이다.

타인을 살리고 대신 죽은 의인들을 생각해보면 이해가 된다. 그들이 뛰어들었던 순간에 자신의 안위나 사후에 대한 한 생각이라도 했다면 그런 의로운 행동은 일어날 가능성이 거의 없다.

생각은 끊임없이 분류하고 나누고 비교하는 성질을 띤다. 무엇보다 생각은 에고를 위해 존재한다. 반면 가슴은 모든 것을 융합하고 끌어안아 하나로 녹여내는 힘을 지녔다. 가슴은 너와 나를 나누고 신분, 이념, 재력 등등에 따라 등급을 매기지 않는다. 그래서 내가 생각을 골똘히 하는 유일한 이유는 오로지 생각을 깨뜨리기 위함이다.

몰라서 순수한 상태로 남아있는 것과 앎이 끝나는 곳에서 시작되는 순수는 어떻게 다를까. 결국은 다 같은 순수가 아닌가.

무지해서 순수한 상태로 남아있는 사람들은 혼자만 행복하다. 하지만 치열한 내면의 고통을 딛고 일어선 순수는 타인의 고통에 같이 공감한다. 그들은 모두를 끌어안는다.

예전에는 수많은 사람들을 만나다 보니 자꾸만 눈에 걸리는 사람들이 있었다. 이상한 습관을 가진 사람들, 자신밖에 안 보이는 사람들, 아무 말 없이 냉소적으로 자리만 지키는 사람들, 너무 튀는 사람들…. 그런 사람들을 그냥 보아주기가 힘들었다. 다시 말해 내 안에서도 보기 싫은 내가 있었던 것이다. 인간은 자신만의 필터로 세상을 보지 않는가. 사람들을 검열하는 그 눈으로 내 자신도 검열해왔다. 타인에 대해 판단하는 것은 나 자신에 대해 그렇게 판단하고 있다는 반증이다. 그것을 깨달은 후, 점점 사회가 가르쳐주었던 온갖 관념들을 하나씩 도로 벗어던지기 시작했다. '그래도 사회가 주었던 안정감이라는 것이 있는데 이래도 될까.'라는 불안에 잠깐 사로잡힌 적은 있으나 점점 나는 진정한 자유로움을 맛보게 되었다. '원래의 나'라도 아무 문제가 없다는 것을.

자신을 사랑한다는 것은 아무 조건 없이도 그저 자신과 잘 지낼 수 있다는 것. 보통 사람들은 자신의 장점에 대해선 누가 뭐라 하지 않아도 자만에 넘칠 정도다. 하지만 결점에 대해서도 여전히 수용할 수 있는가. 나의 실수, 나의 미운 모습, 열등감, 꼬여 있는 마음 조각들까지 다 있는 그대로 인정하고 봐줄 수 있는지. 그렇게 할 수 있을 때 진짜 사랑이 시작된다. 그때서야 나와 다른 타인의 모습도 수용할 수 있게 된다.

누구도 필요하지 않은 채로 나 자신과 잘 지낼 수 있어야 다른 사람을 만나서도 여전히 잘 지낼 수 있다. 나에게 부족한 부분을 채우기 위해 누군가를 만난다면 나는 곧 그에게 매이게 된다. 더 이상 자유롭지 않게 된다. 30대, 40대 나이가 들어갈수록 친구를 만나는 것도, 이성을 만나는 것도 어려워지는 이유는 그냥 있는 그대로의 친구를 만나기가 힘들기 때문이다. 필요에 의해 만나고 채우기 위해 만나다 보니, 만나기도 전에 '조건'들이 한없이 늘어난다.

친구들과 휴가가 서로 맞지 않아 혼자 여행을 떠났다. 처음은 두려웠지만 몇 시간이 지나지 않아 적응하게 되었다. 조용하고 여자 혼자 다녀도 비교적 안전할 만한 곳을 골라 다녔다.

안동 하회마을에 갔을 때의 일이다. 퇴근 후, 바로 출발하는 바람에 도착했을 때는 이미 캄캄한 밤이었다. 시골은 밤이 더 일찍 찾아온다. 예약했던 숙소의 주인장이 마중 나와 있었다. 넓은 마당을 끼고 있는 기와지붕의 고재 한옥이었다. 주인장은 설명을 간단히 하더니 사는 집이 따로 있는지 바로 나가버렸다. 이 넓은 집에 나 혼자라니. 순간 당황했지만 오히려 호기심이 발동했다. 여기저기 기웃거리며 오래된 한옥에서 나는 냄새를 즐겼다. 내 방은 가운데 있는 큰 마루를 두고 오른쪽 방이었는데 전통무늬의 이불이 곱게 깔려 있었다.

이불 밑으로 손을 넣어보니 따뜻했다. 한옥이라는 것이 실감났다. 북쪽으로는 뒷마당이 보이는 창이 있었고 동쪽에 있는 다락문을 열었더니 거짓말처럼 입구까지 거미줄로 꽉 차 있었다. 자연이 만들어낸 현실이 내게는 마치 영화 세트장처럼 보여 오히려 웃음이 났다. 다락문 옆에 문이 하나 더 있어 열어보았더니 어마하게 큰 부엌이 나타났다.

모두 불이 켜져 있지 않으니 어둠 그 자체였다. 무서울 법도 한데 이상하게 사방으로 문이 난 그 방에서도 무섭지가 않았다. 따뜻한 온돌방이 옛날을 떠올리게 했다. 새벽까지 한 번도 깨지 않고 깊은 잠을 잤다. 한없이 숭고한 것도 인간의 모습이요, 한없이 악한 것도 인간의 모습이다. 그래서 귀신이 아니라 인간이 더 무서울 때가 있다.

새벽에 눈을 떠 창을 열었더니 뒷마당에 소담스레 심어놓은 꽃들이 기와 담장에 곁들여져 보였다. 한옥에 살아보지 않아 그럴까. 하나같이 현실감이 없었다.

마을을 끼고 도는 강가로 나갔다. 부드럽게 돌아가는 물결, 바람에 서로를 비벼대는 풀 소리, 가끔씩 왔다가는 이름 모를 새… 정적이 흐르는 자연 속에 오래도록 머물러 있다 보면 어느 순간, 자연이 엄청나게 확장되는 것을 느낀다. 온 존재가 꽉 들어차는 느낌이다. 잊을 수 없는 순간이 된다.

현실에서는 인간은 자신을 고요 속에 홀로 내버려두지 않는다. 끊임없이 무언가를 찾아 헤맨다. 완전한 고요가 찾아들면 인간은 내면에 아무것도 없는 자신, 혹은 보고 싶지 않은 자신을 보게 될까 봐 두려워한다. 하지만 한번쯤은 그 단계를 뛰어넘어야 진짜 자신을 발견할 수 있다. 인간이 찾아 헤매기 때문에 발견할 수 없을 뿐이다. 찾으려는 마음까지 다 내려놓는 순간, 원래의 진아는 그 모습을 드러낸다. 지극한 평화를 만나게 된다.

그런 의미에서 혼자 떠나는 여행은 자신의 깊은 내면을 자연스럽게 들여다볼 수 있도록 도와준다. 외부로 빠져나가는 에너지 없이 오로지 나에게만 집중할 수 있도록 도와준다. 나중에는 혼자 떠나는 여행을 즐기게 된다.

누군가를 만나기 전에 내 자신을 만날 준비가 되었는지 먼저 묻고 싶다.

사랑도 훈련이 필요하다

타고난 여자의 직감에, 오랜 명상으로 발달된 직관까지 더해져 나는 내 가까운 미래 정도는 그냥 알아질 때가 있었다. 그래서 3년째 아이가 생기지 않아도 언젠가 아이가 내게 오리란 건 의심하지 않았다.

시어머님은 주위에서 난임으로 고생하며 어렵게 아이를 낳은 상황을 지켜봤던 터라 내가 결혼한 지 1년도 채 안 된 어느 날, 이렇게 말씀하셨다.

"검사 한번 받아봐라. 미리미리 해놓으면 좋잖아."

그 말씀이 내 무의식 속 불안을 확 끌어당겼다.

내가 느끼는 의식 속에서는 나는 별 문제가 없었다. 어머님은 필요한 말씀을 하신 것이고 나는 아직은 병원의 힘을 빌리고 싶지 않으니 좀 더 기다려보리라 생각했었으니까. 어머님을 뵐 때는 마음의 평정이 쉽지 않았지만 그것이 내 삶 전반을 흔들어놓지는 않았다. 그런데 무의식에서는 아니었다. 무의식이 어떤 상태인지는 그일이 완전히 해결되어 떨어져 나갈 때에야 비로소 알 수 있게 된다. 만 3년이 넘어가면서 나는 시어머님을 뵐 때마다 강한 죄책감을 느끼기 시작했다. 남편과 동갑이라 당시 우리 둘 다 이미 33세였는데 어머님은 그래도 스트레스를 주지 않으려 조심하시는 게 느껴졌다. 다만 시댁에 갈 때마다 내가 스스로 만들어내는 압박감은 나도 어쩔 수 없었다. 아무리 긍정적으로 생각하고 부정적 생각을 몰아내도 가슴에 무언가 걸려있는 무게감까지 지울 수는 없었다.

나는 아기가 생길 것이라는 확신은 있었지만 그것이 언제가 될지는 알 수 없었고 그때까지 나를 자책하며 사는 건, 이제 그런 인생은 지긋지긋하다는 결론을 내렸다. 남편에게 다음 달까지도 임신이 안 되면 그만 이혼하자는 얘기가 결국은 내 입에서 튀어나오고 말았다. 마음의 준비를 해놓자는 거였다. 그날 밤, 남편은 술에 취해 내게 전화를 걸어 흐느끼며 말했다.

"나는 공장에서 찍어내는 것 같은 그런 아기를 원하지 않았어. 그때까지도 아기가 안 생기면 그냥 우리끼리 어디 멀리 가서 살자."

흐느낌으로 범벅이 된 남편의 목소리는 겨우 알아들을 수 있었다. 내가 이혼을 결심하며 모든 걸 내려놓았던 그때쯤, 남편이 처음으로 내 앞에서 펑펑 울었던 그때쯤, 우리에게 거짓말처럼 딸이 찾아왔다. 임신 여부를 확정받기 위해 난임 클리닉을 다시 찾아갔던 날, 왜 지금까지 모르고 있었냐며 임신을 해놓고도 의사에게 벼락호통을 맞았던 그때가 되어서야 알게 됐다. 야단을 맞고 있는데도 왠지 시원한 느낌이었다. 오래도록 나를 짓누르던 마음의 무게가 쑥 빠져나갔다.

살면서 우리가 이혼을 입에 올린 일은 거의 없다. 우리는 거의 싸우지 않았다. 막상 큰 일이 닥쳤을 땐 그 일을 수습하는 것이 최우선이 되었다. 당연히 냉철하고 이성적으로 대처할 수밖에 없다. 오히려 부부는 같은 편이 되어가며 서로에게 동지애를 느낀다. 우리 부부가 겪은 일은 특수한 상황이 만들어낸 경우이다. 일반적으로는, 일상에서 매일매일 쌓이는 작은 일, 작은 오해가 진짜 부부를 갈라놓는 원인이 된다. 시간에 쫓겨서, 작고 사소한 일이라서, 속 좁아 보이기 싫어서 그때그때 해결하지 않고 넘어가다가 점점 부부 사이의 틈을 만들기 시작한다.

남편은 신혼 초부터 뭔가 대화를 하려 하면 매번 못들은 척하거나 잠들어버리거나 TV를 보는 식으로 회피해 버렸다. 이상했다. 부부가 대화를 하면 마치 반드시 싸우게 되어 있다는 공식이라도 있는 것처럼 매번 도망만 다녔다. 그냥 나의 생각과 그의 생각을 교환하고 조율하면 그만인 간단한 문제들까지도 늘 대화 자체를 거부했다. 그에게는 사회에서 배운 고정관념들이 아주 많은 듯했다. 나를 지켜보고 나에 대해 알아가겠다는 생각은 아예 없고 사회에서 보는 전형적 '와이프'라는 고정관념으로 나를 바라보는 듯했다. 답답했다.

지금 와 생각해보면 남편 역시 사회에서 상처를 받고 사람을 못 믿게 되었던 게 아닐까. 하지만 그렇게 피해 다니다 보면 삶을 백퍼센트로 진하게 살 수 없다. 적당히 미지근하게 살아가게 된다. 좋은 것도 나쁜 것도 아닌, 아무 일도 없었다는 듯 매 순간이 낭비되고 있다.

행복했던 순간은 잘 모르고 지나가는 경우가 많은 반면, 나쁜 기억은 강렬하게 오래도록 기억에 남는다. 많은 사람들이 행복한 순간을 그냥 일상의 한순간으로 평범하게 받아들이며 지나가버린다. 나쁜 기억은 똑같은 일을 다시 겪지 않기 위한 생존 본능에서라도 잘 잊혀지지 않는다. 그렇다 해도 언젠가 삶의 뒤안길에서 돌아볼 때 온통 나쁜 기억밖에 없다면 삶이 참 처량해질 것 같다.

오십을 바라보는 동갑내기 우리 부부는 비록 사회생활에서는 십 대처럼 천방지축으로 행동할 순 없어도 집에서만큼은 순수한 아이로 돌아간다. 지위에 맞게 행동할 필요도, 나이와 성별에 맞춰 행동할 필요도 느끼지 못한다. 남편은 종종 안아달라며 귀여운 막내아들 역할을 하고 나는 고약한 엄마처럼 보이지만 사실은 다 귀엽게 봐주는 엄마 역할을 도맡아 한다. 설정이라기보다는 즐겁게 놀다 보니 각자에게 맞는 역할을 찾았다고나 할까.

남편이 출근하기 전, 우리 부부는 늘 뽀뽀를 하거나 안아주거나 장난스럽게 서로의 엉덩이를 토닥여준다. 남편이 보이지 않을 때까지 손도 흔들어준다. 그런데 가끔씩 사이가 냉랭해지면 그게 뭐라고 사이가 나빠진 원인이 마음에 걸리는 게 아니라 뽀뽀도 안하고 출근을 시킨 게 훨씬 더 마음에 걸린다. 스킨십은 아마도 우리 사이의 강렬한 상징 같은 존재가 된 것 같았다. 육체적 거리는 마음의 거리와 분명 밀접한 관계가 있다.

딸 친구의 엄마들과 얘기하던 중, 요즘 사춘기로 접어든 딸과 사이가 소원해지면서 스킨십을 한 지가 언젠지 기억도 안 난다는 말을 들었다. 15세에 벌써 남처럼 느껴지는 딸이라니. 안타까웠다.

가족 간에 조금씩 쌓이는 섭섭함과 충돌이 관계를 어색하게 만들고 스킨십에도 영향을 미친다. 한번 놓쳐버리면 좀처럼 회복하기 힘든 게 사랑에 대한 표현이다. 그래서 더더욱 평소에 많이 안아주고 많이 표현하려 애쓴다.

남편과 내가 제대로 된 대화를 나누고 톱니바퀴처럼 마음을 맞춰 걷기까지는 오랜 시간이 걸렸다. 물론 공유할 수 없는 부분은 각자의 영역 그대로를 인정해주었다.

남편도 시간의 흐름에 따라 마음의 여유가 생겨나게 된 것 같다. 좋아하는 취미를 하면서 힐링이 되었던 것도 있지만 삶의 여러 굴곡들을 함께 겪으며 남편은 조금씩이지만 확실히 나아지고 있다.

나와 대화란 걸 하려고 노력하고 딸의 근황도 궁금해 하고 '부탁하지도 않은 일'까지 알아서 하는 아주 생소하지만 긍정적인 변화를 이어가고 있다.

예전에는 남편은 오로지 돈 버는 일만 했고 나는 그 외의 모든 일을 담당했다. '그 외의 모든 일'이 생각보다, 내 육체적 한계보다 너무 많았다는 것이 문제였지만.

가전제품이나 집안의 전기 시설들이 고장나도 남편은 한 달이 넘어가도록 모른 척 할 때가 많았다. 한두 번 얘기하다 안 되면 나는 포기해버렸다. 그럼 불이 안 들어오는 채로 혹은 고장난 채로 그냥 살았다. 그러다 보니 전기 관련 제품이 아니면 웬만한 건 내가 다 고쳐 쓰게 되었다. 결국은 못을 박고 전기톱을 쓰는 일도 내가 다하게 됐다. 어쨌든 인간은 상황에 맞춰 살게 되어 있다.

지금은 딸이 다 컸으니 내가 돌봐줘야 할 부분이 아주 많지는 않다. 하지만 채원이가 어렸을 때는 육아와 집안일을 병행하는 것이 결코 쉽지 않았다. 노산이었던 나는 몸이 완전히 회복되기까지 몇 년이 걸렸다. 집안일을 도와주는 것까지는 바랄 수도 없었다. 그저 일을 만들지만 않아도 좋을 텐데 남편은 자꾸만 사고를 쳤다.

허리가 아직 회복되지 않아 조금만 무리해도 허리가 끊어질 듯 아팠던 출산 직후부터 2, 3년간 나는 밤에 채원이를 재우면서 제일 마음을 졸였다. 겨우 재워서 내려놓으면 공교롭게도 딱 때 맞춰 남편이 퇴근하면서 문을 꽝꽝 닫고 다녔다. 그러면 채원이는 어김없이 "앙!" 하고 울며 선잠에서 깨어났다.

다시 재우는 동안, 눈물이 저절로 솟구칠 만큼 허리가 아파오기 시작했다. 아무리 얘기해도 남편은 전혀 공감하지 못했고 그 버릇은 최근에 와서야 고쳐지기 시작했다.

나는 분명 너무 예민한 나와 반대의 모양을 한 그가 좋아서 끌렸다. 장점으로 보였던 그의 둥글둥글함이, 살면서 무심함으로 드러나는 순간들이 점점 늘어났다. 하지만 이제는 그 동그라미 그대로를 인정한다.

'너는 왜 동그라미야?'라고 묻는 것이 무슨 의미가 있겠는가. 그저 내 마음에 동그라미를 던져 넣을 뿐이다.

갈수록 미혼 여성들의 결혼에 대한 필요성이 희박해지고 있다. '결혼하고 아이를 낳지 않으면 어른이 안 돼.'라는 옛 말씀에 나는 그다지 동의하고 싶지는 않다. 모든 인간은 자신 앞에 놓인 길이 있고 그 길에서 깨달을 준비가 되어 있다고 나는 믿는다. 속도의 차이일 뿐, 결국 겪을 일은 겪게 되고 돌아가더라도 깨닫게 되어 있다. 이 길만이 깨달음으로 가는 일이라 생각한다면 그것은 오만이다. 중요한 것은 무엇을 선택하느냐가 아니라 자신이 내린 선택 안에서 매 순간 어떻게 존재하느냐이다. 결혼을 하든 싱글로 살아가든 필요에 의해 만나는 이익관계 외에, 서로의 거울이 되어줄 진정한 관계를 맺으며 살아가느냐가 더 중요할 뿐이다. 그리고 그런 관계 이전에 자신을 알아가는 것이 더 먼저다.

비록 좌충우돌, 실수투성이, 상처투성이 결혼 생활을 연명해왔지만 나는 매 순간 많은 걸 배운다. 남편과 딸과의 관계 속에서 사랑이 어떻게 지켜질 수 있는 지를.

곁에 있어 보이지 않았던 것들

근무시간의 대부분을 앉아서 일하는 남편이 퇴근하고 돌아오면 굳어버린 어깨와 목을 정성스럽게 풀어주던 때가 있었다. 낮에 전화로 안부를 물어오는 남편에게 꿀 떨어지는 목소리를 남발하던 때가 분명 있었다. 원래 예뻤던 척, 티 안 나게 내추럴 메이크업을 하고 홈웨어를 한 벌로 입으며 약간은 긴장하던 때도 있었다.

"남편이 저녁을 먹고 들어온다고 하면 그렇게 좋을 수가 없어."라는 결혼한 선배들의 말을 들을 때마다 말똥말똥 눈만 깜빡거렸던 때가 있었다. 도저히 그런 일은 일어날 것 같지 않았다. 딸이 태어나기 전까지는.

아직 어린 딸, 끝없이 밀려드는 힘에 부치는 가사노동, 회복되지 않은 피곤한 몸, 무심한 남편, 늘 똑같은 일상, 나조차도 알아챌 수 없을 만큼 조금씩 남편이 미워지고 원망스러워지기 시작했다.

마음을 쓰고 돌보는 사람이 왜 항상 '나'여야만 하는지, 왜 나만 이해를 해야 하는지, 차곡차곡 쌓여만 가던 때였다.

그러던 중 남편이 갑자기 경기도로 발령이 났다. 다음날 바로 출발해야 했는데 남편의 근무지와 사택도 돌아볼 겸 우리는 함께 발령지로 향했다. 근무지에 들러 지점장님을 만나 인사를 했다. 그리고는 사택에 들러 필요한 물품을 사주고 청소와 정리를 해준 뒤 돌아오는 기차를 탔다. 남편을 타지에 홀로 남겨두고 오는 길이 편할 리 없었다. 좌석에 앉아 밀린 잠을 청해 보는데 가슴 깊은 곳에서 무언가 울컥 하며 올라왔다. 집을 옮겨야 할지 말아야 할지 결정을 하지 않은 상태라 마음이 뒤숭숭하긴 했다. 그런데 북받치는 눈물이 당황스럽게도 계속 흘러내렸다. 딸아이까지 괜히 울적하게 만들고 싶지 않아 참아보려 했지만 이미 주체할 수 없이 눈물이 흘러내리기 시작했다.

'도대체 뭐지?'

일상을 살아내느라 내 속에 남편에 대한 원망이 그렇게 컸다는 것도 그때 문득 깨달았다. 남편에 대한 온갖 섭섭함, 미움, 원망들이 어이없게도 맥을 못 추고 나가떨어지는 것을 지켜보면서, 생각보다 나의 원망이 컸음을 그때서야 알게 됐다. 이상하게도 무의식에 가라앉아 있던 원망이 한순간 나타났다가 갑자기 허망하게 사라져 버리는 현상을 지켜봤다. 비워진 남편의 자리가 내 가슴 속에서 덩그러니 느껴졌다.

부부싸움을 해서는 안 된다는 생각이 내 마음의 병을 키웠다. 드러내놓고 해결할 기회를 매번 놓쳤음을 인정하게 되었다.

남편 역시 나와 떨어져 있어 보니 힘든 게 한둘이 아닌 것 같았다. 다음 날부터 바로, "밤새 한숨도 못 잤어. 피곤해."라더니, 그 다음 날부터 남편은 아예 찜질방에서 잠을 잔다고 했다. 사택에서 혼자 지내다 보니 도저히 잠이 안 오는 모양이었다. 그는 외로움을 잘 타는 사람이었다.

"도저히 잠을 못 자겠어. 찜질방에서 자는 것도 하루 이틀이지, 당장 이사 와라."

난감했다. 결국 한 달도 못 돼서 부랴부랴 집을 구하고 이사를 하게 되었다.

우연히 휴가 얘기를 나누던 중, 남편이 내뱉은 말.

"내가 돈을 버니 휴가도 내가 써야지."

'이게 무슨 말이지?'

잠시 동안 멍하니 남편의 말을 잘 이해할 수 없었다.

그의 말은 휴가를 몽땅 골프를 치며 친구들과 보내겠다는 뜻이었다. 말문이 턱 막혔다. 마치 가사노동을 하는 사람은 휴가를 쓸 자격이 없다는 말처럼 들렸다. 남편이 그런 생각을 하는 줄은 꿈에도 몰랐는데 돌이켜보니 막상 휴가 중 반 이상을 그 혼자서 써왔다는 사실을 그제야 깨달았다.

'나는 왜 그런 사실을 인지하지 못했을까. 왜 한 번도 이 부당함에 대해 남편에게 얘기할 생각을 하지 않았던 걸까.'

이후 나는 휴가 때가 되면 혼자만의 여행을 떠났다. 보통은 1박 2일의 짧은 여행이었지만.

그때까지도 남편과 딸은 내가 의도적으로 연결해주지 않으면 같이 어울리는 일이 거의 없었다. '이러다 내가 없기라도 하면 저 둘은 과연 한 가족처럼 살아갈 수 있을까.' 라는 생각이 들곤 했다. 내가 아예 없는 것이 둘을 가깝게 하기에 제일 좋은 방법 같았다. 나의 여행이 '둘에게는 가까워지는 계기가 되겠지.'라는 생각이 들었다. 하지만 무엇보다 나 자신을 위해서였다. 오롯이 나만의 시간이 절실했다.

아직 캄캄한 새벽을 뚫고 미리 예약했던 스키 리무진 버스를 탔다. 채원이를 낳고 한동안 못 갔으니 말할 수 없이 좋았다. 평일이라 사방이 고요했다. 리프트를 탔다. 워머로 얼굴을 꽁꽁 숨겨도 칼바람이 얼굴을 때렸다. 그래도 좋았다. 오랜만에 산에서 내려다보는 설경에 푹 빠졌다. 나를 위한 삶은 없이, 빠듯한 일정으로 하루가 훅 지나가버리는 나날의 연속에서, 오로지 나와의 해후는 형언할 수 없는 감동으로 다가왔다. 추위가 온몸으로 파고 들 때쯤 오랜만에 속력을 즐기며 내려왔다. 플레이트에 눈이 부딪히며 사각거리는 소리가 너무 반가웠다. 고요함 속에 그 소리는 마치 확성기로 듣는 것처럼 극대화되어 내 귀를 간지럽혔다. 몸이 부드럽게 풀려갈 때쯤 상급자 코스로 올라갔다. 나는 거기서 내려다보는 것을 좋아했다. 시원하게 깎아지른 경사가 두려움을 느끼기에 딱 좋았다. 두려움은 그 어느 때보다 살아있다는 것을 확실히 느끼게 해주었다. 아마도 수많은 산악 등반가들이 죽음을 각오하고서라도 기어코 험준한 산맥을 오르는 이유와 비슷하지 않을까 싶었다. 나는 겁이 많은 사람이다. 하지만 겁이 많다고 해서 경험을 피해 다니지는 않는다. 두려움을 느끼는 마음보다, 두려움에 상관하지 않는 마음에 더 힘을 실어주기 때문에 그런 행동이 가능할 뿐이다. 그냥 서 있기도 힘든 가파른 슬로프를 빠르게 내려오는 매 순간들에 내 심장소리가 더해진다. 죽음을 가까이 느끼는 순간, 삶이라는 영역이 더 진하게 다가온다. 어느새 삶에 대한 각오가 저절로 올라온다.

스키는 일 년에 한번 나에게 주는 사치였다. 백화점에서 명품을 사는 것은 바라지 않아도 스키만큼은 겨울에 한번 나에게 주는 선물인 셈이었다.

마흔을 넘어서면서 추위를 유난히 많이 타는 나는 스키가 점점 버거워지는 나이로 접어들었다. 스키 장비를 어깨에 메고 왔다갔다 하는 것도, 무거운 스키부츠를 끌며 걷는 것도 점점 힘에 부쳤다. 뭐랄까. 노화를 느끼기 시작하는 나이가 되면서 나는 자연에 순응한다는 것이 무엇을 말하는지 조금씩 알아차렸다. 물론 그 좋아하던 스키를 타는 것이 부담스러워지긴 했지만 그렇다고 지금이 별로인 삶은 결코 아니다. 육체가 주는 선물은 한정적이지만 영혼이 주는 선물은 나이가 들어도 점점 넓어져 간다. 설산에서 내려다보며 뱉어냈던 삶에 대한 탄식들은 이제 날아가고 없다.

짧은 여행을 마치고 돌아올 때마다 어김없이 남편은 마중을 나와 주었다. 옆에 있는 딸의 고사리 같은 손을 꼭 잡고서. 나는 그 모습에 매번 눈물이 핑 돌았다. 그들을 힘껏 안았다.

내가 있을 때는 늘 나에게 미루기만 하던 남편이, 내가 없어지자 아빠의 자리를 만들어 나갔다. 첫 여행을 떠나던 날, 너무나 걱정이 되어 반찬도 만들어놓고 청소도 하며 떠나야 할 시간을 자꾸만 깎아먹고 있었다.

하지만 막상 여행에서 돌아와 보니 만들어 준 반찬 외에도 볶음밥을 해먹든, 시켜 먹든, 라면을 먹든, 어떻게든 끼니마다 잘 챙겨 먹었다. 딸은 아빠가 챙겨준 여러 가지 것들에 대해 재잘재잘 얘기를 이어갔다. 무엇보다 심하게 '엄마 바라기'인 딸마저도 나 없이 잘 지낸 것을 확인하고는 내심 놀랐다. 더 어렸을 때는 아빠에게 안기면 무슨 큰일이라도 난 것처럼 울어대곤 했었기 때문이다. 마중 나올 때 이미 엉엉 울고 있을 줄 알았는데 완전한 내 착각이었다. 의외로 딸은 씩씩했고 아빠와도 잘 지냈다. 마치 엄마가 마음이 힘들어 떠난 여행이라는 것을 어린 딸도 이미 다 안다는 듯 의젓하기만 했다.

모든 것이 나의 걱정이었고 내 불안이었고 내 두려움이었다. 막상 그들은 그 시간을 잘 살아냈다. 이번에도 역시나 두려움과 불안은 마음이 지어내는 '허상'이었다. 진작 이런 기회를 둘에게 주었더라면 지금보다 훨씬 더 돈독한 부녀 지간이 되었을 터인데 말이다. 도대체 내가 무슨 짓을 한 건지….

보여줄 수 있는 사랑

해마다 어김없이 돌아오는 기념일에 아마도 많은 사람들은 조금 씩 긴장이란 걸 하지 않을까. 어떻게 이 날을 넘겨야 할지, 뭘 사줘야 할지, 뭘 먹어야 할 지. 그러다 보니 기념일을 떠올리는 것 자체가 일종의 스트레스로 다가온다.

초등학생이었던 어느 가을, 엄마의 생신날이었다. 그날 아침, 나는 안절부절 못했다. 전 날부터 고민에 빠지기 시작했으나 해결책을 찾을 수 없었다. 생신선물을 사다드리고 싶은데 오빠나 남동생에게 얘기를 해봐도 듣는 둥 마는 둥이었다. 아버지에게 말씀드리고 싶었으나 어린 나의 판단으로는 모든 돈을 엄마가 관리했으니 아버지는 돈이 없을 것이라고 생각했던 모양이었다. 결국은 부엌에서 아침을 준비하는 엄마에게 쭈뼛쭈뼛 다가가 뭘 좀 살 게 있으니 돈이 필요하다는 얘기를 어렵게 꺼냈다. 엄마는 예상대로, "돈 없다."라고 잘라 말씀하셨다.

생신 당일이 되어서야 그런 말을 꺼낸다는 것이 내가 생각해도 참 웃기지만 중학생이 되기 전까지 돈이라곤 십 원도 가져본 적이 없는 내가 모아둔 돈이 있을 리 만무했다. 그렇다고 에둘러 말해 돈을 타내거나 아버지를 통해 선물비용을 마련할 수 있는 주변머리라도 있었다면 좋았겠지만 그런 쪽으로는 아예 눈치가 꽝이었다. 결국은 생신 선물을 포기하게 되었고 등교를 준비하는데 엄마가 나만 따로 부르셨다.

다른 자식들은 다 부모들에게 알아서 생신선물을 잘만 해주던데 어떻게 너는 그런 걸 할 줄 모르냐고 야단을 치셨다. 맞는 말씀이었는데 이상하게 억울했다. 지금 돌이켜보면 엄마의 말씀은 결국 아버지를 비롯한 모든 가족에 대한 섭섭함이었다. 어쨌든 그날은 나만 야단맞았다는 억울함과 어쩔 수 없는 현실 앞에 울면서 등교를 했다.

살면서 엄마는 이런 이중 메시지를 참 많이 흘리셨다.

"엄마는 희생하는 존재야. 너희들을 위해 기꺼이 참는 거야."라고 말씀하셨지만 결국은 당신도 모르는 무의식중에 이런 섭섭함이 새어나오곤 했다. "아, 됐어. 엄마는 이런 거 필요 없어."라고 하실 때 그 말을 다 믿어서는 안 된다는 것쯤은 나도 이제는 알 만한 나이가 되었다. 하지만 엄마는 여전히 '진심으로' 섭섭하지 않다고 말씀하신다.

남편과 만난 지 채 일 년도 안 된 어느 날이었다. 그가 전화로 내게 부탁을 했다. 오늘 볼 일이 좀 있는데 같이 가줄 수 있느냐고 물었다. 그러더니 시내의 한 백화점으로 나는 이끌었다. 여기저기 기웃거리다가 가죽장갑이 있는 코너에 그의 눈길이 멈췄다. 내게 어떤 게 좋으냐고 물었다. '어? 뜬금없이 내게 선물이라도 하려는 걸까?' 싶었다.

"누구한테 선물할 건데? 알아야 맞춰서 고르지."

무심한 듯 내가 말했다. 그러자,

"연말에 이벤트로 '마니또'를 하거든. 여직원이 걸려서 선물해줘야 돼."라고 했다.

김이 팍 샜다. '하필 여직원 선물을 내게 부탁하지? 이 남자 센스는 꽝이다.' 싶었다.

이것저것 고르다가 매장 여직원에게 물어보더니 안에 모피가 깔린 검은 색 가죽장갑을 골랐다. 그 매대에서 최고급 장갑이었다. 지금 돈으로 환산해도, 당시 우리 각자의 월급과 비교해도 값이 꽤 비싼 장갑이었다.

그 순간 내 눈이 커졌다. '뭐지, 이 남자? 나를 진짜 연인으로 생각하긴 하는 거야?'라며 의심이 들기 시작했다. 그냥 팬시점에서 저렴한 액세서리 하나를 선물 받은 게 전부였던 나에게 이런 모습을 보여도 되는 건가 진심으로 자존심까지 상했다. '혹시 진짜 여자친구가 따로 있나? 아니면 나한테 나중에 주려고 지금 둘러대고 있는 건가?' 별 생각이 다 들었다. 그 장갑은 결국 마니또 선물이 맞았다.

돌이켜보면 당시 남자친구였던 남편과 액세서리를 고를 때, 그는 더 좋은 선물을 사주려고 했었다. "진짜 이걸로 되겠어?"라고 몇 번씩이나 확인했었다.

엄마에게 배운 검소한 습관이 뼛속까지 남아 있어 남자친구의 주머니도 지켜주고 싶었다. 그 저렴한 선물로도 충분히 행복했었다. 하지만 남자친구가 마니또에게 줄 명품 장갑을 고르는 순간, 우리의 관계까지 흔들리는 내 마음을 보았다. 섭섭함 그 이상이었다. 내가 생각하는 것만큼 내 자신이 더 이상 너그러운 것도, 쿨한 여자도 아니라는 사실을 인정해야 했다. 쿨한 척 이미지 관리를 하다가 애먼 여자에게 질투를 느끼는 것보다는 갖고 싶은 선물을 적극적으로 표현하는 것이 훨씬 현명한 선택이라는 것이다.

그때의 그 시각 차이가 결혼 생활까지 그대로 이어졌다. 어쨌든 내 생각은 명품 브랜드 이미지에 숨은 부가가치세까지 내가 지불하고 싶지는 않다는 것이었다. 명품을 좋아하는 그에게 통할 리 없었다. 그는 갖고 싶은 건 가졌다. 대신 내게는 생활비로 허덕이는 것만이 남았다. 참을 수 없는 건 어쨌든 그 선택마저도 내가 원해서 했다는 것. 내게도 그의 명품 선물을 받아들일 기회가 있었지만 거절했다. 디자인을 전공한 탓일까. '마음만 먹으면 나도 만들 수 있어.'라는 근거 없는 자신감 때문인지 나는 명품에 대한, 혹은 사치에 대한 갈망 자체를 거의 느낄 수 없었다. 그가 하고 싶은 생활을 누린 것도, 상대적으로 내가 박탈감을 느낀 것도, 왠지 억울한 느낌이긴 하나 화풀이를 할 데가 없다는 게 더 문제였다. 어쩌겠는가. 내 씀씀이가 그것밖에 안 되는 걸.

몇 년 전부터 생일과 결혼기념일이 돌아올 때마다 우리 가족은 서로에게 손편지를 써서 선물로 준다. 번거로울 수 있지만 그날을 기념해 서로의 소중함을 다시 한 번 일깨워보자는 의미다. 편지를 쓰는 동안만이라도 감사를 느껴볼 수 있다면 좋지 않을까 해서다. 분위기 좋은 식당에 가서 외식을 한다. 대신 케이크는 생략한다.

손바닥만한 케이크는 비싸기만 할 뿐 별 영양가도 없다. 조금만 먹어도 달아서 몸서리가 쳐지고 냉장고로 들어간 뒤는 곧 찬밥 신세로 전락한다. 무엇보다 치울 때가 가관이다. 휴지로 여러 번 닦아야만 재활용 쓰레기로 내놓을 수 있다. 아줌마만이 느낄 수 있는 이 현실적인 단점으로 케이크가 퇴출되고 남은 자리에 스파클링 샴페인이나 와인으로 '짱' 하며 분위기를 내는 축하의식이 대신하게 되었다. 혹은 베○○라○○ 아이스크림 쿼터 사이즈에 커다란 초 하나 푹 꽂아서 케이크로 대신하기도 한다. 또 생일에 갖고 싶은 선물이 생기면 미리 콕 집어 말해준다. 그럼 나를 안 닮은 눈치 빠른 딸이 아빠와 작당하여 온라인으로 얼른 선물을 주문해준다. 원하는 걸 선물로 가졌으니 비록 설렘은 없지만 대신 아주 만족스럽다.

어느 봄날, 우리 가족은 벚꽃나무 아래서 산책을 하기로 했다. 그 공원에 주차 공간이 없을 경우를 대비하여 택시를 타고 갔는데 택시기사의 목소리는 왠지 흥분된 상태였다. 얘기를 들어보니 아마도 방금 전까지 전화로 부인과 실랑이를 벌였던 모양이었다.

"도대체 왜 여자들은 그렇게 기념일에 목숨을 거는 겁니까? 기념일이 뭐가 그렇게 중요해서? 도대체…"라며 기사가 씩씩거렸다. 도저히 흥분이 가라앉지 않는 모양이었다. 같은 여자가 듣기에 좀 불편했지만 그냥 가벼운 웃음으로 맞장구를 쳐주었다.

택시에서 내리고 난 뒤 남편에게 물었다.

"자기 같으면, 기념일 하루 잘 챙겨주고 일 년 내내 발 뻗고 잘래,

아니면 그냥 넘어가고 일 년 내내 들들 볶이며 살래?"

내 우스갯소리에 남편이 '허허' 웃었다.

여자들 특유의 '말 안 해도 알아서 해주길' 바라는, 나도 한때 그런 여자였다는 걸 인정하지만 살다 보니 화병 걸리기 딱 좋은 생각이었다. 표현은 분명 필요하다. 육체를 가지고 태어난 이상 표현은 사랑으로 들어가는 훌륭한 문이 된다.

말로 모건이 쓴 『무탄트 메시지』에는 호주의 한 원주민 부족의 생일에 관한 얘기가 나온다. 지구인들은 때 되면 저절로 돌아오는 생일을 축하해주는데 이것이 왜 중요한지 모르겠다는 것이다. 그네들은 자신의 영혼이 한 단계씩 성장할 때마다 부족민들에게 알리고 축제를 열어 다 같이 축하해준다고 한다. 즉 축제가 열릴 날은 성장한 본인만이 알 수 있는 셈이다.

상업적으로 만들어진 온갖 기념일들은 다 무시하고라도 집집마다 이런 특별한 기념일 하나쯤 만들어 놓는다면 그냥 챙겨줘야 하는 의무일이 아닌 의미를 가득 담은 날이 되지 않을까.

제대로 된 프러포즈를 받아본 적이 없는 채로 결혼 날짜가 다가오던 때, 남편은 여전히 아무런 계획이 없는 듯 보였다. 급기야 옆구리 찔러 작은 비취가 박힌 반지와 목걸이를 선물로 받았다. 지금 생각해보면 프러포즈가 아무리 전통처럼 치러지고 있긴 하지만 왜 꼭 남자만 선물을 하고 여자는 받기만 하는지 알 수 없다. 이 전통에는 남자가 여자를 데려온다는 의미가 다분히 느껴진다. 나 역시 남편에게 결혼을 약속하는 선물을 해줬더라면 하는 아쉬움이 지금에서야 든다. 요즘은 이벤트 업체를 부르든가 그날을 남다르게 치러주기 위해 남자들은 온갖 머리를 쥐어짜낸다. 이 시대에 이런 전통이 아직 어울리는지 의문스럽다.

남자와 나란히 걸어간다는 것

윗집에서는 하루가 멀다 하고 어마무시한 소리들이 난다. 아마도 미니카를 타고 발로 끄는 소리인 것 같은데 묵직하고 낮은 굉음이 난다. 또 뭔가 마구 집어던지는 소리, 거실을 가로질러 반대편 방으로 뛰어가는 소리, 무엇보다 아이의 폭발적인 울음소리가 하루 중 몇십번은 난다.

어느 토요일 채원이와 플루트 수업을 마치고 방에서 나온 선생님이 놀라며 내게 말씀하셨다.

"어머니, 윗집의 침대에서 누가 뛰나 봐요. 천정 전체가 흔들려서 깜짝 놀랐어요. 그 집과 얘기해보셨어요?"

"아니요, 아직은. 얘기해야 하나 말아야 하나 고민 중이예요."

나는 멋쩍게 대답했다.

어느 날, 윗집에 사는 아이 엄마가 딸기를 사들고 찾아왔다. 아무래도 신경이 쓰였던 모양이었다. 늦둥이로 태어나 이제 세 살인 둘째는, 첫째와는 성격이 아주 딴판이라고 했다. 제 성질을 못 이겨 늘 저렇게 울어댄다는 것이었다.

여자인 엄마가 남자아이를 키우는 건 보통 일이 아니다. 에너지를 주체할 수 없는 그 나이 또래의 사내아이를 하루 종일 아파트 집안에서 키운다는 건 평범한 사람이 야생마를 조련시키겠다는 것과 같다고 본다. 밥 먹는 시간, 엄마와 인지놀이를 하거나 책을 읽어주는 정도의 가벼운 학습 시간, 낮잠 자는 시간 외에 그 아이를 계속 앉혀 놓을 방법은 없다. 차라리 온 집안에 매트를 깔거나 다른 대안을 찾아보는 것이 더 현실적이다.

나는 윗집 여자에게, 우리 딸이 학원에서 돌아와 자기 방에서 공부를 시작하는 10시 이후부터만 주의를 당부했다. 낮 시간 동안은 마음껏 놀려도 괜찮다고 얘기해주었다.

어떤 방에서 자고 어떤 방에서 공부를 하는지 서로의 방 역할을 확인해서 겹쳐지지 않도록 신경 쓰는 것도 좋은 방법이다. 이후로는 낮에도 소음이 현저히 줄어들었다. 아파트의 층간소음은 흔한 일상의 문제인데 이웃으로 만나 머리를 맞대보면 의외로 답이 나온다.

그렇다면 남자아이가 남성으로 자란 뒤는 좀 달라질까.

남편은 고약한 장난꾸러기였다. 사귈 때도 툭하면 뻥을 치거나 허풍을 떨었는데 더 이해할 수 없는 건 매번 그런 남편에게 속는 나 자신이었다. 딸이 태어나고부터는 딸을 놀려 먹는 재미로 옮겨 갔다. 아이는 나보다 더 잘 속아주니 더 재미가 있었을 것이다.

아이스크림을 맛나게 먹고 있는 딸에게 다가가 "한 입만. 딱 한 입만 먹을게."라고 꼬드기면 순진한 딸은 그대로 믿고 아빠에게 내어주었다. 그러면 아빠는 진짜 한 입만 먹었는데, 문제는 그 한 입으로 아이스크림을 통째로 삼켜버렸다는 것이다. 결국 딸은 목 놓아 울었다. 똑같은 일이 아이스크림을 먹을 때마다 반복되었다. 그렇게 의심하면서도 아빠에게 항상 내어주는 어린 마음이 사랑스러웠다. 아빠도 매번 그 마음을 확인하고 싶었는지도 모른다.

볼일을 본 후 남편이 변기 시트를 내려놓지 않아 딸이 변기 안으로 빠져버린 일도 한두 번이 아니었다. 그럴 때마다 나는 기겁을 해서 달려가는데 남편은 웃느라고 정신이 없었다. 채원이랑 놀고 있으라고 하면 어느새 아이를 울려버리곤 했다. 아빠와 손을 잡고 걸어가는 그 간단한 일을 할 때도 어쩌면 매번 아이가 넘어지는지 이해할 수 없었다. 처음에는 딸과 내가 당할 때마다 무척이나 얄미웠다. 하지만 어쩌겠는가. 그게 남편이 아이와 놀아주는 방식이고 관심을 가져주는 방식이며 사랑하는 방식이라는데. 남편은 사고를 치면서도 그 상황을 즐겼다. 일부러 사고를 낸 뒤에 아내의 어이없어하는 표정을 즐긴다고나 할까. 남편은 타고난 장난꾸러기였다.

문득 깨달았다. 관심 받고 싶어 하고, 사랑 받고 싶어 하는 한 남자가 있다는 사실 말이다. 그래도 결국은 넘어가주는 아내에게서 자신도 모성애를 느껴보고 싶었는지 모른다.

자라면서 과묵함을 요구받고 감정적 표현이 서투른 남자들에게 술은 자신을 내려놓을 수 있는 하나의 기분 좋은 수단이 되었다. 우리네 남자들은 한결같이 술이 없으면 말을 못한다는 공식이 있는 것 같았다. 그 어색한 공기를 참을 수 없어 하니.

거래처와 자주 술자리를 가졌던 남편은 몇 년 전까지만 해도 한번 마시면 끝을 봤다. 그때는 보통 12시가 넘어가면 조금씩 걱정이 되기 시작했다. 당시 남편은 술 마시는 속도가 엄청 빨랐고 갈 데까지 가는 날이 많았으며 필름이 끊겼던 적도 여러 번 있었다. 그러면 어김없이 연락을 해도 되지 않았다. 새벽 한두 시가 넘어가면 나는 그만 포기하고 잠들어버렸다. 포기하지 않으면 밤을 새우게 되고 밤을 새우는 동안 걱정이 두려움으로, 두려움이 분노로 바뀌어가는 과정을 몇 번 경험해봤기 때문이다.

여름이 돌아오면 술쟁이들은 마음이 좀 더 푸근해지는 것 같았다. 일단 거리가 따뜻하니, 멀쩡하지 않은 정신으로 보기에는 다 내 집처럼 느껴지는 모양이었다. 어느 날은 벤치에서 자고 왔다며 온몸을 모기에게 뜯겨왔다. 얼굴은 벌겋게 부어올라 차마 봐줄 수 없는 지경이었다. 또 어떤 날은 깨어보니 지하철 옆 환풍구 위에서 자고 있더란다. 환풍구에서 나오는 바람을 에어컨 바람으로 착각하며 시원하게 잘 자고 왔다고 했다. 몇 년 전 일어났던 판교 야외 공연장에서의 참사를 생각하면 위험천만한 행동이었다.

어느 겨울, 남편은 역시나 겨우 집을 찾아 들어왔다. 비밀번호가 기억이 안 나는지 계속 눌러댔다. 술을 마시는 날은 남편의 코고는 소리가 가히 폭발적이라 귀마개를 하고 자도 아무런 소용이 없었다. 그럴 때면 조용히 거실로 이불을 들고 나왔다. 겨우 잠들었나 싶었는데 남편의 구역질 하는 소리에 뛰어가 보니 손 쓸 사이도 없이 침대 위는 이미 초토화되어 있었다. 술을 마신 남편의 몸은 두 배로 무거워져 꿈쩍도 하지 않았다. 대충 치워주고 잘 수밖에…. 다음 날, 남편을 출근시킨 뒤 이불을 빨아야 했다.

몸부림이 심한 남편 탓에 침대는 킹 사이즈다. 특히 겨울이라 무거운 특대형 사이즈의 이불을 세탁하는 것 자체가 이미 보통 일이 아니다. 내 키보다 높은 빨랫줄에 습기를 머금은 무거워진 이불을 널 때가 제일 가관이다. 숨 한번 크게 들이쉬고 온몸에 힘을 바짝 주어야 겨우 가능해지는 일이다.

하지만 그날은 아직 아무것도 못하고 있었다. 당시 우리는 경기도에 살았는데 임시로 몇 년간만 살기 위해 급하게 마련한 전셋집은, 시내와 변두리 사이의 딱 경계선에 있는 아파트였다. 때문에 그 추위가 더 심하게 느껴졌다. 온 사방이 눈으로 덮이면 겨울 내내 눈은 거의 녹지 않았다. 공교롭게도 뒷베란다에 있는 세탁기 바로 뒤쪽에 전창이 나 있었다. 창이 아예 없어도 그 추위가 장난이 아닌데 뒷베란다에 전창이라니. 어느 날 세탁기가 작동하지 않아 이리저리 살펴보니 세탁기가 얼어 배수가 안 된다는 사실을 발견했다. 난생처음 겪어보는 일이었다. 거기 사는 4년 동안 겨울마다 겪었던 일이다.

그날도 세탁기는 얼어 있어 담요를 둘러주고, 전기세 아끼느라 나도 못 쬐는 히터까지 틀어주며, 뜨거운 물도 부어주고, 온갖 지극정성을 다 했지만 녹을 기미가 전혀 없어 보였다. 차례를 기다리는 이불들이 쌓여 있었고 이불에서는 전날 밤 일어난 일을 떠올리게 하는 향기가 스멀스멀 기어 나왔다. 임신했을 때도 하지 않던 헛구역질이 자꾸만 올라왔다. 오후 늦게야 녹은 세탁기 때문에 밤이 되어서도 이불은 채 다 빨지 못했다.

그날 밤, 남편은 또 늦게 들어왔다. 아니, 하루를 넘겨 새벽이 밝아오기 전 들어왔다. 도저히 믿을 수 없는 건, 새로 깔아놓은 이불 위로 남편이 다시 토를 해놨다는 것이다. 밤마다 잠도 못자고 구역

질나는 이불이나 뒤치다꺼리 하면서 이게 뭐 하는 짓일까. 이제 더이상은 덮고 잘 이불도 없었다. 남은 얇은 담요를 덮고 소파에 누워 있으려니 서늘한 기운이 몸속으로 파고들어 잠이 잘 오지 않았다. 그렇게 자는 둥 마는 둥 날을 새웠다. 그 후로도 수없이 비슷한 날들이 이어졌다. 그는 나의 이 수고로움을 알까.

술 자체를 부정하고 싶지는 않다. 일단 술을 마시면 몸이 따뜻해지고 기분 좋게 내가 분해되는 것 같다. '내가 지키고 싶어 하는 나의 이상적 모습'이 내 의지와는 상관없이 무장해제 되어간다. 또 '버리고 싶지만 버려지지 않는 나의 모습'도 하나씩 해체되어간다. 하지만 반드시 술이 있어야 한다고 생각한다면 자신을 의심해보는 게 우선이다. 술의 힘을 빌렸으니 진짜 자신의 모습은 아닌 셈이다.

남편이 한결같이 하는 말은, '내가 마시고 싶어서 마신 게 아니야.'이다. 직장이라는 단체생활에서 술을 마시는 건 어쩔 수 없다고 하는 남자들이 대부분이다. 사회에선 어쩔 수 없다고 힘주어 말하던 지인도 어느 날 병원에 입원하여 큰 수술을 받고 나더니 아예 다른 사람으로 탈바꿈하는 과정을 지켜보았다. 결국은 생각이 행동을 만들고 지금을 만든다. 게다가 절대 변하지 않을 것 같던 생각도 한순간에 무너져간다.

남편 역시 많은 대가를 치르고 난 후, 다행히 차츰 술의 양을 줄여나가고 있는 중이다. 적어도 이제는 필름이 끊길 정도로 마시지는 않으니 고마울 따름이다.

두 번째 이야기

나를 찾아가는 여정

삶이 다시 시작되는 순간

한때는 온갖 드라마며 스포츠중계들을 보다가 늦게 자던 남편도 요즘은 힘에 부치는 지 퇴근을 늦게 한 날은 씻고 바로 잠드는 경우가 많다. 딸도 밤 12시를 넘겨보니 그 다음날 일어나기가 영 쉽지 않다는 것을 깨닫고 난 뒤부터는 그 전에 잠이 든다. 그들이 잠들고 난 뒤 낮은 불 하나만 켜고 글쓰기를 다시 시작한다. 온 세상이 잠든 것 같은 고요함을 사랑하지 않을 수 없다. 좀 피곤하다 싶은 날은 글쓰기를 건너뛰고 일찍 잠에 드는데 그럴 때 마지막 남은 불까지 끄고 나면 집안은 깜깜해지고 대신 거실 창으로 보이는 전경이 눈에 들어오기 시작한다. 도시에서는 밤에 완전한 암흑을 보기 힘든 것처럼 도로의 가로등과 간간이 오가는 자동차들의 불빛들이 집안으로 새어들어 온다.

계획표대로 살고 멀리 있는 꿈을 좇아 자신을 쉼 없이 몰아가고 잠깐이라도 시간을 허투루 쓰지 않는 삶을 살아왔다. 살면서 들어왔던 '그건 안 돼. 너는 안 돼. 아니야.'라는 말 뒤의 좌절과 포기, 수많은 상처, '이렇게 살다 끝나는 건가.'라는 허망함, 언젠간 홀로 남게 될 딸에 대한 미래의 두려움, 그 두려움과 연결되는 나의 죽음.

이 허무함과 두려움 뭉치들을 피해 취미나 쇼핑에 빠져 살아본 적도 잠깐 있었지만 내게는 이런 방법들이 아무런 소용이 없었다. 나는 언젠가 한번은 두려움이라는 존재의 낯짝을 찬찬히 들여다보며 정면승부를 해야겠다고 작정했다.

이사하기 전, 대단지 아파트에 살았던 우리는 일명 '유모차 부대'의 일원이었다. 딸이 유모차를 탈 때부터 친해진 동창회라고나 할까. 오후만 되면 아파트 안 놀이터를 순례하며 아이들을 풀어놓았다. 자연히 엄마들끼리도 친해졌다. 일주일에 두 번 정도는 엄마들이 돌아가며 품앗이 교육을 했다. 나는 영어수업을 해주었다. 그렇게 적당히 소란스럽게 살다가 어느 날 변두리로 뚝 떨어진 느낌은 나쁘지 않았다. 그때 딸은 초등학교에 입학했다. 성장이 빠른 딸은 이미 제 할 일은 알아서 하는 아이였다.

경기도에서 살았던 4년은 나에게 다시 없을 소중한 시간들이 되어 주었다. 어느 날 느닷없이 아는 사람 하나 없는 타지에서 살게 된 것이다. 갑자기 삶이 조용해졌다.

나는 목적지를 정하지 않고 시외버스터미널로 갔다. 가방 안에는 지갑 하나만 들어있었다. 신분증 외엔 내 정체성을 드러낼 어떤 것도 들어있지 않았다. 얼굴에 뭐라도 하나 그리지 않으면 외출을 하지 않던 내가 거울도, 화장품도, 옷도, 어떤 소지품도 다 내려놓고 떠났다. 완전히 내려놓는다는 것의 의미를 알고 싶었다.

버스는 어느 국립공원 앞에 나를 내려주었다. 부슬부슬 비가 내렸다. 비 때문인지 안개도 나지막이 깔려있었다. 해가 지려 하고 있어 숙소를 찾아다녔다. 큰길 바로 뒤쪽에 있는 한 민박집을 정한 뒤 숙박비를 지불하고 다시 내려왔다. 올라가면서 봐둔 조그만 웅덩이가 있었다. 커다란 나무들이 둘러싸고 있어 아늑한 느낌이었다. 비를 머금은 나무들은 한껏 촉촉해졌다. 흙냄새와 나무 특유의 풍부한 향이 온 숲을 감싸고 돌았다. 느낄 수 없을 만큼 자잘한 비들이 웅덩이로 떨어지며 작고 섬세한 동그라미들을 그려냈다. 얼마나 지났을까. 파문들을 보며 거의 정지 상태로 오랫동안 꼼짝도 않고 있었다. 일순간 모든 것이 사라졌다. 또렷한 의식만이 살아남았다….

  숙소로 들어온 뒤 젖은 머리를 닦고 침대에 걸터앉았다. 갈아입을 옷도 아무것도 할 것이 없었다. 문 맞은편 천정에 커다란 거미가 한 마리 있었다. 손가락 두 마디는 되어 보이는 크기의 노란색 몸에 검은 색 줄무늬를 가진 거미가 자신의 몇 배는 되는 커다란 거미줄을 치고 당당히 버티고 있었다. 거미에게 잘 자라는 인사를 남기고 불을 껐다. 보통 때 같으면 그렇게 큰 거미와 같은 공간에 있다는 걸 안 순간부터 어떻게든 몰아내려 했겠지만 모든 걸 내려놓은 마당에 거미가 대수였겠는가. 오히려 함께 해준 것이 고마웠다. 암막커튼까지 치고 나니 완전한 어둠이 찾아왔다. 바깥 세상에 주의를 주지 않으면 당연히 내면이 잘 보일 줄 알았다. 하지만 마음은 더없이 고요했다. 생각해보니 여기에 도착하기까지가 모든 것을 내려놓는 과정이었다. 유서를 쓰고 가족에게 인사하고 부모님이 계시는 쪽으로 큰 절을 올리고 지갑 외에 모든 것을 두고 오는 과정 하나하나들이 모두 내려놓는 과정이었다. 그러면서도 '그래도 정말 죽지는 않을 거야. 알고 있어.'라는 마음의 속삭임을 들었다. 그마저도 지켜보았다.

갑자기 핸드폰이 울렸다. 딸의 목소리였다. 오늘은 좀 다른 느낌을 받았던 걸까. 딸은 흐느끼고 있었다.

"엄마, 많이 보고 싶어. 엄마, 그냥 오면 안 돼?"

가슴이 먹먹해졌다.

'나는 대체 여기서 뭘 하고 있는 걸까.'

마음은 벌써 딸의 곁으로 달려갔지만 그래도 꾹 참았다. 한번만 이라도 죽음과 두려움을 마주하고 인간 내면의 가장 밑바닥까지 들여다보아야 했다. 이 명상의 방점을 찍어야만 딸에게 나의 분노를 물려주지 않는 정상적인 엄마가 될 수 있을 것 같았다. 딸과 나를 동일시하여 내 기분에 따라 일관성 없이 아이를 흔들지 않으며, 무엇보다 딸에게 집착하지 않고 자신이 원하는 삶을 살아갈 수 있게 하려면 나의 마음공부는 끝장을 봐야만 했다. 꼬여버린 나의 마음으로는 딸에게 내 한을 퍼부을 것이 뻔했다.

이후로도 나는 죽음 명상을 더 이어갔다. 반복해서 가장 소중한 것들을 하나씩 내려놓는 연습을 했다. 잃지 않으려는 마음이 두려움을 낳는다. 마음이 미래로 가서 자꾸만 만들어내는 두려움을 지켜보았다.

"내 꺼."라며 딸의 얼굴을 마구 부비면서도 그 아이는 '내게로 온' 아이지, '내' 아이가 아니라는 생각을 잊지 않으려 했다.

어느 날은 미국 드라마 〈CSI〉나 〈크리미널 마인드〉를 보며 지냈다. 전편 연속방송을 보며 인간의 불안과 두려움이 어떻게 범죄로 연결되는지 지켜보았다. 또 어떤 날은 온 집안의 불을 다 꺼놓고 호러 영화를 보았다. 완전한 어둠을 찾아 불 꺼진 화장실에 들어가 변기에 앉아있기도 했다. 그 전까지는 단 한 번도 부정적 사고에 대해 연구해볼 생각을 하지 않았다. 재미로 보지 않고 영적 측면에서 보는 순간, 내 내면의 그동안 맞춰지지 않던 퍼즐들이 한꺼번에 각자 제자리를 찾아가는 느낌이었다. 갑자기 나와 타인, 부조리하게 보이는 세상들이 이해되었다. 그것은 어쩌면 당연한 일이었다. 세상은 선과 악, 긍정과 부정, 빛과 어둠이 서로 균형을 맞추며 퍼즐의 암수처럼 꼭 맞아 들어가도록 존재하고 있기 때문이었다. 악과 부정, 어둠 같은 것들이 왜 존재하느냐는 정당성의 문제가 아니라 그냥 그 존재를 인정하는 순간 삶에서 이해되는 것들이 생기기 시작했다.

나는 공포, 두려움, 불안, 우울, 분노… 이런 부정적 감정들을 일부러 불러내었다. 놀이기구를 싫어하는 사람들이 하는 말이 있다.

"내가 운전하면 예상이나 할 수 있지. 놀이기구는 내가 운전할 수 없으니 무서운 거야."

부정적 감정을 일부러 불러낸 것은 이런 이유와 같다. 예상할 수 있고 그 정체를 알게 된다면 더 이상 두려워지지 않는 원리다.

부정적 감정들은 처음에 생생히 살아서 나를 집어삼킬 듯 지배했다. 온갖 망상에 시달렸다. 하지만 끝까지 지켜보기를 늦추지 않았고 시간의 흐름에 따라 결국은 그 기세가 꺾여갔다. 포물선을 그리며 사라져갔다.

결국은 두려움을 느끼는 마음이 그것을 관찰하는 나와 확연하게 분리되는 경험을 하였던 것이다. 아주 큰 사건이나 크게 깨닫는 순간이 오면 마음 뒤에 가려져 있던 의식, 즉 진아는 그 존재를 드러내었다. 순간 내 입가에 미소가 떠올랐다.

'뭐야, 정말 아무것도 아닌 게 맞구나.'

도망 다니지 않고 계속 친하게 벗 삼아 지내다 보면 두려움이라고는 느낄 수 없는 순간이 온다. 마음은 들여다보면 도망가고, 도망가면 쫓아오는 청개구리와 같은 존재다. 내면을 찬찬히 들여다보면 안다. 두려움 자체보다는 두려움에 저항하는 마음이 생길 때 우리는 더 괴로움을 느낀다.

얼마 전 현장체험학습을 다녀온 날, 딸은 목이 좀 쉬어 있었다. 친구들이 열심히 비명을 지르며 타고 놀 때도 구경만 하며 놀이기구를 무서워했던 딸은 여섯 개나 탔다며 자랑스럽게 말했다.

뛰어내릴 때의 딱 그 마음이면 된다. 뛰어내리기 전이 더 무서울 뿐, 막상 뛰어내리면 다른 세상이 펼쳐진다. 무섭지만 살아있다는 쾌감이 동반된다. 비명을 지르면서도 짜릿함을 즐기던 그 마음이면 된다.

자신의 상처에게로 뛰어내려보자. 모든 부정적 마음에게로 뛰어들어보자. 그런 용기라면 두려움을 어떻게든 즉시 처리해버리려는 마음 없이 일단 지켜볼 수 있게 된다. 지켜보면 안다. 두려움의 대상이 있고 그 대상을 두려워하는 마음이 있으며 그 마음을 지켜보는 자가 따로 있다는 것을.

아직도 가끔씩 두려움이 찾아올 때가 있다. 하지만 이전과 확실히 다르다. 예전에는 두려움과 내가 하나였다면 지금은 두려움을 지켜보는 자가 내 안에 있다. 즉 두려움과 나 사이에는 분리가 생겨났다. 나중에는 두려움을 인식하는 것만으로도 즉시 분리가 일어나면서 끌려 다니지 않게 된다. 갈수록 가벼워진다.

하지만 평소에 연습이 필요하다. 두려움에 떨고 있거나 분노로 이글거릴 때는 이미 늦다. 이성적 판단은 마비된다. 그러니 마음의 여유가 있을 때 천천히 대상과 관찰자를 알아차리는 연습을 하는 것이 좋다.

두려움이 '무로 돌아가는 그런 순간들은 잊을 수가 없다. 마치 콩으로 메주를 쑤어 된장이 되는 것처럼, 우유가 발효되어 요구르트가 되는 것처럼, 아예 다른 물질로 재탄생되는 그런 변형의 순간들은 경이롭다. 두려움이 떠나고 난 자리에는, 마치 내 안에 단단한 주춧돌을 세워놓은 것처럼, 살면서 비록 흔들릴지라도 뽑히지는 않을 뭔가를 박아놓은 것 같다.

모든 순간들이 다 아름다웠다. 죽을 것 같던 순간도 지나고 보면, 행복한 순간들이 등장하기 전, 예고편을 알리는 들러리 같은 시간이었다.

청소의 미학

매일같이 쌓이는 청소거리만큼 사람을 허무하게 만드는 것도 없다. 바쁘거나 피곤해서, 혹은 귀찮아서 산더미처럼 쌓인 설거지를 끝내고 난 후의 후련함과 상쾌함 정도는 괜찮다. 하지만 곧 다시 쌓이는 것이 문제다. 이사 오면서 인테리어 공사를 할 때 바닥을 밝은 톤으로 깔았더니 머리카락이 하루 종일 바닥에서 보였다. 아무리 치워도 늘 굴러다녔다. 주말에 한 번씩 도와주는 남편도 청소기를 돌리고 나면 머리에 보자기를 쓰라고 할 정도였다.

채원이를 낳은 후 찾아온 산후우울증과 결벽증은 내 삶을 확 바꿔놓았다. 청소가 제대로 되어 있지 않거나 특히 물건이 제자리에 없을 때 혹은 가지런하게 각도가 맞지 않으면 마음이 아주 불편해지곤 했다.

아이가 어렸을 때 이웃집 엄마들과 아이들이 자주 놀러왔는데 들어와서 손을 안 씻고 딸아이 방으로 바로 뛰어 들어가면 속으로 기겁을 했다. 특히 놀이터에 갔다가 우리 집으로 바로 온 흔적이 보일 때는 안절부절 못했다. 개나 고양이가 돌아다니며 가끔씩 용변도 보는 모래 속에서 아이들도 뒹굴고 논다. 그런 모래를 옷에 묻혀올 텐데 그 옷으로 딸아이 방에서 뒹굴고 놀거나 침대라도 올라가면 어찌할 바를 몰랐다. 아이들이 놀러왔다 돌아가면 바닥청소, 침구청소를 하고 모든 장난감을 다시 닦았다. 참 피곤한 삶을 살았다.

감기라도 걸리면 아기들은 숨을 못 쉬고 잠을 설칠 때가 많다. 딸이 아픈 날에는 거의 잠을 못 잤다. 부서질 만큼 연약해 보이는 아기를 보호하는 방법으로 청소가 심해지다 보니 결벽증으로까지 발전하게 되었다. 다행히 채원이가 어렸을 때에 비하면 요즘은 청소하는 횟수가 점점 줄어들고 있다. 딸이 건강하게 성인으로 자라고 있는 지금은 그렇게까지 민감할 필요가 없게 되었기 때문이다. 예전에는 보이지 않는 것까지 청소하면서 스스로를 피곤하게 했다면 요즘에는 눈에 띄는 물건들을 정리하는 것만으로도 청소의 반이 끝났다.

사실 집안이 어지럽게 보이는 건 생활감이 묻어나는 여러 물건들 때문이다. 모든 물건들에 자리를 정해주고 종류별로 한곳에 모아 보이지 않는 서랍 같은 곳에 넣어 정리하면 빠르게 집안은 깨끗해진다. 알록달록한 색깔들의 물건들, 글이 많이 적힌 물건들(책은 예외다)이 여기저기 나와 있으면 집안이 어지럽게 보이는 건 어쩔 수 없다. 그런 물건들이 눈에 띄면 아무리 고가의 가구들로 집을 채우고 디자인 제품들로 공간을 치장해도 소용이 없어진다. 정 넣을 곳이 없으면 이런 화려한 물건들은 한곳에 모아두는 것이 상책이다.

살면서 살림이 자꾸 늘어난다고 느껴질 땐 정리해야 할 물건들이 없는지 돌아본다. 그냥 볼 때는 물건들이 다 들어가 있으니 별로 치울 게 없는 줄 안다. 하지만 꺼내보고 늘어놓다 보면 하나씩 보이기 시작한다. 유행이 지나 쓸 수 없는 물건, 더 좋은 기능의 물건을 이미 가지고 있으므로 필요 없어진 물건, 추억만으로 가지고 있기에는 너무 큰 부피를 차지하는 물건, 누군가에게 받았으나 나에게는 필요가 없는 물건들이 쉼 없이 쏟아져 나온다. 이미 가지고 있는 물건과 비슷한 제품을 자꾸 사들이는 것도 집착이지만 필요가 없어진 물건인데도 언젠가 쓸 것이라며 버리지 못하는 마음 또한 집착이라 말할 수 있다. 그 이면에는 만일을 위해 모든 것을 다 가지고 있지 않으면 마음이 불안해지는 심리가 깔려 있기도 하다.

기부하고 버리고 정리하면서 느끼지 않을 수 없었다. 그동안 얼마나 많은 물건의 홍수 속에서 살아왔는지. 나름대로는 물건을 살 때마다 여러 번 심사숙고 한 뒤에 산다고 생각했는데 어디서 이렇게 필요 없는 물건들이 쏟아져 나오는지 알 수 없었다. 자주 정리하다 보면 사는 것에 점점 더 신중해진다. 새로운 물건을 사기 전에는 집에 같은 종류가 있는지 확인하게 되고, 산 뒤에는 새 제품으로 인해 필요 없어진 물품들을 바로 처리하게 되었다. 그렇게 하지 않으면 소용없어진 물건은 공간만 차지한 채 죽돌이로 방치된다. 그러니 자주 집안을 정리하는 것은 공간을 절약하고 불필요한 소비를 줄이는 지름길이 된다.

마찬가지로 자주 마음을 정리하는 것은 부정적 생각이 쌓이지 않게 하고 늘 천진한 마음을 유지할 수 있게 한다. 아주 불행한 것도 아니지만 행복하지도 않다면 마음의 서랍을 일일이 다 열어 쏟아보는 것이 좋다. 꺼내다 보면 미처 돌보지 못한 채 방치된 상처들이, 혹은 분노들이 엉뚱한 곳에서 튀어나올지 모른다. 시간에 쫓겨서, 혹은 사람 좋아 보이는 역할을 하느라 미뤄두었던 마음의 파편들이.

거의 써보지 못한 물건들은 처리하기가 참 난감한데 이럴 때는 '아름다운 가게'에 기증하는 것이 제일 마음 편하다. 이런 단체에 기증하면 일단 멀쩡한 물건을 버리지 않을 수 있어서 마음이 편하다. 재활용으로 내놓을 수 없는 물건들은 쓰레기 처리 비용을 지불하지 않아도 되니 좋다. 아름다운 가게에서는 이렇게 모여진 물건들에 값을 매겨 되판다. 가게에 온 손님들이 저렴한 기증품을 사가며 지불한 돈은 모여져 어려운 이웃들에게 쓰인다. 또 미리 회원가입을 하고 기증을 할 때마다 비치된 양식에 기증품 내역을 간단히 적어놓으면 연말에 소득공제도 받을 수 있다. 일 년간 모여진 소득공제액은 불필요한 물품을 기증한 것치고는 제법 큰 액수였다. 기업과 기증자, 피기증자, 소비자가 모두 원원하는 이런 시스템을 개발한 사람이야말로 복 받을지어다.

이렇게 필요 없는 물건들을 모았다가 한꺼번에 정리하고 나자 새 서랍장을 구입해야 할 필요도 없어지고 말았다. 곳곳에 빈 공간이 늘어나니 정리도 한결 쉬워졌다.

쌓아놓지 않기에 넓어진 거실 공간에 바 테이블을 들였다. 햇빛을 받으며 일할 작업공간으로 쓰고 싶었다. 이로써 작은 소파테이블까지 합치면 우리 집에는 다섯 개의 테이블이 있는 셈이다. 어디서든 일하고 작업할 수 있도록 공간이 점점 넓어지는 게 좋다.

정리하지 않으면 매번 물건을 찾아 헤매야 하고 공간이 부족해져서 집안 활동이 자유롭지 못하게 된다. 정서적으로도 영향을 미치는 부분이다.

결혼하면서 총 4번의 이사를 했는데 한결같이 들었던 말이 있다. 견적을 뽑으러 온 직원이 처음 봤던 살림과 막상 이사를 하면서 본 살림의 차이가 많이 난다고 했다. 별로 없는 듯 보였으나 막상 이사를 해보니 짐이 많더라는 말이었다. 그나마 정리를 제 때 해놓은 결과였다.

경기도에서 다시 살던 동네로 이사 오기 몇 달 전부터 가구들을 하나씩 리폼하기 시작했다. 동시에 못 쓰는 물건들도 정리했다.

채원이에게 필요 없어진 어릴 적 물건들도 많았다. 그것들을 하나씩 씻고 닦고 모아서 기부를 했다. 아이들 물건은 정리를 잘해도 계속 버려야 할 것들이 생긴다.

얼마 전 딸은 자기 방에 책상이 있었으면 좋겠다고 거듭 말해왔다. 자는 방과 공부하는 방을 분리하길 바랐던 나는 딸이 서재에 있는 큰 책상을 그대로 이용했으면 좋겠다고 생각했지만 딸은 자신만의 책상을 갖고 싶어 했다. 인터넷으로 조립식 책상을 구입했다. 요즘은 직접 조립하는 대신에 가구의 가격이 많이 저렴해졌다. 책상을 들이고, 세워놓으면 자꾸 쓰러지는 참고서를 눕혀놓을 3단 트롤리도 같이 구입해주었다. 가구들의 배치도 모두 바꾸었다. 대대적인 방 변화를 해주고 난 뒤 딸은 예상치 않게 습관 자체가 바뀌었다. 나는 나의 까탈스러운 습관을 딸이나 남편에게는 강요하지 않았다. 잘 치우기도 하지만 어지럽힐 때도 있는 딸이 방을 완전히 바꿔주고 나자 알아서 잘 정리하기 시작했다. 등교하고 나면 어지럽혀진 방을 정리하는 건 내 몫이었는데 딸은 이제 일어나자마자 이불부터 개었다.

욕실 청소를 한다. 세면대와 변기를 세제로 청소하고 거울장과 거울을 닦고 바닥을 솔로 문지르고 샤워기까지 청소하면 욕실 청소는 다 끝난다. 하지만 이 청소는 눈에 보이고 피부에 닿는 곳을 청소한 것에 지나지 않는다. 사실 샤워기 헤드 속과 세면대 수도꼭지 안, 그리고 그것들과 연결된 수도관 속의 '물때'까지는 어찌할 수 없다. 또 변기 안쪽의 홈이나 뒤쪽, 세면대 밑은 손이 잘 안 닿아 곰팡이가 서식하기 쉽다. 그러니 완벽한 청소란 애초에 불가능하다. 청소기, 공기정화기, 정수기의 필터는 또 어떤가. 제대로 필터 청소가 안 된다면 안 쓰는 것만 못하다.

어느 날 소파를 닦다가 바닥보다 더 더러운 때를 발견했다. 세탁조를 청소하라는 신호를 몇 번 건너뛰었던 어느 날은, 드럼세탁기 문 입구의 고무벨트에서 경악할 만한 붉은 색 물때 덩어리를 발견했다. 가족의 건강을 생각한다며 섬유유연제도 쓰지 않고 친환경 세제까지 고집했는데 오래되어 쌓인 물때를 보고는 할 말을 잃었다. 마치 열심히 둑을 쌓아올리고 있으나 반대쪽에선 계속 무너져 내리고 있는 상황 같았다. 청소를 하다 보면 어디에서나 예상을 깨는 반전이 도사리고 있었다.

우아하게 요가와 좌선을 마치고 집으로 돌아왔는데 딸에게 마구 분노를 퍼부었을 때 '도대체 이건 뭐지? 명상을 했던 나는 가짜

인가? 왜 이 따위 짓을 하고 있는 거지?'라는 엄청난 자괴감과 죄책
감이 몰려왔다. 완벽하게 청소했다고 믿었으나 전혀 청소가 되지
않은 곳을 발견했을 때의 당황스러움과 참 닮아 있었다. 사실은 잘
보이는 곳보다 손이 잘 닿지 않고 잘 보이지 않는 곳일수록 더 부
패하고 있다. 마음 역시, 잘 보이지 않고 보기 싫은 내면 밑바닥일
수록 내 행복을 위한 더 중요한 단서가 숨겨져 있다는 사실.

스스로를 받아들이지 못한 채 우아한 놀이에 빠져 사는 건 답도
없다. 완벽한 청소로, 완벽한 아내로, 완벽한 엄마로 살아야 우리
가족이 유지될 수 있을 거라는 생각은 과했다. 이제 나는 나를 허
용한다.

나이가 든다는 건

　내가 느끼기에 노화가 시작되었다는 건 손이 많이 가는 단계로 접어들었다는 신호 같다. 샤워 후 그냥 나와도 무방했던 피부는, 오일 중에서도 가장 무겁고 보습력이 뛰어난 시어 버터 오일 정도는 발라 줘야만 피부가 트지 않는 단계까지 왔다. 집안 내력으로 30대부터 희끗희끗 했던 머리는 이제 화학 염색제로는 꺼림칙하다. 주체할 수 없이 많던 머리숱마저 조금씩 줄어들기 시작한 뒤로는 천연 염색제 헤나를 쓰기 시작했는데 일반 염색제에 비하면 여간 번거롭지 않을 수 없다. 여러 번 감아야 하고 더 오래 기다려야 한다. 눈도 심상치 않다. 가까이 있는 글자가 아직은 보이긴 하지만 좀 불편한 느낌이랄까. 나보다 좀 더 연배가 있는 지인들 중에는 이제 그 불편함을 절실히 느끼기 시작한 사람도 있다. 다초점 안경을 맞춰야겠다고 한다. 가장 불편한 건 마트에 갔을 때 제품 뒷면의 상세설명이 보이지 않거나 가격표조차 보이지 않을 때 가장 난감하다고 했다. 그래도 아직은 돋보기를 꺼내 보기가 창피하다고.

　30대 중반 처음으로 건강검진이란 걸 받았다. 검진센터에서 주는 옷으로 갈아입고 검진표를 작성하는데 제법 오래 걸렸다. 내 육체의 기능이 잘 돌아가고 있는지, 생활습관은 잘 지켜지고 있는지 그다지 생각해보지 않았음을 깨달았다.

40대 중반이 되어갈 무렵, 건강검진 결과지에 재검을 하라는 둥, 추적관찰이 필요하다는 둥 소견서가 조금씩 길어지기 시작했다. 처음엔 그런 말들이 걸렸는데 이제는 너도 나도 다 결절이나 물혹 정도는 가지고 있다 하니 40대의 훈장쯤으로 생각하기로 했다. 그래도 나름은 채식을 하고 몸에 좋은 성분으로만 먹으려고 노력했는데도 세월 앞에 장사 없다는 걸 인정해야 했다. 술을 많이 마시고 불규칙한 생활을 하던 남편은 대장에 용종이 생겼다며 벌써 두세 번 제거 시술을 받았다. 나도 한번은 받아야 할 것 같아 대장내시경과 위내시경을 신청해놓고 하루 전날 속을 비우는 약을 마셨다. 지금은 많이 간편화되었지만 처음에는 먹는 양이 대단했다. 꼭 두새벽부터 일어나 배가 터지도록 약을 탄 물을 마셔댔다.

마취 없이 위내시경을 받았던 날, 엄청 고생했던 기억이 있어 이번에는 수면 내시경을 예약했다. 수면실에 들어가서 주사를 맞았는데 어찌된 일인지 검사실로 옮겨져서도 정신이 멀쩡했다. 간호사 둘과 의사 한 명이 보였다. 검사를 받는 동안 통증도 여전했다. 뭔가 약물투여가 제대로 되지 않았든지 내 몸이 신경 안정제쯤은 이겨버린 건지 알 수 없었다. 하지만 통증보다 생전 처음 느껴보는 굴욕감과 수치심이 나를 더 당황스럽게 만들었다. 실험실 테이블 위에 올려진 개구리가 된 기분이었다. 그 수치심이 나를 완전히 깨어 있게 만들었다. 육체라는 자동차와 그 자동차를 모는 운전사인 '진짜 나'가 확실하게 분리되는 순간이었다. 그래, 자동차도 정기점검이 필요한데 육체도 당연히 검진이 필요하잖아. 육체는 내가 모는 자동차인 거야. 자동차의 보닛 좀 열었다고 수치심을 느낄 필요까진 없잖아. 그런 생각을 하자 마음이 한결 편해졌다.

새 차가 폐차로 되는 과정은 우리의 인생사와 꼭 닮았다.

첫 차를 뽑은 날을 기억하는지. 지문 하나라도 묻으면 옷으로 닦아가며 애지중지한다. 틈나면 주차장으로 내려가 감상한다. 나갈 일을 만들어서라도 차를 몰고 다닌다. 친구를 태워 은근 자랑질을 한다. (20대)

어느 날 접촉사고가 난다. 얼굴을 붉히다가 보험사에 연락한다. 사고 전과가 남게 됐다며 이제 제값에 못 팔게 됐다고 씁쓸하게 말한다. 비가 온다는 일기예보에 세차를 미룬다. (30대)

차에서 나는 소리가 예전 같지 않다. 차 매뉴얼 책자를 뒤지게 된다. 수리하는 일이 생긴다. 세차는 미뤘다가 중요한 날에 한다. (40대)

신형 차가 눈에 들어오기 시작한다. 차 수리에 돈 들어가는 일이 많아진다. (50대)

그래도 이 차가 몇 십만 킬로미터를 뛴 차라며 자랑한다. (60대)

언제든 갈아 탈 준비를 하기 시작한다. (70대 이후)

씁쓸하지만 우리가 우리를 보는 눈도 이와 크게 다르지 않는 것 같다. 인생에 대해 뭔가 좀 알 것 같은 나이가 되자마자 육체가 삐그덕거린다. 우리의 부모님 세대들은 전쟁과 배고픔의 시대를 지나오는 동안 육체를 써서 먹고 살았다. 하지만 우리 세대는 이와 반대다. 앞으로는 점점 더 그렇겠지만 육체를 쓰는 일보다는 앉아서 머리를 쓰는 경우가 더 많다. 운동능력은 내가 엄마보다 더 빨리 퇴화하는 듯하다.

엄마는 "내가 40, 50대 때는 돌아서면 배가 고팠어. 더 먹어."라고 자주 말씀하신다. 정신없이 바쁘게 사셨던 엄마의 삶과는 달리, 중년에 들어서며 여유 있고 느린 삶을 추구하는 나는 점심은 그냥 건너뛰거나 간단히 해결하는 경우가 많다. 딸과 남편이 없는 점심은 굳이 챙겨먹으려 하지 않고 심플하게 요거트에 씨리얼 정도나 과일을 먹는 것으로 대신한다. 엄마는 이해가 안 되는 모양이었다. 한창 먹을 나이에 왜 그것만 먹느냐는 말씀이셨다. 한마디로 말해서 잘 챙겨 먹을 정도로 노동이 받쳐 주지 않기 때문이다. 노동보다는 신경 써야 할 일들이 더 많이 생기는 까닭이기도 하다. 무엇보다 아무리 노동을 많이 한다 해도 엄마의 부지런함을 따라가기는 불가능이다.

어느 날 문득 바라본 엄마의 모습에 내심 놀랐다. 늘 나이를 비껴가는 것 같았던 엄마의 외모는 이제 '노화'라는 단어를 떠올리게 할 만큼 변해 있었다. 예전의 날카로움이나 민첩함 대신에 느긋하고 부드러움이 베어나는 지금의 엄마가 나는 더 좋다. 노화가 주는 '수용'이라는 것이 때로는 아름다울 때도 있다. 열정은 좌충우돌의 성질을 띤다. 그 열정이 조금씩 사라진 자리에 여유와 함께 인생의 평온함이 찾아온다. 육체가 삐그덕거리고 느려지면 마음도 적응을 할 수밖에 없다. 어쩔 수 없지만 느리게 사는 법을 배우게 된다.

시어머님은 몇 해 전 연달아 낙상하면서 무릎과 고관절에 무리가 오더니 허리까지 번져서 한동안 고생하셨다. 연유를 들어보니 건널목에서 아는 지인을 만나 반가운 마음에 이름을 부르면서 뛰었다고 한다. 때마침 파란 불도 끝나가는 중이라 바쁜 마음에 뛴 것이 그만 크게 넘어지고 마셨다. 친정 엄마도 눈앞에서 떠나가는 버스를 급하게 잡아타려다 넘어져서 고생하셨다. 마음만큼 몸도 그대로인 줄 착각하셨던 것이다. 중년 이후 뛸 일이 얼마나 있을까. 나 역시 오랜만에 뛰어보고는 깜짝 놀랐던 적이 있다. 나는 뛰고 있다고 생각했는데 계속 제자리만 맴도는 느낌이 낯설었다.

모든 사람이 예외 없이 죽음에 이르지만 즉, 죽음은 선택할 수 없지만 어떻게 죽음을 맞이할 것인가는 선택할 수 있다. 세월이 흐르면서 삶이 얼굴에 베어난다. 얼굴에 무엇이 드러나게 할 것인가는 자신이 선택할 수 있는 문제다.

타인에게 해를 끼치지 않기 위한 법규는 물론 제외하고라도, 체면을 차리기 위해 이 세상을 살아가는 데 그렇게나 많은 사회적 매너과 행위 등이 필요하다는 사실에 아연실색했던 적이 많았다. 법적으로 성인이 되면서 나는 나만의 세계를 다시 구축했다. 타인의 시선을 의식함으로써 비롯되는 모든 행동들을 하나씩 정리해 나갔다. 우리가 지켜야 한다고 생각했던 많은 일들이 사실은 타인에게 피해를 입히는 것이 아니라 나 자신에게 피해를 입히고 있다는 사실을 깨달았기 때문이다.

그렇게 나를 찾고 나를 사랑하는 동안 내 안에서 저절로 넘쳐흐르게 된 사랑이 다른 이들에게 퍼져나간다면 좀 더 자연스럽지 않을까.

내가 아는 이웃집 언니는 몇 달 전까지만 해도 지병과 우울증으로 인해 어두운 사람이었다. 지병으로 인해 외출도 쉽지 않아 우울증은 더 심해지는 것 같았다. 사람들이 무심코 내던지는 한마디가 오래도록 마음을 괴롭히는 것도 모자라 자신의 신세를 한탄하는 데 힘을 쏟고 있었다.

언제부턴가 모임에서 볼 때마다 조금씩 나아지더니 말에도 자신감이 붙기 시작했다. 자신에게만 일어나는 일이 아님을 깨닫고 다른 사람들의 조언과 긍정과 칭찬을 받아들였다. 오늘은 롱패딩에 귀여운 배낭까지 메고 와서는 '좀 걸어야겠다.'며 먼저 나서는 뒷모습이 당당하여 아름답기까지 했다.

내가 어쩔 수 없는 문제에 대해서 있는 그대로 '인정'하는 것은 노년을 맞는 지혜가 된다. 대신 의무에서 많이 자유로워진 중년 이후의 삶은 '나'를 돌아볼 기회를 제공받는다. 몸만 건강하게 잘 유지시킬 수 있다면 나이가 든다는 것은 나름대로 멋진 일이다. 작은 것 하나에 목을 메고 감정이 오르락내리락 요동을 치던 시간들을 지나 전체가 보이는 시점에 이르는 일이다. 언젠가 이 또한 지나간다는 것을 몸으로 체험해 알고 있는 나이는 더 이상 작은 일에 얽매이지 않을 수 있다.

답을 찾고 연습을 하고 노력할 수는 있다. 그것은 평소에 하는 것이다. 하지만 내가 의도하지 않은 순간에, 마음을 내려놓았던 순간에, 단순한 일을 하며 머리를 비웠던 순간에, 더 이상 반박할 수 없는 옳은 답을 느닷없이 받곤 한다.

　나는 매번 글을 쓸 때마다 한계를 느낀다. 밤늦게 불을 밝히고 막다른 곳에 이른 나를 물끄러미 보고 있으면 이제는 정말 끝인가 보다를 절감하곤 한다. 그러다 자고 일어나서 다시 자리에 앉으면 어느덧 다음을 쓰고 있는 나를 발견한다. 삶은 그렇게 내 의도 밖에 있었다. 나이가 든다는 것은 내가 하고자 하는 일보다 일어나는 일을 더 많이 겪게 된다는 뜻이기도 하다. 하지만 그것은 결코 자존심 상하는 일이 아니었다. 오히려 에고가 생각하는 자기 본위의 한정된 사고에서 벗어나 전체를 바라보게 된다. 비록 내게 불리한 일이 일어난다 해도 자연과 순리의 입장에서 보자면 일어나야 할 일이 일어난 것이고 결국에는 늘 옳은 일이었다는 것을 깨닫게 되니까.

　행복을 찾는다면 결코 내려놓을 수 없다고 생각하는 그것까지 한번쯤 내려놓고 내맡길 줄도 알아야 한다. 삶이 말하고자 하는 것이 무엇인지…:

소녀에서 여자로

어릴 적 나는 부끄럼이 많은 소녀였다. 집 앞에서 이웃을 만나거나 지인, 친척들을 만날 때 기어들어가는 목소리로 겨우 인사를 하고 나면 아버지에게 항상 혼이 났다. 집에 손님들이 오시면 엄마는 꼭 내게 노래를 시켰는데 그럴 때마다 쥐구멍이라도 들어가고 싶었다. 마치 학교의 종소리라도 되는 것처럼 학년이 올라갈 때마다 모든 담임 선생님들이 꼭 나를 불러내어 매일같이 노래를 시켰다. 초등학교부터 고등학교를 졸업할 때까지 이 이상한 의식은 계속되었다. 사람들 앞에 서면 늘 내 심장은 튀어나올 것처럼 널뛰기를 했는데 아무리 시간이 지나도 익숙해지지 않았다.

초등학교 때 자주 아팠고 약골이었다. 아주 말라서 뼈만 앙상하게 남은 체격이었다. 지금도 여전히 20대 초반의 몸무게와 같다. 그러다 보니 내 외형적 인상은 보호본능을 일으킨다는 얘기를 종종 들었다. 대학 시절, 내 절친이었던 S는 나보다 더 예쁘고 키도 컸다. 워낙 외향적이었던 그녀는 활달하고 강한 이미지였다. 우리는 늘 붙어 다녔지만 이미지는 아주 반대였다.

그날은 예술대학 체전이 있는 날이었다. 나는 내가 운동을 못하게 생겼다는 걸 그때 처음 알았다. 많은 여학생들이 떠밀려 나오는 중에도 나는 누구의 추천도 받지 못했다. 사실 배구는 여자들이 하기에 쉽지 않은 종목이다. 공을 넘길 수만 있어도 반은 성공한 셈이다.

반면 나는 남자형제들 틈에서 크느라 운동을 접할 기회가 많았고 중학생 때 따로 테니스를 배운 경험도 있어서 운동 신경과 힘이 좋은 편이었다.

1세트가 끝나가는 데도 우리 과는 일방적으로 끌려가고 있었다. 남학생들의 낮은 탄식 소리가 점점 깊어갔다. "우리 과에 이렇게 인재가 없어?", "네가 좀 나가봐라."라는 소리가 여기저기서 들려왔다.

아무도 나를 거들떠보지 않았다. 그때 더 이상은 참을 수 없다는 듯 내가 손을 번쩍 들며 앞으로 나갔다. "여기 선수교체요!"라고 말하자 뒤에서 "와!" 하는 소리가 들렸다.

들어가자마자 바로 서브를 했다. 첫 서브는 네트를 아슬하게 넘겨서 그 근처에 뚝 떨어졌다. 아무도 받질 못했고 나는 다시 서브를 넣었다. 하면 할수록 공은 점점 더 멀리 시원하게 날아갔다. 여전히 아무도 받지를 못했다. 상대편에서 리시브나 토스를 할 것도 없이 거의 일방적인 내 서브만으로 득점을 냈다. 드디어 동점까지 되자 환호소리가 체육관을 울렸다. 점점 내 쪽으로 사람들의 이목이 집중되는 게 느껴졌다. 여기저기서 웅성거리는 소리가 들렸고 나를 보겠다고 머리를 빼는 동작들이 느껴졌다. 심장이 빨리 뛰기 시작했다. 솔직히 기술보다는 순전히 테니스로 다져진 우직한 힘 덕분이었다. 높고 멀리 날아가는 공을 여린 여학생들이 받아 내기에는 무리였다고나 할까. 결국은 역전을 했고 2세트에서도 내 서브

차례를 놓치지 않고 연속 득점을 하여 마침내 우리 팀이 이겼다. 그 일로 나는 한동안 예대에서 유명세를 치렀다.

S와 내가 같이 다니는 동안 사람들의 시선은 늘 그랬다. 보호본능을 일으키는 이미지가 나였는지는 모르겠지만 굳이 보호가 필요하다면 그것은 내 친구였다.

누구나 자신 안에 여성성과 남성성이 공존한다. 다만 비율의 차이일 뿐. 이성 앞에서는 여성은 더 여성스러워지려 하고 남성은 더 남성스러워지려는 경향을 띨 뿐이다. 내 안에는 내가 생각한 것보다 남성성이 더 많았다. 많은 부분들이 아버지와 남자형제들 틈에서 키워진 것이지만.

결혼해서도 이 남성성은 유감없이 발휘되어 위급한 상황이 생기거나 무서운 상황에 놓이면 오히려 내가 남편을 보호하는 경우가 종종 있었다.

나는 화려함을 뺀 힙합이나 밀리터리룩으로 편안하게 입는 것을 좋아했다. 또 한편으로는 숲속에 사는 순수한 소녀의 느낌을 자아내는 모리걸과 내추럴, 히피 스타일도 좋아했다. 아오이 유우의 모리걸 스타일은 일반인들이 입기에는 다소 부담스러운 옷도 있지만 어쨌든 도전하고 싶게 만들었다. 엄마는 20, 30대 때의 나를 회상할 때마다 '거지발싸개' 같은 옷만 입고 다녔다고 말씀하신다. 다 힙합과 모리걸 때문에 벌어진 일이다. 이 둘의 공통점은 오버사이즈라는 것. 그리고 조금만 잘못 입으면 정말 거지가 된다는 것.

나이가 들면서 신선함이 사라지고 나자 깔끔한 스타일을 입지 않으면 진짜 거지처럼 보이기도 한다는 사실이 좀 씁쓸하긴 하다.

내 안에 여성성과 남성성이 공존하듯이 힙합과 모리걸은 묘하게 내 안에서 섞여 있다. 마치 거침없고 남성다운 사고를 하는 남자와 숲속 소녀의 감성이 내 안에 공존하는 것처럼.

반면 남자들이 선호하는 스타일은 딱 정해져 있다. 여성스럽게, 하지만 너무 야하지는 않은. 남자들의 반응만 봐도 바로 알 수 있는 일이다. 여성의 실루엣이 적당히 드러나는 원피스가 남자들이 가장 좋아하는 스타일인데 살면서 별로 입어본 적이 없다. 영 내 몸에 붙지 않는 느낌이랄까. 원피스를 즐기지 않으면서도 옷을 살 때마다 고민을 했었다. 좋아하는 옷을 입느냐 아니면 이성에게 예뻐 보이는 옷을 입느냐 사이에서.

임신 중반이 넘어가도 나는 임부복을 살 필요가 없었다. 평소 오버사이즈를 즐겨 입었던 덕이다. 아이를 낳고 나자 머리가 왕창 빠지기 시작했다. 감당이 안 되어 긴 머리를 잘랐다. 화장실 가는 것도 허락하지 않는 아이 덕분에 머리도 제대로 맘 편하게 감을 수 없었다. 외출을 할 때는 못 입는 옷이 많았다. 일단 아이를 안아야 되니 장식이 있어도 안 되고 화학섬유의 옷들도 별로다. 모유수유를 할 때는 더더욱 입을 옷들이 제한되었다. 가슴 사이즈가 커지다 보니 티셔츠 한 장만 걸쳤는데도 몸이 거대하게 보였다. B컵 이상인 여자들이 헐렁한 옷을 잘 입지 않는 이유를 그제야 알게 됐다.

쇼핑몰 안, 벽에 붙은 전신거울을 지날 때면, 며칠씩 못 감은 짧은 머리에 아이에게 해가 안 되는 헐렁한 면 티셔츠를 입고 아기띠를 앞으로 맨 모습이 '슥' 하고 지나가는데 내가 봐도 깜짝 놀랐다.

꼬질꼬질하고 푹 퍼진 아줌마 그 자체였다. 그래도 별로 낙담하지 않게 되는 건 나만 바라보는 아이의 무한신뢰가 가득 담긴 눈빛이 내 머리를 마비시켜버린다는 것이다. 딸의 미소는 아름다웠다. 마치 '엄마, 내가 해줄 수 있는 게 이것밖에 없어 미안해.'라는 듯 온 사랑을 담아 보조개까지 넣어 미소를 띄워오면 사실 상거지가 되어도 전혀 문제가 아니었다.

채원이가 잘 걸어다니자 공주의 끝판왕을 보여주겠다며 티아라 머리핀과 샤 스커트, 쉬폰 원피스를 사입혔다. 핑크, 핫핑크, 베이비핑크… 동화책에서 방금 꺼내놓은 듯한 따근따끈한 온갖 핑크 원피스는 보기만 해도 가슴이 설레었다. 20대에 한번은 입어보고 싶었지만 왠지 한번 입고 고이 모셔둘 것만 같은 예감에 결국 사지 못했다.

딸은 초등학교에 들어가자마자 공주풍은 물론이고 치마도 무 자르듯 끊어버렸다. 오히려 중성적인 옷을 즐겨 입기 시작했다. 점점 나와 키가 비슷해져 갔다. 딸과 다니는 것은 언제나 즐거웠다. 누가 엄마와 딸 아니랄까 봐 먹는 것도, 입는 것도 취향이 비슷했다.

어느덧 중학교 2학년이 된 딸과 나는 평소에 장난을 많이 친다. 늘 웃고 안아주고 별것도 아닌 일에 깔깔대며 웃는다. "엄마가 너무 웃겨서."라며 딸은 툭하면 쓰러진다. 내가 웃긴다기보다는 낙엽만 굴러 떨어져도 웃을 때라서 그렇다.

어느 날 식당에서 밥을 먹다가 맵고 뜨거워서 훌쩍거리는 딸에게 코를 풀라며, "'흥' 해." 했더니 딸이 또 쓰러진다.

"난 엄마가 '응애'라는 줄 알았어."

채원이는 웃다가 거의 흐느끼는 지경이 되었다. 웃음은 내게로 전염되어 우리는 테이블 밑에 머리를 쑤셔 넣고 진정시키느라 혼났다. 어느새 나도 딸의 천진함에 전염되어 갔다.

유쾌하던 모녀 사이는 요 며칠 잠잠해졌다. 생각해보니 채원이는 나와 눈을 마주치지도 않고 안아달라며 제 방에서 나오지도 않았다. 잘 웃지도 않았다. 방에서 혼자 있는 시간이 현격히 많아졌다. 딸이 그리웠다. 뭔가 분명히 달라졌다. 딸아이 방에 잘 자라고 인사를 하러 들어갔다가 알게 됐다. 내 예감대로 남자친구가 생겼는데 서로 작은 오해가 있어 어색한 관계가 되다 보니 마음이 힘들었던 것이다. 남자랑 무슨 말을 하고 뭘 해야 할지 모르겠다는 딸의 말이 신선했다. 참 예쁠 때라는 생각이 들었다. 모든 것이 처음이니 작은 일에도 기쁘고 또 작은 일에도 슬퍼진다. 어제는 풀이 죽어있던 아이가 오늘은 밝다. 얘기가 잘된 모양이다. 덩달아 내 마음도 밝아진다. 변함없이 나에게 주었던 순도 백퍼센트짜리 사랑을 순식간에 걷어가 버린 요 며칠 동안, 명상을 하며 딸에 대한 집착을 내려놓지 않았다면 지금 이 순간 많이 아팠겠구나 싶었다. 어느새 딸은 자신의 사랑을 찾아 떠날 만큼 커가고 있었다.

엄마가 아이에게 '착하다'라고 얘기할 때 그것은 엄마의 뜻에 따라 잘 행동했다는 뜻이다. 결국 누군가의 뜻에 맞추어 산다는 것이다. 다시 말해 누군가의 시선으로 사는 것이고 그 사람의 삶을 대신 살게 된다는 뜻이다. 당신의 생각대로 살 수 없다면 그것을 당신의 삶이라 말할 수 있을까.

여성이 남성과 동등해지기 위해 남성을 따라할 필요는 없다. 남성처럼 되어야만 평등해질 수 있다면 그건 이미 여성 그 자체만으로는 열등하다는 소리밖에 안되니까. 그렇다고 사회에서 요구하는 여성성에 나를 가두어 둘 필요도 없다. 그 여성성이란 것도 시대에 따라 어차피 오락가락한다. 현모양처보다는 커리어 우먼이 대우받는 시대다. 혼전순결이란 관념도 순식간에 뒤집어졌다. 연예인 대표 연인들도 드러내놓고 해외여행을 같이 나가는 추세이며 이혼과 재혼도 더 이상 흠이 아닌, 흔한 일이 되었다. 절대 바뀌지 않을 것 같던 기준도 세월의 흐름에 따라 아무것도 아닌 게 된다.

그래서 무엇을 하든 뭘 입든 내가 아닌 그 무엇이 되려 하는 건 바보 같은 짓이다. 결국은 남의 옷을 빌려 입은 것처럼 부자연스럽게 티가 나고 마니까. 사회가 덧칠해온 여성이라는 고정관념으로 스스로를 바라보지 않는다면 내 안에서 여성성과 남성성은 알아서 균형을 맞추고 나아가 자연스러운 인간의 향기를 품어낸다. 나는 이미 나로서 충분하다.

마음 너머에 존재하기

어디를 가든 엉덩이를 붙이고 앉거나 드러누워 쉬기를 원하는 남편 덕분에 우리는 여행이나 가까운 근교로 나들이를 갈 때 꼭 돗자리를 챙겼다. 간단한 점심거리와 에어베게, 얇은 담요 몇 장도 더 챙겼다. 그리고는 산 정상까지 가는 게 아니라 가다가 쉬고 싶은 적당한 곳이 나타나면 자리를 폈다. 남편은 알아서 잠이 들고 채원이와 나는 주변을 어슬렁거리며 숲 속을 산책하거나 가까운 개울물에 가서 발을 담그며 놀거나 꽃이나 풍광을 사진에 담으며 놀다가, 자고 있는 남편 곁으로 돌아가 삼림욕을 즐기곤 했다. 어릴 적부터 여행을 많이 다녔던 딸은 어디에 내놓아도 잠을 잘 잤다. 평소에는 보기 힘든 딸의 잠든 모습을 가만히 내려다보고만 있어도 온몸이 녹아내리는 것 같았다.

흘러가는 계곡의 물소리, 깊어가는 하늘, 나무 냄새가 베인 맑은 공기를 가슴 깊이 들이마시는 내 숨소리, 이름 모를 곤충들이 지나다니며 내는 바스락거리는 소리….

숲속에 누워 보면 완전히 다른 풍경이 펼쳐졌다. 햇빛을 받은 어린잎의 연녹색과 짙은 녹음 사이로 하늘과 흘러가는 구름이 보였다. 호흡은 저절로 깊어지고 대지와 생명의 기운과 나 사이의 경계는 점점 희미해져갔다.

　나무와 생명들 사이사이를 가득 메운 공간을 느껴보자. 집안에 있다면 가구와 벽과 물건들 사이에 들어차 있는 무의 존재를 느껴보자. '무'가 없다면 '유', 즉 대상이 존재할 수 없다. 마찬가지로 대상이 없다면 우리는 무를 의식할 수 없다. 그래서 우리가 외부에서 보는 모든 물질, 그리고 내면에서 바라보는 모든 생각은 무로 들어가는 문이 된다. 하나의 대상이나 한 생각에 제대로 몰입하면 어느덧 그 대상이 사라지면서 의식만이 뚜렷하게 살아남는 이유가 이때문이다.

　중학교 때 아버지는 우리 형제들을 데리고 여름마다 바닷가를 찾으셨다. 어느 해 여름은 몇 번이나 바닷가를 갔다. 아버지께서는 해변에서 혼자 망중한을 즐기셨고 우리는 각자 온 해변을 누비고 다녔다. 고마운 순간들이었다. 어떤 가르침보다 좋은 교육이었으니까. 제법 크고 나서 가보는 바닷가는 좀 예상 밖이었다. 들어왔다 나가는 밀물과 썰물의 최고 정점인 해변은 그 거칠기가 이루 말할 수 없었다. 처음 바닷물로 들어설 때 몸은 앞뒤로 사정없이 요동을 쳤다. 빠르게 들어왔다 나가는 그 흐름에 맡기지 않으면 조그만 인간의 몸으로는 바로 거꾸러지기 십상이다. 파도의 흐름을 탄다는 것. 거대한 존재 앞에서는 일단은 그 흐름을 타야 한다. 파도에게 맞설 힘이 없는 이상 흐름을 타면서 밀물과 썰물의 간격 사이 잠잠한 때를 기다렸다가 나아갈 수밖에 없다.

　불안도 마찬가지다. 감정이 거대하게 소용돌이칠 때는 그 감정이 온몸을 휘감는다. 이리저리 속절없이 흔들리지만 이내 불안은 쓰러지며 소멸해간다.

불안과 불안 사이에 완전한 침묵이 흐르는 것을 느껴보자. 파도(마음)가 아무리 불안과 두려움으로 철썩거려도, 꿈쩍하지 않고 그 파도를 떠받치고 있는 심해(진아)가 엄연히 존재하는 것처럼.

우리의 내면 깊은 곳에도, 현실에 속절없이 흔들리는 마음과는 상관없이 꿈쩍하지 않고 지켜보는 자가 있다. 단지 우리라고 착각하며 살아왔던 모든 마음, 관념, 가치관들을 하나씩 내려놓기만 하면 그 존재가 드러난다.

(거울이라는 도구는 일단 제외하고) 우리는 우리의 눈을 직접 볼 수 없다. 오히려 눈에서 멀어질수록 관찰이 가능하다. 마찬가지로 진짜 내가 아닌 것만이 관찰 가능하다. 파도처럼 늘 외부에 의해 이리저리 흔들리는 것은 마음이 하는 일이다. 하지만 어떤 자극에도 흔들림 없이 늘 원래의 그것으로 남아 지켜보는 자가 있다. 이 '진아'는 진아 자신을 볼 수 없다. 눈이 눈을 볼 수 없는 것처럼. 우리가 관찰할 수 있는 것은 진아와 연결되어 있긴 하지만 진아는 아닌 육체와 마음뿐이다. 아쉽게도 관찰할 수 없다는 이 점 때문에 우리는 영혼을 믿기보다는 마음을 더 쉽게 믿는다.

일상생활을 하면서 지켜보자.

쭈글쭈글 주름진 다육이 잎이 보인다. 지켜본다. 집안에 습기가 모자라나 보다. 이 생각 역시 지켜본다. 내가 지금 생각하고 있다는 것을 알아차릴 수 있는 이유는 그 생각을 지켜보는 자가 있다는 것을 뜻한다. 이제 그 지켜보는 자를 알아차린다….

마음이 침묵하는 순간이 있다. 치열하게 목표까지 달려왔는데 아무것도 없다는 것을 발견했을 때, 거대한 자연 앞에 말문이 막힐 때, 세상 끝까지 내몰려 더 이상 갈 곳 없이 완전한 절망에 빠졌을 때, 어떤 화두에 대한 답을 찾기 위해 끝까지 생각했을 때, 신에게 완전히 헌신하는 마음으로 기도할 때, 절체절명의 순간에 빠졌을 때…. 마음은 이때 갈 곳을 잃는다. 미친 듯이 폭주하던 생각은 힘을 잃고 잠잠해진다. 그리고 마음이 끊어진 곳, 바로 우리의 내면 깊은 곳에서, 여태 찾아 헤맸지만 발견할 수 없었던 궁극이 그 모습을 드러낸다. 결코 변한 적 없고 결코 숨은 적 없지만 보이는 세계 너머에 꽁꽁 가려져 있던 그 존재가.

마음이 끊어진 시간이 찰나처럼 짧든, 명상에 들 때처럼 길든 간에 어쨌든 우리는 살면서 이런 침묵의 순간을 맞이해본 적이 있다. 너무 짧아서 미처 의식하지 못한 채 지나가버릴 뿐이다. 그 침묵의 순간을 연장하면 된다. 노력해보자는 마음이 아니라 내려놓고 의식하면 된다.

어릴 적부터 나는 뭔가를 하다가도 한 번 정지 상태에 들어가면 오랜 시간을 꼼짝 않고 있었다. 엄마에게 나는 그저 자주 멍 때리는 아이로 보였을 것이다. 그럴 때마다 엄마는 어디다 정신을 파는 거냐고 호통을 치셨다.

엄마가 재봉틀의 여러 복잡한 구멍에 실을 끼우고 노루발 밑에 천을 대어 페달을 밟으면 박자에 맞춰 일정하게 들려오던 기계 소리, 옷수선을 하느라 한 땀 한 땀 꿰매던 엄마의 손동작, 외출하느라 주황색 립스틱을 솔에 묻혀서 입술에 정성스럽게 화장하던 엄마의 손, 또 손님이 오셔서 커피를 대접할 때 평소에는 볼 수 없던 커피 잔에 받침까지 받혀서 내오면 커피잔에서 아지랑이처럼 피어오르던 김과 처음 맡아보는 황홀한 냄새, 오랜만에 보는 엄마의 환한 미소, 아줌마들의 왁자지껄한 수다 속에 뜻 모를 외계어처럼 느껴지던 말들이 점점 아득히 멀어지는 순간이 왔다. 옆에서 가만히 지켜보던 어린 나는 어느새 온몸이 나른해지며 깊은 무의 세계로 빨려 들어갔다.

다 커서도 그랬다. 무언가를 하다가 마치 얼음땡놀이라도 하는 것처럼 편안한 자세도 아닌, 하던 행위 그 상태로 멈춰버리곤 했다. 완전한 침묵은 의도하며 찾아오는 게 아니기 때문이다.

남들과 똑같이 살 필요는 없어

분명 우리는 지구를 디디며 살고 있는데도 자연으로부터 도시를 고립시키며 살고 있다. 산업이 발달되는 방향은 자연과의 공존을 꿈꾸기보다는 편리함과 오락과 상상을 실현시키는 쪽으로 흘러가는 것 같다. IT가 발달한 우리나라는 이런 면에서 더 앞서가는 느낌이다.

3차원의 세계를 뚫고 마음 한 조각 들여다보기도 쉽지 않은 세상에 이제 가상현실에서 증강현실까지 더해지고 있다. 진짜처럼 보이는 현실이 점점 늘어나면서 본질을 발견하기가 더 복잡하게 되었다.

태양이 차단된 잿빛 하늘과 미세먼지로 가득한 뿌연 공기를 가르며 주인공이 등장하는 장면은 언제나 SF영화의 단골이었다. 그 이미지가 벌써 현실이 되어 눈앞에 펼쳐지다니. 신선한 먹거리와 신선한 공기를 마시는 최소한의 기본적 권리마저 점점 추구해야 할 목표가 되어간다.

특히 봄이 되면 딸이 등교하기 전까지 날씨 정보를 통해 미세먼지 단계를 점검하고 미세먼지필터 기능이 있는 마스크를 써야 할지 말아야 할지 확인해줘야 한다. 내면으로 들어가는 첫 단계인 몸을 건강하게 유지하는 것조차 쉽지 않은 환경에 살아가고 있다.

외부 세계는 점점 더 다양해지고 복잡해지고 화려해지면서 우리는 온통 거기에 마음을 빼앗긴다. 마음은 내면으로 들어가는 문이 아닌, 가상공간으로 들어가는 문이 되려 한다. 물론 가상공간 역시 마음이 만나는 곳이긴 하지만 여전히 의문은 남는다. 우리는 과연 발달하고 있는 사회에 살고 있는 게 맞을까?

마음은 철저하게 에고를 위해 존재한다. 자원봉사나 희생을 실천하는 사람들마저도 자신의 마음의 병을 치유하기 위해 나섰거나, 자신보다 더 불행한 사람들을 보며 위로받고 싶어서이거나, 착한 사람이 되고 싶다거나, 이런 다양한 이유들을 품고 있지만 공통점은 자기 자신을 위해서 자원봉사를 한다는 것이다.

나 역시 한때 자원봉사를 했지만 너무나 적나라하게 내 속이 보였다. 어쨌든 그 일을 한 이유는 좀 더 나은 내가 되고 싶다는 것이었다. '좀 더 나은 나도 결국 마음이다. 어떤 것도 의도하지 않을 때, 나의 성장을 위해서라는 마음도 내려놓을 때, 그저 '자원봉사'만이 존재하는 순간이 온다.

마음이 옳기 때문에 마음을 이용해 사는 것이 아니다. 그것이 지금의 세상을 살아가는 방식이기 때문에 연구하지 않을 수 없는 것뿐이다. 그리고 마음이 아닌 의식 차원의 삶을 살 수만 있다면 우리는 한 번에 제대로 성장할 수 있다. 그 삶은 이중성을 낳지 않으며 결코 여기저기서 갈등이나 충돌을 빚지 않는 융합하는 삶의 방식이 될 것이다.

솔직히 말하자면 이 세계에서 받는 교육이란 것이 내가 그동안 체험한 영혼과 본질, 존재에 대한 답을 찾아가고 자신을 탐구하기에는 달라도 너무 다른 교육체계라는 것에 참담하지 않을 수 없었다. 고생해서 번 돈을 하고 싶은 것도 참아가며 자녀의 학원비로 쏟아 붓고 있는데 정작 그 자녀는 자신이 누구며 어떻게 행복해질 수 있는지, 마음은 어떻게 데리고 살아야 하는지 전혀 알지 못한다. 단지 얼마나 짧은 시간 안에 얼마나 많은 지식을 집어넣을 수 있는 지만 평가받고 있는 듯하다. 다행히 딸은 좀 피곤해하긴 하지만 행복한 학교생활을 하고 있는 편이라 아직은 내가 나서서 뭔가를 정리해줄 수도 없다. 다만 이제는 학교가 해주지 않는 영혼과 마음에 대한 공부를 시작해야 할 때가 온 것 같다.

마음 읽어주기

 내 집을 마련해야 한다는 생각으로 돈을 모았고 집을 마련한 뒤로는 남은 대출금을 갚느라 허리띠를 졸라맸다. 대출금을 다 갚은 뒤엔 또 이사를 했고 다시 대출금을 떠안았다. 그 대출금이 끝난 후엔 새 차를 사느라 또 대출금이 시작되었다. 어차피 대출금을 끼고 살 인생, 좀 마음이라도 편했으면 좋으련만 빚지고 못 사는 성격이라 대출금이 있는 동안은 늘 마음이 편치 않았다. 월급이 들어오면 제일 먼저 대출금부터 갚았다.

 사실 돈을 쫓으며 삶을 소비하고 싶지는 않았다. 돈에 대해 신경을 쓰는 시간 자체가 아까워서 그냥 남들이 사는 대로 기본만 유지하자는 정도였다. 하고 싶은 대로 살다가 죽을 때 원 없이 탁 털어버릴 수 있을 정도로 삶에 충실할 수만 있다면 그만이었다.

 하지만 현실에서 그 생각대로 행동하는 것은 또 다른 차원이다. 속도를 내며 달리고 있는 열차의 방향을 바꾸는 문제와 같다. 가던 방향대로 놔두는 것은 힘이 거의 들지 않지만 방향을 바꾸기 위해선 엄청난 힘이 더 필요하다. 내 마음은 돈이 최우선은 아니라고 하면서도 삶 자체까지 그렇게 수정되기 위해선 더 깊은 주시가 필요했다. 그냥 주시가 아니라 돈에 관한 모든 경험을 다 한 것과 똑같은 효과를 내기 위해선 나의 온 존재를 다 동원한 에너지를 쏟아 붓는 주시가 필요했다. 그것은 30대 후반에 들어서야 가능해졌다. 그 전에는 단지 돈을 모으기 위한 저축일 뿐이었다.

남편은 좋아하는 취미나 자신에 대한 투자를 아끼지 않는 사람이었다. 비자금을 따로 크게 챙겼던 남편과 한동안 갈등이 있었지만 상대적으로 내가 그렇게 살지 못했던 건 내 스스로의 선택이었다. 그러니 남편 탓만 할 수도 없는 일이었다.

그렇다고 나에 대한 애정이 식어서 딴 주머니를 찬 것도 아니었다. 돈을 쓰는 습관이 다르고 취미가 다르다 보니 점점 각자의 시간이 많아졌다. 내가 남편의 취미를 반대한 것도 아니었다. 다만 취미와 가정생활 사이의 균형을 깨뜨린 것이 섭섭했다.

쌓이는 마음을 풀 데가 없으니 혼자 중얼거리곤 했다. 집안일을 하면서 나도 모르게 남편 욕을 궁시렁궁시렁 해댔다. 옆에서 듣던 딸이 한마디 거들었다.

"맞지, 엄마. 아빠는 도대체 왜 그런데?"

화들짝 놀랐다. '내가 또 뭔 짓을 한 거지?'

"방금 한 말은 엄마 혼자만의 생각이고, 아빠 생각은 또 달라. 넌 아빠 생각을 들어보지 않았잖아. 한쪽 말만 듣고 판단하는 건 곤란해. 아빠는 자기 삶을 열심히 살고 계신 거야. 다만 아빠 씀씀이가 좀 커져서 엄마가 감당이 안 돼서 그래. 어쨌든 하고 싶은 건 할 권리도 있는 거니까."

내 억울함만 말하고 싶어도 언제나 나는 딸에게 남편의 항변까지도 대신하여 같이 말해줄 수밖에 없었다. 처음에는 순전히 딸을 위해서 아빠의 입장을 대변해주었다. 나의 입장도, 남편의 입장도 딸은 제대로 알 권리가 있다. 그 다음 판단은 딸의 몫이다.

그랬는데 딸을 위한 그 행동이 남편을 이해하는 데 큰 역할을 했다. 남편의 입장을 얘기해주는 동안, '그래, 정말 남편으로서는 그러고 싶었는지 몰라. 골프는 너무 하고 싶은데 아내의 반응은 미지근하고, 일찍 돌아가신 아버지를 생각해봐도 건강할 때 하고 싶은 걸 원 없이 해야 하는데.'라며 속을 태웠을 것 같았다.

무엇보다 내가 체크카드를 쓸 때마다 남편 핸드폰으로 알림이 들어가게 설정되어 있다는 말을 듣고는 기분이 나빠 한동안 그 체크카드를 쓰지 않았다. 그러니 남편 역시 아내에게 일일이 보고되지 않는 비자금을 갖고 싶었을 것이다.

내 마음 안에는 여러 목소리가 있다. 가장 큰 목소리는 부정적 목소리로, 남편에 대해 풀리지 않는 분으로 가득 차 있어 진탕 욕을 해대고 싶어 했다. '왜 내가 남편 때문에 아무것도 못하고 살아야 하지? 나는 가정을 위한 자원봉사자가 아니야. 나도 내 꿈이 있었다고!'

긍정적 목소리는 '적어도 네가 하는 일에 간섭을 받진 않잖아. 하고 싶은 일을 하는 사람은 다른 사람도 응원해주게 돼 있어. 잔소리도 하지 않지.'라고 한다.

그러면 중립적 목소리가 말한다. '일단 진정해. 그렇게 하고 싶은 대로 다 말해버리면 채원이는 정말 무정하고 자기밖에 모르는 아

빠를 둔 아이가 돼버리고 말테니까. 어차피 죽으면 없어질 몸이야. 뭘 지키려는 거지?'

이로써 3대 2로 화가 난 부정적 목소리가 지고 말았다.

내 안에서는 늘 부정적 목소리가 가장 크다. 마음이 가장 크게 내는 목소리이기 때문이다. 시간 사이를 오락가락하며 미리 걱정하거나 후회를 한다. 하지만 나는 언제나 중립적 목소리나 긍정적 목소리에 큰 힘을 실어준다. 대신 부정적 목소리에게는 주시를 하거나 그 존재를 엄연히 인정하는 태도를 유지한다. 그렇지 않으면 그 아이는 내면 안에서 이리저리 숨어 다니다가 엉뚱한 순간에 사고를 치고 만다. 위험할수록 잘 찾을 수 있는 곳에 두어야 한다.

내 안의 부정적 목소리를 인정하고 나면 타인을 이해하는 것이 한결 쉬워진다. 실제로 악하기만 한 사람은 거의 없다. 지극히 평범한 사람도 이해받지 못하고 인정받지 못하는 상황이 되면 돌변할 수 있다. 타고난 악인이 있다기보다는 불안, 두려움, 공포로부터 벗어나 안전을 추구하는 과정에서 문제적 행동이 발생하게 된다. 자신의 마음이 불안해서 아이를 단속하고 남편을 단속하게 된다. 들여다보면 아이나 남편은 문제가 없고 오로지 불안한 자신의 마음이 더 문제인데도 말이다.

주말 오후, 오랜만에 셋이 나란히 소파에 앉아 아이돌 서바이벌 프로그램을 보고 있었다.

"예전 MC가 훨씬 더 좋았는데."라며 남편이 무심코 한마디 던졌다. 나는 곧바로 "아, 진짜 보는 눈 하고는. 저 여자가 훨씬 자연스러운 거야. 이전 MC는 너무 오버해서 정말 못 봐주겠더니만. 뭐 그렇게 항상 과한 걸 좋아해?" 하고 남편에게 핀잔을 주었다. 사실 그 말의 이면에는 평소 화려하고 눈에 띄는 명품만 좋아했던 남편에 대한 핀잔이 같이 묻어있었다. 그로 인해 내가 겪었던 지난날의 고생에 대한 불만이, 남편 취향의 MC에 대한 신랄한 욕으로 다시 태어난 것이다. 채원이가 연이어, "맞아. 나도 예전 MC는 진짜 이상했어."라고 맞장구를 쳤다.

그 순간 내면에서 번쩍하며 또다시 한 대 얻어맞은 느낌이었다. 영혼의 가르침이었다. 남편은 아무 말 않고 있었지만 상처를 받았다는 것을 확연히 알 수 있었다. 그는 자신과 그 사회자를 동일시하면서 그의 스타일과 취향이 무시당했다고 생각했다. 그러자 내가 예전에도 오늘과 비슷하게 연예인들에 대해 이러쿵저러쿵 저울질 했던 기억이 줄줄이 달려 나왔다. 그전에도 우리는 각자의 취향이 더 우월하다며 우겼고 또 대상과 나를 동일시하며 끝까지 자기 고집을 내세웠다.

내가 SNS에 악성댓글을 다는 사람들과 다른 게 뭘까. 단지 댓글만 안 달았다 뿐이지, 그 마음은 별반 다르지 않았다. TV라는 물체를 통해 보는 인물들이라서 아마도 나는 통틀어 무생물 취급을 했던 것 같다.

이전 같으면 남편은 그냥 '내가 참자.'라고 생각했을지 모른다. 하지만 뒤늦게 내가 남편의 마음을 읽어주자 그는 마음이 상했다는 걸 인정했고 나는 진심으로 사과했다. 그게 무엇이든 인정하고 나면 더 이상 충돌할 이유가 없어진다. 그래서 있는 그대로 인정한다는 것은 부드럽지만 강력한 변형의 힘을 지닌다. 남편에게 한껏 애교를 부리고 서로 마음을 푼 후에는 뭐랄까, 그전에 쌓였던 갈등까지 한꺼번에 해결된 듯한 후련함을 느꼈다. 마음이 꼭 들어맞는 순간이었다.

남편과 딸의 사이는 나이가 들어갈수록 점점 더 대화가 자연스러워져간다. 남편의 노력이 엿보여 무척 고맙다. 퇴근하고 짧은 시간인데도 꼭 우리에게 한두 번의 질문을 하면서 대화를 놓지 않으려 애쓰는 모습이 고맙다. 아빠와 딸의 일상을 비교하자면 공통분모가 전혀 없는데도 질문을 하고 대답을 하는 것 자체가 이미 기적 같은 일이다. 내가 부정적 목소리에 힘을 실어주고 기분대로 마구 말하며 살았다면 지금 같은 부녀 사이는 존재하지 않았을지 모른다.

세 번째 이야기

지구별에 태어난 이유

다름이 모여서 세상이 아름다운 거야

새로운 사람들을 만날 때마다 한번은 거쳐야 하는 신고식처럼, 내가 채식주의자라는 것을 밝혀야 할 때가 있다. 어김없이 내게로 모든 시선이 꽂히는 것도 그렇고 왜 채식을 하는지에 대한 대답도 수없이 반복해오고 있다. 그래도 요즘에는 사람들이 채식주의자가 무슨 말인지도 알고 어느 정도 인식이 되어 있는 상태다. 하지만 예전에는 채식주의자라는 단어부터 설명해야 하고 그 설명 뒤에는 이런 말도 들었다.

"골고루 먹는 사람이 성격도 좋아."

"고기를 먹어야 힘을 쓰지."

"고기를 안 먹으면 단백질을 어떻게 보충해?"

"나이 들면 힘들 텐데."

"남편과 애는 어떻게 해?"

솔직히 말하면 채식이 그냥 개인의 선호가 아니라 사회의 규범처럼 느껴질 때가 많았다. 내가 좀 튀어보니 알게 된 사실은 우리 사회에서 약간 다르게 산다는 것이 얼마나 피곤한 일인지 새삼 실감하게 되었다는 것이다. 사회의 소수자들이 겪는 소외감이 어떤 것인지 알 것 같았다. 지금 내 주위에 있는 지인들은 다행히 있는 그대로를 인정하고 각자의 선호대로 먹으면 그만이다.

대학을 다니던 시절부터 고기 알레르기가 나타나더니(당시 나는 가끔씩 고기를 먹고 있었다.) 심한 만성 위염에 시달렸고 물조차 소화하기 힘든 시간들이 이어졌다. 외식을 할 경우 간혹 고기가 섞여 들어간 사실을 모르고 먹거나 국물에 고기 성분만 섞여 있어도 그런 일이 일어났다. 기운을 못 차리고 땅속으로 꺼져버릴 것만 같았다. 한번 체하면 일주일이 다 될 때까지도 회복될 기미가 보이지 않으니 한 달 중 적어도 열흘 정도는 굶고 다녔다. 지금 같으면 속이 좀 안 좋을 땐 따뜻한 생강차 한 잔만 마셔도 풀려버릴 일인데 말이다. 결혼 후에는 증상이 심한 복통으로 나타나 길바닥에 그대로 쓰러진 적도 몇 번 있었다. 그 고통이 얼마나 심했으면 딸을 낳을 때도 생각보다 힘들지 않다는 느낌이 들 정도였다.

20대 중반, 한 명상센터에 들어가게 되었다. 그곳은 지역마다 볼 수 있는 여느 명상센터가 아니라 밀교에 가까운 형태로 엄격한 완전채식을 요구하는 곳이었다. 거기서 6개월간 처음으로 완전채식을 했는데 그 과정에서 의도하지 않게 내 지병은 깨끗이 나았다. 고기만 먹지 않는다면 평소에는 문제가 없는 상태로 호전된 것이다. 원인이 고기 때문이라는 건 명상센터를 다니고 나서야 알게 되었다. 내 생활에서 바뀐 것이라고는 고기밖에 없었기 때문이었다. 당시 나는 건강 때문이 아니라 나를 알고 싶어 명상센터에 들어갔었다. 지병이 완치된 건 일종의 보너스였다. 그 우연치 않은 결과로 더더욱 명상과 채식에 가까워졌다. 이렇게 내 상황을 이해시켰다고 생각했으나 지나고 나면 사람들은 매번 다 그 이유를 잊어버리고 다시 나를 설득하려 들었다. 아니 처음부터 그 이유 따위는 궁금하지 않았던 것이다. 그저 튀어 보이는 나에게 한마디씩 가르치려 했을 뿐이다.

처음 몇 개월간은 스테이크와 만두가 그립긴 했다. 하지만 6개월 정도 흐르자 마음이 더없이 홀가분해졌다. 더 이상 고기가 먹고 싶다는 생각은 조금도 들지 않았다. 분명 식욕은 인간의 기본적 욕구인데 그것을 넘어선 뒤에는 이상하게도 엄청난 해방감이 몰려왔다. 전혀 예상하지 못했던 일이다. 기본적 욕구도 없다면 삶에 대한 욕구도 사라지지 않을까 하는 의문이 들었지만 결론만 말하자면 좀 다른 삶의 방식이 시작되었다.

살이 빠져서 가벼운 것이 아니라 몸이 가뿐해진 느낌이었다. 마음도 역시 가뿐해졌다. 점점 다른 음식에 대한 욕심도 사라지기 시작했다. 사실 스테이크보다 더 힘들게 끊었던 건 커피였다. 커피를 마시면 온몸이 떨리고 심장이 빨리 뛰며 밤에 잠도 잘 수 없는 카페인 과민반응이 있어 끊어야 했지만 쉽지 않았다. 그런데 음식에 대한 욕심이 거의 사라지면서 커피도 자연히 해결되었다. 이런 얘기까지 하고 나면 많은 사람들은 나를 까다롭게 바라본다. '남편이 참 고생하겠다.'라는 말도 제법 들었다. 평균치에 가까우면 정상적인 사람이, 그 수치에서 멀어질수록 비정상이거나 까다로운 사람으로 분류된다. 돌이켜보면 나도 까다로운 사람으로 분류되면서도 나 역시도 이런 잣대로 많은 사람들을 봐왔다는 것을 시인하지 않을 수 없다.

우리나라 사람들은 집단주의가 강하고 관계를 중요시하다 보니 나만 두고 본인들만 먹는 것 같은 마음에 미안해한다. 이렇게 맛있는 걸 내가 참기 힘들 거란 생각에 또 미안해한다. 그러지 말았으면 하고 바라지만 어쩔 수 없다. 내가 받아들이는 수밖에. 미안해하지도 말고 그냥 자기 메뉴를 시켜서 맛있게 먹어주면 된다. 고기가 들어가는 메뉴를 시키면서 미안해하지 않으면 나로서는 더 고맙다.

서로 상대방을 배려하는 마음이 너무 커서 절충이 안 될 때 나는 요즘 상대의 마음을 받아들이는 법을 연습 중이다. 그것이 익숙하지 않다 보니 받으면서도 매번 고마움을 제대로 표현하기보다는 '뭘 이런 걸.'이라며 오히려 죄송한 표정을 짓곤 한다. 상대방을 위한다면 고맙고 기쁜 마음을 그대로 내비치는 것이 더 좋을 텐데도 매번 나의 표현은 내 마음을 따라가지 못하고 있다.

있는 그대로의 나를 바라보기

H는 당시 중학생이었던 아들에게 문제가 생겨 곧 학교자치위원회에 불려가게 됐다고 말했다. 우리는 여러 날 동안 집 근처 하천을 따라 난 공원을 산책하며 얘기를 이어갔다. 대화가 점점 깊어지다 보니 아들이 한때 ADHD 판정을 받았다는 말과 학교를 가려하지 않아 늘 자신이 학교 안으로 들어가는 아들을 직접 보고 와야 마음이 놓였다는 고충을 털어놓았다. 그런데다 이번에는 학교밖에서 담배를 피우다가 부장 선생님이 부르자 도망친 한 학생이 있었는데, 그 선생님이 앨범을 뒤져보고는 자신의 아들을 지목했다는 것이었다. 선생님이 문제 학생을 본 것은 몇 초에 불과한데다 다른 정황 증거 없이 앨범에 있는 단 한 장의 사진만으로 판별하기에는 섣부른 결론이었다. 사진은 찍는 각도나 빛, 렌즈의 굴절에 의해서도, 현상이나 인화과정에서도 얼마든지 왜곡될 수 있기 때문이다. 또 표정에 따라 인물이 달라 보이기도 하고 실제로는 다르게 생겼는데도 사진에 따라 비슷하게 닮아 보이기도 하는 등 그런 변수들은 얼마든지 차고 넘친다. 아들은 변호사라는 직업에 관심을 가지게 되었을 정도로 억울해한다고 말했다. 그렇게 우리의 대화에다 그녀 나름대로 변론을 더 준비해서 결국은 가벼운 처벌로 끝났

지만 그녀는 이번 일로 생각이 많이 복잡해진 것 같았다. 자신이 잘못 키운 결과라는 생각에 계속해서 자신을 자책했다. 어떤 자기 방어도 하지 않은 채 자신을 있는 그대로 바라보는 것은 엄청난 용기가 필요하다. 그녀는 이번 일을 계기로 피하지 않고 용감하게 있는 그대로의 자신을 바라보았다. 죄책감에 함몰 당하지만 않는다면 변명하지 않고 주시하는 것은 꼭 필요하다.

해가 지려 하고 있었다. 더위도 한 풀 꺾였다.

"우리 애는 아무것도 하려 하질 않아요. 남자애가 집에 가만히 틀어박혀서 하루 종일 핸드폰 게임만 해요. 밤늦게까지 하다가 핸드폰을 옆에 두고 잠이 들어요. 그러니 다음 날 일찍 일어날 수가 없죠."

H가 풀이 죽어 말했다.

처음부터 아무것도 하려 하지 않는 아이는 드물다. 아이는 세상을 향한 호기심으로 가득하다. 자라면서 호응을 받지 못하고 규범에 둘러싸이다 보니 할 수 있는 일이 점점 줄어드는 것이 문제다. 그녀는 아프지만 자신의 잘못을 인정했다. 우울증을 겪고 있던 그녀는 아이가 뭔가 하고 싶어 할 때 반응해주지 못했다. 또 아버지가 심하게 훈육한 적도 몇 번 있었다. 그냥 남자아이를 키우는 것도 힘든데 ADHD를 겪는 남자아이를 키우는 것 자체가 얼마나 힘들지 나로서도 가늠이 잘 안 된다. 그제야 그녀의 첫인상이 어두워 보였던 이유가 이해되었다.

지난 일을 떠올리며 내가 말했다.

"사실 어느 집에서나 일어날 수 있는 일이잖아. 나 역시 채원이 낳고 나서부터, 생리 전에는 꼭 난폭해지곤 했어. 보통 때 같으면 그냥 넘어갈 수 있는 일인데 그런 날은 모든 것이 너무 심각해지지. 분노를 뿜고 나면 이내 심한 자책감, 우울감이 몰려와서 죽은 사람처럼 쭈그러져 있곤 했어. 자기만 그런 게 아니야."

죄책감은 상황을 바로잡을 수 있는 기회와 에너지를 모두 빼앗아 간다. 삶의 동력이 끊기는 일이다. 맞벌이에 치여 아이를 잘 돌봐주지 못해서, 아픈 아이를 두고 나와서, 내 감정대로 마구 아이를 휘둘러서, 이런저런 이유로 부모는 늘 죄책감에 시달린다. 마치 출발하기도 전에 차가 길바닥에서 퍼져버리는 것과 똑같다. 대안을 마련할 엄두도 내지 못한 채 '자신과 차'만 탓하고 있다. 죄책감을 느끼는 운전자는 이런 차와 운전자를 부정한다. 우리가 죽지 않는 한 차를 갈아탈 방법은 없다. 어떻게든 우리는 차와 운전자를 재정비하고 길 위에 다시 서야 한다. 그렇다고 변명 뒤에 숨으라는 뜻도 아니다. 죄책감에 떠밀려 다니느라 낭비되는 에너지를 아껴서 상황을 반전시키는데 힘을 쏟았으면 한다. 물론 처음엔 쉽진 않지만 모든 것이 연습이다. 자책 대신에 어려운 상황에서도 견뎌준 자신에게 위로와 격려를 아끼지 말아야 한다.

물에 반사된 햇빛이 마지막 붉은 빛을 사방에 흩뿌리고 있었다. 어둠이 빠르게 내려앉았다.

"언니가 우리 애 엄마였다면 우리 아이가 지금처럼 안 됐겠지. 아마 잘 컸을 거야."

그녀는 몇 번이나 이런 말을 되뇌었다. 그 말에 나는 씁쓸히 웃으며 말했다.

"자책하지 마. 잘 견뎌왔잖아. 나도 실수를 많이 했지. 왜 아니겠어? 그럴 때마다 마음을 들여다보고 또 들여다봤어. 같은 실수를 반복하지 않으려고 필사적으로 공부했지. 그러다 보니 실수의 횟수가 점점 줄어든 것뿐이야. 아이가 엄마에게서 세상을 배워가듯 엄마도 아이를 보며 자신을 배워가는 것 같아."

마음의 먼지는 매일 쌓인다

사실 명상을 올바른 방법으로 제대로 했다면 누구나 발견할 수 있는 것이 에고를 넘어선 진아이며 본질이다. 그런데도 그 상태를 깨우치거나 유지하기가 어려운 건 현실의 유혹이 너무나 강렬하기 때문이고 그래서 매일 마음의 먼지가 쌓이기 때문이다. 또 삼매를 경험하거나 그밖의 여러 설명할 수 없는 현상들을 겪고 나면 '내가 난데!'라는 하등의 도움 되지 않는 자만심이 불쑥불쑥 올라오면서 본질을 흐려 놓게 되기 때문이다. 굳이 명상이 아니라도 마흔이 넘어서면 인생이 좀 보인다는 느낌이 드는데 이때가 위험할 수 있다. 직관에 의해서 알아지는 것이면 차라리 다행이지만 많은 부분들이 그동안 쌓인 경험을 바탕으로 지레짐작하는 것이 문제다.

내 마음 한편에서도 그런 자만심이 꿈틀거리고 있었다. '이 정도면 됐어.'라는 위험한 생각이 싹트곤 했다. 마치 모든 일을 다 꿰고 있다는 듯, 내 손 안에 있다는 듯한 착각이 들곤 했다.

채원이는 초등 6학년 때까지 학원을 다니지 않고 집에서 공부했는데 특히 수학을 할 때마다 종종 나와 마찰이 있었다. 그때까지만 해도 학업에 대한 열의가 지금처럼 높지 않았기 때문에 다음 날이면 배운 내용을 잊어버릴 때가 많았고 똑같은 얘기를 자꾸 반복해야 하는 나는 점점 그 한계를 드러냈다. 게다가 지나고 보니 그때가 사춘기로 접어드는 시기여서 한참 예민할 때였다. 우리는 종종 학업에서 벗어나 감정적인 말다툼을 하게 되었다. 지금 같으면 둘 중 하나가 알아서 말을 멈추고 귀를 기울였겠지만 그때는 채원이가 엄마에게 한마디도 지지 않을 때였다. 나는 우리가 서로에게 점점 상처를 받게 되었다고 느끼기 시작했다. 더 이상 이런 방법으로는 안 되겠다고 생각했다.

어느 날 딸아이 모르게, 책상 한 귀퉁이에 쌓여있는 책 더미 사이에 녹음 기능을 틀어놓은 핸드폰을 끼워 넣고 수학공부를 시작했다. 나도 모르게 '딱 걸렸어.'라는 생각이 들었다. 채원이는 예상대로 내 말꼬리를 물고 늘어졌다. 나는 한숨을 쉬다가 맞받아치기도 하고 타이르기도 했지만 늘 우리가 했던 대로 점점 빈정이 상하는 지경에 이르렀다. 간신히 공부를 끝낸 뒤 녹음을 재생시켜 보았다. 확실한 물증을 잡았으니 이제는 채원이도 정신을 차리겠지 싶었다. 그런데 웬 낯선 목소리가 귀에 거슬렸다.

'응? 이 목소리는 뭐지?' 정말이지 처음 들어보는 목소리였다.

가끔씩 녹음기나 동영상으로 보는 나는 여전히 낯설긴 하지만 한결같이 웃거나 밝은 모습을 하고 있었다. 누군가 지켜보고 있다고 의식한 채로 행동한 것들이었다.

이미지 관리를 하지 않은 날것 그대로의 내 목소리는 신경질적이고 사무적이며 날카로운 하이톤의 웬 여자 목소리였다. 머리를 한 대 크게 얻어맞은 느낌이었다. 채원이도 격앙되어 있었지만 내 목소리가 어찌나 얄밉게 들리는지 충격 그 자체였다. 아이를 자극하기에 충분한 목소리였다. 더 이상은 마음공부가 필요 없다는 자만에 점점 빠져들었던 때였다. 딸을 잡으려고 파놓은 함정에 내가 빠지고 말았다. 오만함이 제대로 꺾였던 순간이었다.

그 후 우리는 넘지 말아야 할 선을 확실히 지켜나갔다. 또 자꾸 부딪히는 수학공부에 대한 구체적인 대안을 마련하기 위해 머리를 맞대기 시작했다.

마음이 어긋나 있는데도 서로 깨닫지 못한 채 시간만 흘러갈 수 있다. 평범한 일상 속에서 어떤 사건이나 계기 없이 문제를 자각하기란 쉽지 않다. 그럼 시간이 흐른 어느 날, 고생해서 키워놓고도 원망을 먼저 듣게 되는 순간이 오지 않을까. 아이들을 야단치기 전에, 무엇인가를 바로 잡기 전에, 나를 돌아보는 것이 먼저다. 그런 다음 아이의 마음을 읽어주어야 한다. 이것은 모든 심리학자들이 한결같이 얘기하는 가장 중요한 점이다. 할 말이 많더라도 일단 한 번 참고 상대의 마음을 헤아려주어야 한다.

이런 습관은 우리 세대가 부모로부터 받지 못한 교육이기 때문에 우리가 먼저 습관을 들여야 한다. 사실 그 마음만 진심으로 헤아려주어도 나머지는 아이들이 다 알아서 한다. 같은 공간에 있어도 마음이 만나지 못하면 그건 같이 있는 것이 아니다. 이해받지 못한 마음만이 삐뚤어진다. 아이들은 늘 지시하는 부모 앞에서는 마음을 열지 않는다. 이미 부모가 무슨 말을 할지 알고 있기 때문이다. 십년 이상 많든 적든 잔소리를 들었으니 이미 말하지 않아도 안다. 그러니 '어, 우리 엄마가 오늘은 좀 다른데.'라는 가능성을 인지할 수 있을 때라야 진짜 속마음을 연다. 내가 아이들 마음을 모두 알 거라는 착각은 하지 말아야 한다.

어릴 때 아버지는 가끔씩 나를 불러 물어보곤 하셨다. "무슨 힘든 일이라도 있는 거냐." 그러면 나는 목이 메어와 단 한마디도 내뱉지 못하고 눈물만 흘렸다. 그때 나는 내 마음을 어디서부터 어떻게 풀어야 할지 전혀 알지 못했다.

나는 가끔씩 딸에게 다시 확인한다.

"혹시 엄마에게 할 말 없니? 엄마는 뭐든 들어줄 준비가 돼 있어."

가족회의 시간을 정해 가족 간에 일어날 수 있는 여러 갈등을 미리 살펴보고 조율할 때 핸드폰 녹음이나 동영상 기능을 이용해보자. 내가 생각하는 나와 녹음 속의 내가 많이 다르다는 것을 알면 아마 깜짝 놀랄 것이다. 관계 속에서 자신이 말하는 방식을 깨닫기에도 아주 좋은 방법이다. 나뿐만 아니라 가족 모두가 빠른 시간 안에 좋아질 수 있는 방법이다.

처음에는 알리지 않고 녹음하기. 단점을 파악하기 위해서다. 두 번째부터는 공개적으로 녹음하기. 녹음되는 것을 고려해 말을 조심하게 되고 상대의 말을 잘 듣게 된다.

이것은 단지 방편이다. 감시용이 아니라 나를 들여다보는 거울로 쓰는 것이 좋다. 내가 나를 스스로 볼 수 있다면 좋겠지만 매 순간 나를 의식하며 산다는 것이 결코 쉽지 않다는 점을 고려할 때 가장 효과적인 방법이 될 수 있다.

8, 9년여 동안 강사 생활을 하고 난 후 배인 습관이 말투로도 드러났다. 한때 사람들이 종종 나에게 교사냐고 물어봤었다. 그렇게 봐주는 사람들의 시선이 당시에는 싫지 않았으나 지금 생각해보면 결코 좋은 말이 아니었다. 평소의 말투에도 '가르치는 습관'이 남아 있다는 말이 되니까. 아이들을 가르칠 때는 언제나 나는 밝은 선생님이었다. 아무리 피곤해도 단 한 번의 인상도 쓴 적이 없다. 하지만 확실히 내 아이를 가르칠 땐 달랐다. 채원이는 가끔씩 "엄마, 귀가 아파. 목소리 낮춰요."라고 했다. 그러면 일순간 말문이 턱 막혔다가 심호흡을 한 뒤 다시 원래의 목소리로 돌아왔다.

반복되는 얘기를 하면서 점점 흥분해 목소리가 커진다는 걸 나는 못 느끼곤 했다. 그렇게 자주 흥분한다는 것도 몰랐다. 흥분해서는 어떻게 가르치고 있는가라는 객관적 시선을 완전히 놓쳐버리곤 했다. 내가 마음과 동일시되는 순간이었다. 타인의 잘못은 잘 보여도 막상 나의 잘못은 잘 보이지 않는 법이다. 내가 내 얼굴을 볼 수 없는 것처럼. 나를 돌아보고 내 마음을 먼저 다스리니 아이도 남편도 자연히 따라오게 되었다. 자신도 못하는 일을 아이들에게 강요하지 말아야 한다. 부모로서 아이들에게 가르치고 말하는 것은 쉽지만 먼저 행동으로 보여주는 것은 다른 차원이다.

그 누구도 대신해줄 수 없는 게 있어

많은 남자들이 노년에 시골에서 살기를 꿈꾼다. 산속에서 사는 것에 반대하는 것이 아니다. 가서 살기 전에 내 마음이 산속으로 도망을 온 것인지 산을 있는 그대로 즐기고 싶어서 온 것인지를 먼저 살펴야 한다. 혼자 살기 위해 지구에 태어난 것은 아닐 것이다. 전자와 후자 모두 산 속에서 풍요롭게 살고 있는 것처럼 보인다. 그러나 그 마음은 사뭇 다르다. 오직 본인만이 둘 중 어느 쪽인지 알 수 있다.

돈을 모으는 사람도 마찬가지다. 겉으로는 경제관념이 잘 잡힌 것처럼 보이지만 막연히 노후가 두려워 모으는 사람이 있는가 하면 꿈과 목표가 있어 모으는 사람도 있다. 겉으로는 똑같은 행동처럼 보여도 이 둘의 마음 역시 천지 차이다.

성공하기 위해 달려가는 사람도 누군가를 누르기 위해서인지, 인정을 받기 위해서인지, 자신의 행복을 위해서인지에 따라 삶의 질이 달라진다.

친구를 중요하게 생각하는 이유가 내 외로움을 달래기 위함인지, 인정받을 상대가 필요해서인지, 어떤 목적에 도움이 되기 때문인지, 서로의 거울이 되어주고 싶은 지에 따라서도 관계에 엄청난 영향을 미친다.

진짜 이유는 자신만이 알 수 있다. 그 각양각색의 이유들에 의해 불행하냐 행복하냐가 나누어진다. 문제를 피해서, 두려워서, 타인의 시선을 의식해서 하는 행위들은 찰나의 행복만을 남기고 사라져간다. 뒤끝이 씁쓸하다. 그러니 다른 사람에게 굳이 변명을 할 필요도 없다. 설명할 필요도 없다. 나의 행동을 살펴보기 전에 그 행동을 하게 된 진짜 의도를 들여다보아야 한다. 이래서 무슨 일을 하느냐보다 매 순간 어떻게 존재하느냐가 더 중요해진다. 우리의 큰 영혼은 행동보다 행동 뒤에 숨은 의도를 더 중요하게 본다. 한데 이 의도는 타인에게는 잘 보이지 않는다. 사회에 물들면서 우리는 교묘히 표정과 마음을 감추는 기술을 터득한다. 그래서 다른 누군가가 결코 대신 해줄 수 없는 일이 바로 마음 바라보기다.

우리는 끊임없이 목표를 설정한다. 하지만 왜 목표가 필요한 지에 대해서는 생각하기를 꺼린다. 행복하기 위해 시작한 일이지만 어느새 행복은 뒷전이고 일 자체에 목숨을 건다. 본질을 놓쳐버리면 우리는 언젠가 허무함을 맛보며 후회할 지도 모른다. '내가 틀릴 수도 있다.'는 유연한 생각이야말로 정신이 늙지 않는 가장 좋은 방법이다.

어느 토요일 오전, 플루트 선생님이 오셔서 한창 연습 중이었다. 플루트는 폐활량이 받쳐주지 않으면 힘든데 그날 채원이는 목이 좀 잠기고 기침도 했다. 그러니 가뜩이나 숨이 차는데 더 힘들었을 것이다. 갑자기 자기 방에서 나와 안방으로 나를 데려가더니 눈물을 뚝뚝 떨어뜨렸다. 한순간 당황했지만 일단 아이를 진정시켰다. 플루트가 마음대로 불어지지 않는다고 했다.

요즘 선생님께 실력이 늘었다고 칭찬을 많이 받았던 딸아이는 그래서 상대적으로 오늘이 더 힘들었던 모양이다. 인정에 부응하고 싶은데 마음대로 불어지지 않으니 무척 속상해했다.

칭찬을 들을 땐 좋으나 어느새 그 덫에 갇혀버리고 만다. 그 칭찬에 딱 맞는 인간이 되려 한다. 칭찬을 고마워하되 마음에 새기지는 말아야 하는 이유다.

"채원아, 그래서 속상했구나. 근데 네가 왜 플롯을 하는지는 잊어버린 모양이다. 넌 플루티스트가 될 것도 아니고 그냥 음악 하면서 즐거우라고 배우는 거야. 이렇게 심각해져서 울 거면 배울 필요가 없지. 그냥 즐겨."

보이지 않지만 엄연히 존재하는 것

'보이지 않는 것은 믿지 않는다.'라는 말을 살면서 참 많이 들었다. 무교가 특히 많은 우리나라에서는 과학적으로 증명된 사실만을 믿는다는 사람들이 많다. 나 역시 이런 부류의 사람이었다. 논리와 이성적 판단에 따라 합당한 것만 믿겠다는 생각이었다.

그런데 명상은 분명 신을 모시는 종교는 아니면서도 과학적이었다. 어떤 과정을 밟게 되면 어떤 단계로 들어선다거나 마음의 여러 기본 작용들, 호흡법 등 모든 것들이 오랜 세월을 거쳐 온 내면의 임상실험처럼 체계화되어 있었다. 실제로 적용하면서는 더더욱 확신을 가지게 되었다. 내 예상이나 반감과는 상관없이 점점 보이지 않는 세계로 들어섰다.

돌아온 겨울, 다시 스키장을 찾았다. 눈에 반사된 햇빛이 한창 따갑게 내리쬐었지만 공기만은 서늘했다. 초급자 코스를 두 번 타는 동안 오랜만에 몸을 풀었다. 초급자 코스는 많은 사람들로 북적거리고 넘어진 스키어까지 슬로프 한가운데를 차지하고 있는 경우도 있어서 주의해야 한다. 사실 중급자 코스도 마찬가지다. 슬로프 양쪽 가장자리에서 잠깐씩 쉬는 사람들도 있지만 막상 리프트를 타고 올라와 보니 생각보다 가파른 경사에 놀라 내려갈 생각을 못하고 주춤거리는 사람들도 많기 때문이다.

중급자 코스로 넘어갔다. 슬로프 중간 지점에 다다랐을 무렵, 내 뒤쪽 멀리서부터 좀 다른 소리가 들려왔다. 보통은 크든 작든 S자를 그리며 내려오는 특유의 소리가 나는데 그 소리만은 남달랐다. 똑바로 직선을 그리며 내려오는 소리는, S자를 그릴 때보다 엄청난 가속이 붙기 때문에 소리부터 다르다. 마치 오토바이가 공기를 가르며 내는 소리와 비슷하다. 그 소리는 그대로 직진하며 내려오는 소리였다. 다시 말해 S자를 그리며 탈 줄 몰라 속도가 전혀 제어되지 않는 완전 초보자에게서 나는 소리였다. 게다가 초보이면 보통 속도가 무서워서라도 일부러 넘어지는데 그 스키어는 아마도 밤에 간혹 볼 수 있는 오토바이 폭주족과 비슷한 성향이 아니었을까 싶었다. 간 큰 남자일 가능성이 높았다. 엄청난 굉음을 일으키며 순식간에 내 뒤쪽으로 내려왔다. 그 속도로 봐서 나는 어차피 따라잡힐 것 같았고 부디 나를 보고 피할 수 있기를 바라며 속도를 줄였지만 예상은 빗나가고 말았다. 간혹 이런 소리가 들리곤 했지만 그때마다 일일이 슬로프 가장자리로 피하기도 귀찮아 그냥 타고 있었는데 후회했을 때는 이미 늦었다.

다음 순간, '퍽' 하는 둔탁한 소리와 함께 내 몸이 공중으로 붕 뜨는 걸 느꼈다. 교통사고를 당해보진 않았지만 이런 느낌과 비슷하지 않을까. 엄청난 충격과 함께 순간 무중력상태에 빠지는 느낌이 들었다. 1초밖에 안 되는 찰나의 충돌이 슬로우 모션 기능이라도 장착한 것처럼 천천히 느껴졌다. 내가 느낀 것이라고는 공중에 떠

있던 순간까지였다. 그 사람이 허겁지겁 일어나 달아나는 소리가 들리다가 점점 희미해져갔다. 그리고는 마치 정전이 일어난 듯 퓨즈가 나가버렸다. 아무 고통도 느껴지지 않았다. 이제 소리도 들리지 않고 볼 수도 없고 어떤 육체적 감각도 전혀 느껴지지 않았다. 오로지 내 의식만 또렷하게 느껴졌다. 내 정신을 흩트리는 어떤 자극도 없었으니 어느 때보다 오히려 의식은 또렷해졌다.

'이건 뭐지? 왜 아무것도 느껴지지 않지? 그런 속도와 충돌했다면 분명 심한 고통이 느껴져야 되는데…. 내가 육체에서 탈락된 건가? 혹시 이러다 죽는 건가? 아무것도 느껴지지 않으니 얼마나 다쳤는지도 전혀 모르겠다.'

육체를 벗어난 게 처음은 아니라 사실 당황하지는 않았다. 하지만 명상 상태가 아니었기에 아무것도 보이지 않는 속에서도 불현듯 생각들이 떠올랐다 사라져가곤 했다. 그냥 기다리는 수밖에 없었다.

어느 정도 시간이 흘렀다고 생각이 되어도 상황은 그대로였다. '이대로 못 돌아가는 걸까?'라는 생각을 한 순간, 마치 검은 커튼이 천천히 열리는 것 같았다. 서서히 눈으로 빛이 들어오기 시작했다. 눈 위에 꼼짝 못하고 널브러진 내 육체가 보였다. 의외로 고통은 크지 않았으나 충격은 상당했던 지라 몸이 잘 움직이지 않았다. 몸이 얼어서 그런 지도 몰랐다. 머리 근처로 빠르게 내려가는 스키어들의 소리가 위압적으로 귓기를 때렸다. 어떻게든 몸을 일으켜야 했다.

깊은 명상 상태가 아닌데도 육체를 벗어난 건 처음이었다. 아마

삼매의 경험이 없는 사람이 이렇게 위험한 충돌을 당했다면 분명 기절 했을 일이다. 육체로 돌아오고 난 뒤 주위를 돌아보니 맞은편에서 나를 지켜보던 한 외국인이 있었는데 그의 눈에는 내가 완전히 기절한 것으로 보였을 것이다. 안전요원을 부르고 싶었으나 전화기를 꺼낼 힘도, 맞은편 외국인에게 도움을 요청할 목소리조차 나오지 않았다. 앉아서 몸이 회복되길 기다렸다. 길어도 5분이면 내려올 걸 30분은 족히 걸려 내려왔다. 안전요원을 부르지 않은 걸 후회했다. 어떻게 내려왔는지 기억도 안 났다. 곧바로 화장실로 갔다. 문을 걸어 잠그자마자 갑자기 온몸이 떨리면서 오열하는 나에게 깜짝 놀랐다. 내 마음과 육체는 심한 충격을 받았던 게 틀림없었다. 하지만 진아는 마치 아무 일도 없었던 듯 있는 그대로 내 마음을 내려다볼 뿐이었다. 육체가 없어도 살아남을 수 있다는 것을 경험한 그날, 세상이 다르게 보였다. 내가 의도하지 않았는데도 일어난 일이었기에 더 믿을 수 있게 되었다.

진짜 나와 마음이 확연히 분리되는 순간, 즉 운전자와 차를 동일시하지 않고 완전히 분리되는 그런 순간을 자주 경험하게 되면 우리는 더 이상 삶이 주는 고난에 떠내려가지 않을 수 있게 된다. 고통마저도 철저히 지켜보는 대상으로 남게 된다.

나는 나의 마음을 관찰할 수 있다. 고로 마음은 내가 아닌 것이다. 나에게 속한 한 부분일 뿐이다. 관찰될 수 없는 가장 마지막의 그것. 그것이 진아이다.

우리가 보고 경험하는 이 세계는 아주 극도로 제한된 세계라는 사실을 말하고 싶다. 인간의 인지능력으로는 아주 일부분만 볼 수 있을 뿐이다. 디자인 전공이었던 이유로 인간의 착시현상에 대한 그림이나 디자인을 많이 접했다. 내 시각은 멀쩡한 대상을 마음대로 왜곡해서 보고 있었다. 육체적인 능력도 제한적인데 우리의 사고도 언제나 오류를 일으킬 가능성이 다분하다. 일단 인간은 가시광선 영역 안에 있는 것들만 볼 수 있다. 그럼 가시광선 영역 밖에 있는 것들을 우리가 못 본다고 해서 존재하지 않는 세계라 단정할 수 있는가.

  우리가 매 순간 살아있게 하는 공기는 보이지 않아도 인정한다. 원소를 본 적도 없지만 받아들이고 화성에 가보지 않았지만 있다는 것을 인정하며 살아간다. 뭐가 다를까. 결국 직접 확인하고 보지 않아도 믿으며 살아가는 것이 우리의 생각보다 많다는 뜻이다. 다르게 말하면 눈에 보이지 않거나 직접 확인이 불가능해도 사회가 인정하는 것은 믿겠다는 뜻밖에 안 된다. 그렇다면 사회가 인정하는 것은 신뢰할 수 있는가. 뉴스도 이합집산이나 이념, 권력에 의해 조작될 수 있고 인터넷은 더더욱 해커의 존재와 함께 조작이 가능하다. 사회에 처음 나왔을 때 나는 세상이 이렇게 부조리한 것을 믿을 수가 없을 지경이었다. 설마 라는 생각이 자꾸 나를 괴롭혔다. 돈과 명예, 권력, 언변, 외모, 매너가 갖춰지면 마치 그 사람의 인성마저도 신빙성이 있는 것처럼 대우받는 세상과 내 이상적 세상 사이의 간극이 너무나 커 힌동인 깊은 절망에 빠졌다.

  더 나아가 보고 싶은 대로 왜곡하며 보기도 한다. 우리는 사과를 볼 때 한 번에 한쪽 단면만 볼 수 있는데도 언제나 전체를 다

보고 있다는 착각에 빠진다. 경험에서 배운 사과라는 전체 이미지에 지배당하기 때문이다. 이렇게 인간은 일부분만 보면서도 전체를 다 보고 있다는 착각을 한다. 안다고 믿는 것은 이렇게나 오류를 일으킨다.

반면 보이지 않는 것에 대해선 무시하는 경향이 있다. 가정에서 조리할 때 나오는, 또는 공장이나 차에서 배출되는 미세먼지에 우리는 둔감하다. 그것이 인체에 들어가면 배출되지 않으며 갖가지병의 원인이 된다는 사실마저도 심각한 단계에 이르고 나서야 문제화 되었다. 내면에선 어떤 일이 일어날까. 내가 느낄 수 없는 것이면 무시하는 경향은 여전하다. 다른 사람의 아픔과 시련에 둔감하다. 고의든, 고의가 아니든 간에 상처를 주거나 받음으로써 한인생에 지대한 영향을 끼친다는 사실을 절감하지 못한다. 보이는것만 믿는다는 것은 이렇게나 말이 안 된다.

고통 속에 허덕이는 사람들을 만날 때면 나는 풍부하고 다양한좌충우돌 실수담과 오류들을 들려주었다. 그러면 어느 순간 그네들은 나의 실수담 속에서 자신들의 모습을 발견해내고는 눈물을글썽이곤 했다. 그 눈물은 모두가 진심이었다. 그들의 눈을 들여다보고 있으면 그 모든 실수들이 의도하지 않았으나 한편으로는 예상하지 못해서 비롯되었음을 알 수 있었다. 자신의 행동이 상처를주는 결과를 낳을 줄 알았다면 결코 그런 선택을 하지 않았을 거라는 메시지를 그들의 눈에서 읽을 수 있었다. 동시에 나는 위로를받았다. 나에게 상처를 준 사람들 또한, 내가 받을 상처를 미처 예상하지 못했을 거라는 생각이, 그들을 용서할 수 있게 만들었다.

채원이는 질릴 때까지 퍼즐 맞추는 것을 좋아했었다. 하나하나 그림을 예상하는 것도 재미있어 했지만 어렵게 다 맞춘 뒤 느끼는 성취감보다는 그것을 뒤집어엎었을 때 더 짜릿한 흥분감을 느끼는 것 같았다. 그럴 때면 언제나 상큼한 보조개까지 넣어가며 활짝 웃어젖혔다. 마찬가지다. 이 세상의 모든 경계를 퍼즐 엎어버리듯 시원하게 엎어버리자. 그런 다음 세상을 살아가기에 꼭 필요한 최소한의 경계만 다시 쌓아서 살면 된다. 그런 삶이라야 선입견도 없고 편 가르기나 하는 이념이나 관념조차 없는 천진무구한 삶이 시작된다.

물질세계에서 맛보는 짜릿한 경험이 전부인 것처럼 느껴질 지도 모른다. 나 역시 옷을 사거나 새로운 기능을 장착한 아이디어 상품을 살 때면 기분이 좋아진다. 하지만 그것은 어디까지나 도구이다. 이상하게도 금방 좋아지는 것들은 금방 질려버린다. 내가 만들면서 나의 정성과 시간과 추억이 깃든 물건이 아니라 어디서건 돈만 주면 뚝딱 내 손으로 들어올 수 있는 물건이 가진 한계인지도 모르겠다.

요즘처럼 하루가 다르게 봄기운이 느껴질 때면 창문만 열어도 행복해진다. 비록 콘크리트로 뒤덮인 도시일지라도 봄은 어김없이 찾아왔다. 공기 속의 온기가 나를 감싼다. 단지 숨을 깊이 들이쉬는 것만으로도 온몸에 생기가 돈는 듯하다. 사나웠던 바람도 잦아들고 지난 해 가을, 가지치기로 짧아진 낙엽수에는 어느 새 어린잎이 움트려한다.

비록 보이지 않지만 존재는 안다. 어떻게 봄을 받아들이고 성장시키며 쇠퇴해 가는지. 그리고는 덤덤히 그 순환을 받아들인다. 인간처럼 시간을 측정하지 않아도 자연은 그저 알아채지만 인간처럼 오류하는 법도 없다. 이 영역을 인정해야 보이는 세계 너머를 볼 수 있게 된다.

공유하는 삶

　어느 날, 집으로 돌아오는 길에 문득 하늘을 올려다보았다. 아직 땅거미가 내려앉기 전, 푸르스름한 하늘에는 반투명한 달이 걸려있었다. 가슴이 서늘해졌다. '지금 내가 뭘 하고 있는 거지?' 당시 나는 한 문제로 며칠 동안 고민에 고민을 거듭하고 있었다. 하지만 그 달을 보는 순간, 내가 갑자기 엄청나게 빠른 속도로 줌아웃 되는 것 같았다. 반대편에 있는 이 지구와 지구를 둘러싼 은하계, 우주까지 내 안에 들어왔다. 그 엄청난 균형이 이루어내고 있는 우주 사이에서, 불행히도 고민거리 하나에 내 존재 전체를 쑤셔 박고 있는 작디작은 내 마음이 적나라하게 보이기 시작했다. '도대체 지금 내가 뭘 하고 있었던 거지?' 그 순간 나는 세속적 고민으로부터 간단하게 빠져나올 수 있었다. 모든 것이 유기적으로 연결된 우주가 느껴질 때면 인간은 우주 생태계를 구성하는 아주 작은 한 종에 불과하다는 사실을 새삼 느끼곤 했다.

　명상을 계기로 인터넷에서 알게 된 S 언니를 처음 만나게 된 날, 나는 잠시 그녀를 못 알아보았다. 머리는 염색하지 않아 반백이었으며 얼굴엔 제법 주름이 자리를 잡았고 옷은 빈티지 했다. 그녀의 나이는 이제 50대 초반, 요즘 여자들이라면 관리를 잘해 한창일 나이이다. 심지어 냄새도 살짝 났다. 처음엔 그녀의 외모보다도 그 냄새가 더 낯설었다. 그녀는 화학계면 활성제가 들어간 일반 샴푸를 하지 않고 물로만 머리를 감는 '노푸'를 하고 있었던 것이다.

그녀는 내가 완전채식을 하면서 지병을 고쳤던 그 명상단체의 일원이었다. 그 단체는 아주 엄격한 방편을 지키는데 예를 들면 고기가 담겨있던 그릇도 쓰지 않는다. 모든 생명체를 인간과 완전히 동등하게 생각한다. 현대 문명의 편리함과 지구를 빌려 쓰는 행위 자체를 최소한으로 줄이고 스스로 실천하는 로하스 삶을 살아간다. 때문에 그녀가 그런 행색을 하고 나타난 건 지극히 자연스러운 일이었다.

우리가 안 지는 어언 십 년이 다 되어간다. 그런데도 이제야 만나게 된 이유는 그녀가 아주 특별한 일이 아니라면 밖으로 나오지 않기 때문이다. 삶은 소비를 낳고 소비는 필연적으로 쓰레기를 만든다. 그래서 그녀는 물질적으로는 최소한의 활동과 소비를 하지만 영적으로는 그 누구보다도 활발한 활동을 한다. 또 다른 이유는 길에 버려진 많은 동물 식구들과 같이 살기 때문에 나오기가 더 쉽지 않았다. 핸드폰이 아예 없었던 그녀는 얼마 전에야 공짜 폰을 장만했다며 멋쩍게 웃었다.

우리는 채식식당으로 갔다. 힐링이라는 단어가 처음 유행하며 한동안 명상과 요가, 채식 붐이 온 나라를 휩쓸었을 때 결국 이런 세상이 오는구나라고 생각하며 물 만난 고기처럼 채식 음식의 혜택을 오랜만에 누렸다. 그러다 여기저기 생겨났던 채식식당들도 다시 유행의 쇠락과 함께 문을 닫는 곳이 많아졌다. 다행히 그 식당은 살아남아 있었다. 가격이 제법 비싼 식당이어서 평소에는 맛볼 수 없는 콩고기로 만든 스테이크, 탕수육까지 요리들로 한 상 가득 채워졌다. 반가운 음식이라 나는 오랜만에 그 음식들을 즐겼지만 그녀는 거의 먹지 않았다. 생식을 하는 그녀는 대부분 불에 요리되어 나오는 화식은 거의 먹지 않았다.

그녀가 밖으로 나올 결심을 한 것은 이제 나이도 제법 먹었고 언제 지구를 떠날지 모르니 꼭 한번은 나를 보고 싶었기 때문이라고 말했다. 권력과 과시욕이 강한 사람들이 눈에 더 띌 수밖에 없지만 자신을 드러내지 않는 숨어 있는 아름다운 사람들 또한 지구에는 많다.

발칙한 상상이 될지 모르지만 그런 상상을 해 본 적이 있다. 소나 돼지의 입장에서는 자신들이 하루하루 살아가는 이유에 대해 알까. 누군가의 입으로 들어가기 위해 태어난 사실을 알까. 마찬가지로 인간들이 태어나서 하루하루 살아가는 이유는 결국 누군가, 인간보다 더 상위의 포식자에게 먹히기 위한 것은 아닐까. 이것이 말도 안 되는 비약이라면, 어떤 상위 포식자의 취미거리나 여가생활이 되기 위해 태어났다면 하는 생각을 해본 적이 있다. 이것은 어디까지나 상상이지만 인간이 먹기 위해, 혹은 애완용으로 키우는 동물 산업 시스템을 보면 충분히 일리 있는 상상이기도 하다. 취미로 반려견을 키우는 사람들도 있으니 말이다. 그런데 그 상상만으로도 충분히 수치심이 들었다.

우리와 언어가 통하지 않고 권리를 내세우지 않는다고 해서 다른 종들을 마구 다뤄도 되는 걸까? 전염병이 돌 때마다 산 채로 땅에 묻히는 날개 있는 아이들, 온갖 생체실험에 이용되다 무인도에 버려지는 동물들, 애완 사업에 이용되기 위해 죽을 때까지 새끼를 낳아야 하는 동물들, 적당히 자랄 때까지 꼼짝도 할 수 없는 공간에서 평생을 살다 고기가 되는 동물들.

이런 사실을 모르면 마음의 고뇌는 없어 편할지 모른다. 하지만 그것을 인간다운 삶이라 할 수 있을까? 알면 마음을 써야 하니 일부러 알려고 하지 않는 것은 아닐까? 지구를 점유하다시피 하는 인간들이 이렇게 모른 채 살아도 되는 걸까? '어려운 사람들이 얼마나 많은데.'라고 생각한다면 여전히 우리는 동물보다 인간이 더 우월한 존재라고 생각하는 것이다.

아무리 좋은 의도를 가지고 하는 행위라도 타인에게 죄책감이나 부담을 심어준다면 그것은 또 다른 문제를 낳을 뿐이라는 걸 살면서 깨달을 기회가 많았다.

평범한 사람들이 하루아침에 로하스 삶을 살기란 쉽지 않다. 일단은 생각이 바뀌어야 행동이 가능하다. 대부분은 모르기 때문에 행동하지 않는다. 굳이 우리가 직접 행동하지 않아도 환경단체나 동물보호협회에게 힘을 실어줄 수 있도록 관심을 가지는 것으로 출발해도 좋다. 대중이 알게 되면 그것이 곧 감시가 되고 힘이 된다. 그러니 지구와 공유하는 삶에 일단은 관심을 가져보자.

처음 블로그를 할 때만 해도 거의 보편화되어 있지 않았고 그건 마치 아무도 없는 공간에서 나 혼자 떠들어대는 원맨쇼 같았다. 정보나 정서를 공유한다기보다는 나중을 위한 기록물 같은 정도였다. 하지만 지금은 거의 모두가 모바일로 언제 어디서건 포스팅을 하고 검색을 한다. 아는 사람 하나 없어도 세상을 살아가기에 불편하지 않을 정도로, 검색해서 나오지 않는 정보가 거의 없다. 예전에는 하나뿐인 딸에게 남기는 영상편지 같은 마음으로 블로그를 시작했지만 요즘은 내가 받은 정보들에 대해 환원하는 차원에서 블로그를 하기도 한다.

물론 악성댓글처럼 부정적인 면도 있고 실시간으로 올라오는 다른 사람의 삶을 나와 비교하면서 스스로 자괴감에 빠지는 사람들도 있긴 하다. 결국 자기 자신을 알지 못한 채 하는 모든 행위는 어떤 도구를 가져다 놓아도 문제를 낳기 마련이다. 하지만 빠르게 동반성장하는 인터넷의 긍정적 측면도 무시할 수는 없다.

내게도 인터넷이나 SNS가 없었다면 만나지 못했을 소중한 인연들이 많다.

명상이나 채식, 자연주의 삶을 추구하는 사람들을 일상생활에서 만나기는 쉽지 않다. 예전에는 이웃이나 같은 학교에 다니는 친구 위주로 만나게 되는 소극적 만남이 많았다. 그들이 소중하지 않다는 말이 아니다. 처음 명상을 접했던 때 나는 삶에 대한 의문이나 명상을 하면서 넘게 되는 고비, 채식을 어떻게 일상에서 적용시킬 수 있는지, 어떻게 하면 내 생활을 하면서도 지구에 해를 덜 끼칠 수 있는지를 혼자서 고민하는 것이 점점 한계가 느껴졌다. 분명 어딘가에 나와 비슷한 사람들이 있지 않을까, 더 나은 방법이 있지 않을까 하는 생각에 여기저기 책을 기웃거렸지만 인터넷이 없던 당시에는 한계가 많았고 답답했다. 분명 지금은 그런 점에서 혜택 받은 시대다. 마음만 먹는다면 언제든 비슷한 삶을 공유하고자 하는 사람들을 찾을 수 있기 때문이다.

1998년 8월의 어느 날이었다.

세월이 제법 지났어도 그때가 부끄럽지 않은 건, 서툴렀고 의욕만 넘쳤던 그때의 순수와 열정을 지금은 따라갈 수가 없기 때문이다. 처음으로 관리자 입장이 된 나는 중압감과 넘치는 업무로 인해 집으로 돌아올 때면 언제나 계단에서 후들후들 떨리는 다리를 가누지 못해 쓰러질 지경이었다. 매일이 그랬다. 끊임없는 긴장의 연속에서 어떻게 하면 자신을 이완시킬 수 있는가, 어떻게 하면 삶의 무게감 없이 행위할 수 있는가. 나는 어떻게든 자신을 빨리 성숙시켜서 이 상황을 극복하고 싶었다.

그 해 여름, 한 명상책을 막 다 읽었는데 책 뒤편에는 B 명상센터의 약도와 전화번호가 나와 있었다.

나는 내 눈을 의심했다. 보통은 그런 정보들이 적혀 있지 않기 때문이었다. 몇 년간 명상책을 읽으며 홀로 수행을 한 셈인데 도반이나 구루(스승)를 만나고 싶다는 생각이 점점 강해지기 시작했지만 당시에는 인터넷이 없어 도반을 찾기란 거의 불가능했다.

마침 여름휴가가 되어 나는 뒤도 돌아보지 않고 B 명상센터로 가는 열차에 올랐다. 당시는 지금의 남편과 만난 지 얼마 되지 않을 때였다. 그는 내심 걱정을 많이 했다. 나를 말릴 수 없다는 걸 알았으므로 아무 말도 하지 않았지만 만약 광신도 집단이거나 이상한 낌새가 있으면 즉시 연락해야 한다며 몇 번이나 다짐을 받았다. 내가 믿을 수 있는 건, 책에서 찢은 약도 한 장과 신세계로 첫발을 디디는 콜럼버스처럼 가슴이 마구 방망이질 치는 내 자신뿐이었다.

그곳에서 J와 H를 만났다. 그들은 사이좋은 오누이 같았다. 핏기 없는 새하얀 얼굴에 긴 생머리를 하고 있던 H는, 처음에는 입을 굳게 다문 채 말이 거의 없었다. 활달하고 처음 본 나를 잘 챙겨주던 훈남 J와 대조를 이루었다.

세상의 거의 모든 종교의식에선 누군가가 강단에 서서 설교를 하고 신도들은 대부분 듣기만 한다. 거기엔 사실 교류라는 것이 자리 잡기 힘들다.

하지만 천정에서 물이 똑똑 떨어지는 소리가 들리는 그 가난한 센터에선, 침이 꼴깍 삼켜지는 소리조차 미안해질 만큼의 정적이 흘렀고, 무아에 빠진 합일이 있었으며, 어떤 것도 침범할 수 없는 침묵의 향기가 감돌고 있었다.

우리는 그렇게 다 같이 명상을 한 후에 마치 오래된 어릴 적 친구를 만나기라도 한 것처럼, '그래. 너도 그랬구나.'라는 눈빛을 주고받으며 얘기를 이어갔다.

한 달 후 우리는 가야산에서 다시 만났다. 1박 2일의 명상 워크숍이 있었다.

종교든 자기수양이든 어떤 힐링 방편이든, 이미 충만한 사람들이라면 굳이 시간과 돈과 노력을 들여 그렇게까지 모일 필요가 있었을까. 그들과 그 추억 속의 나는 '깨진 조각들'이었다. 그들은 사연이 많았고 여전히 자신을 찾는 여정에서 헤매고 있었지만 좀 길을 잃으면 어떤가. 이미 존재 그 자체만으로도 충분히 아름다웠다.

다음 날 이른 새벽, 일찍 돌아가야 해서 자고 있는 사람들에게 작별인사도 하지 못한 채 살며시 방을 빠져 나왔다. 그런데 지난 밤 사이 서로 마음을 열고 더욱 가까워진 H가 따라나섰다. 아직 동이 트기도 전, 안개가 온 숲 속에 짙게 깔려 있었다. 유달리 투명했던 새벽 공기를 몸 속 깊이 빨아 당겼다. 영원히 내 안에 새겨 놓을 수 있을 것처럼.

그녀는 세상의 쓴맛을 너무 일찍 맛보았다. 그래서일까. 그녀의 눈을 들여다보고 있으면 안아주고 싶어졌다. 오직 우리 둘만 존재하는 것처럼 우리 외의 모든 것들이 안개 속에 묻혀 있었다.

드디어 버스가 도착했다. 갑자기 그녀가 "우리 센터에서는 원래 이렇게 인사해."라며 나를 힘껏 껴안아 주었다. 가슴이 아려왔다.

누구든 첫 경험은 잊을 수 없는 법이다. 가야산에서의 나, J와 H. 그 후 H와는 몇 번의 인연이 더 있었다. 그녀는 문득 공중전화로 내가 집에 있는지 확인을 한 후 밤이 새도록 내 옆에 누워 두런두런 그동안에 있었던 일을 얘기하다 가곤 했다. 그러나 지금은 그들의 소식도 더 이상 알 길이 없다. 그들은 핸드폰도 없고 일정하게 머무르는 집도 없다.

이제 나는 더 이상 그 시절처럼 열정적으로 명상 방편을 찾아 쫓아다니지는 않는다.

그것이 이미 내 안에 있음을 알기에… 여기에 있음을 알기에….

지켜주는 삶

여성은 남성보다 환경에 더 예민해야 한다. 환경호르몬과 여성호르몬의 유전자가 비슷한 바람에 여성 기능에 교란을 일으키기 때문이다. 난임이나 생리통, 그밖의 여성 질환에 시달린다면 더더욱 친환경 삶에 관심을 기울일 필요가 있다. 난임 클리닉을 다녔던 그때, 배란 유도제를 맞으러 주사실에 들어갔다가 흐느껴 우는 소리를 들었다. 시험관 아기를 준비하는 주사가 유독 아파서 저렇게 우는 여자가 많다는 얘기를 간호사에게 들었다. 그 여자가 울었던 이유가 주사의 고통만은 아니었을 것이다. '왜 나에게 이런 일이?'라는 억울함도 녹아있지 않았을까. 갈수록 난임 부부가 늘어가는 상황이 나는 남일 같지 않다. 난임의 원인이 꼭 환경호르몬 탓만은 아니겠지만 그 원인의 큰 부분을 차지한다는 것도 무시할 수 없다.

나는 물건을 살 때 이 한 가지만은 꼭 염두에 두고 산다. 좋은 성분보다 나쁜 성분이 들었는지를 더 꼼꼼히 살핀다. 기업은 물건을 팔고 홍보를 하기 위해서라도 좋은 성분은 알아서 넣고 표시를 잘하지만, 나쁜 성분은 넣고도 표시하지 않거나 눈에 덜 띄게 하기 위해 갖은 애를 쓰기 때문이다. 내가 내 돈 내고 물건을 사면서도 이 물건이 나에게 해악을 끼치지 않을까 의심해야 하는 건 슬픈 일이다.

물건을 사면서 뒷면에 표시된 성분 중 유해성분이 발견됐다 해도 기업 입장에서 늘 하는 말은, 1일 사용량으로는 인체에 해를 끼치지 않는 수준으로 걱정할 필요가 없다고 한다. 아무리 미량의 유해성분이라도 먹고 마시고 바르는 거의 모든 제품들에서 발견된다면 그때는 더 이상 미량이 아니다. 그래서 어떤 제품의 성분을 알아보는 것도 중요하지만 내 몸에 흡수되는 1일 유해성분의 총량을 따지지 않을 수 없다. 친환경 제품을 제외하고 거의 모든 일반 제품들에서 유해성분을 찾기란 너무 쉽다.

예를 들면 대표적인 환경호르몬 프탈레이트는 각종 플라스틱과 PVC제품 등에 다양하게 사용되는데 성 호르몬에 영향을 줄 뿐더러 충동성과 공격성을 부추기고 무엇보다 유전된다는 보고가 많다. 그러니 나보다는 딸을 위해 더 적극적으로 유해성분에 예민하게 된다. 나처럼 난임으로 힘들지 않기를 바라는 마음에서다. '우리 때는 아무렇게나 내놓고 키웠어. 그래도 잘만 컸다.'라며 유난을 떤다는 시선들도 많다. 하지만 불행히도 그때의 자연환경이 아니며 우리는 편리함의 이면에 따라오는 더 많은 오염과 유해성분들에 노출되어 있다.

머리에 좋은 한방 성분이 많이 들어있다는 말을 듣고 비싼 ○○ 샴푸를 샀다. 머리를 다 감은 후, 바닥에 남은 거품들을 제거하려고 샤워기를 틀었는데 아무리 물을 뿌려대도 그 거품이 사라지지 않았다. 그때 청소하느라 낭비되었던 물의 양에 나는 혀를 내둘렀다. 그 당시 내 머리카락도 엄청나게 빠졌지만 물을 오염시키는 데도 큰 몫을 했다고 본다.

신혼 때 세탁기 안을 들여다보다가 충격을 받았다. 마트에서 산 일반 세제(석유계 합성세제)를 이용해 세탁기를 돌리던 당시, 마지막 헹굼이라는 점멸등이 깜빡이는데도 여전히 세탁조 안에는 거품들이 제법 돌아다니고 있었다. "야, 너 똑바로 안 해? 왜 아직도 거품이 남아있는 거야? 벌써 고장 난 거야?"라며 애꿎은 세탁기만 달달 볶아댔었다.

헹굼 추가를 아무리 해도, 세제를 아무리 적게 넣어도 결과는 마찬가지였다. '그 거품들이 결국은 우리가 입을 옷에 붙겠지.'라고 생각하니 다시는 합성계면활성제가 든 샴푸나 세제, 치약, 표백제 등을 쓰고 싶지 않게 되었다. 이런 합성세제들은 생분해가 잘 되지 않아 물을 오염시키고 인체에도 유해하다.

채원이를 낳고 한 달 동안 친정에서 산후조리를 하며 머물렀을 때다. 밤에 잘 때 물에 적셔 걸어놓는 타월만으로는 습도를 맞추기가 좀 어렵지 않을까 싶어 집에서 쓰던 가습기를 가져왔다. 그리고는 마트에서 그 문제의 옥시싹싹 가습기 살균제를 사서 3일째 쓰던 날, 나는 도저히 안 되겠다는 결론을 내렸다. 저절로 살균이 된다니 아무래도 락스 성분이 들어갔을 것 같은 확신이 점점 들기 시작했다. 락스 성분이 폐에 안 좋다는 건 알고 있었으므로 결국 3, 4일 쓰다 그만두었다. 가습기 살균제 사건은 제품이 출시되고 근 10년 이상 많은 사람들이 무방비로 유해성분에 당했던 시간들이 되고 말았다. 기업과 국가만 믿고 있을 수만은 없는 사건이 되었다.

먹는 것 못지않게 바르는 것도 몸에 직접 영향을 미치기 때문에 신경을 쓰지 않을 수 없다. 검색창에 '화장품 유해성분'이나 '환경호르몬'이라고 치면 금지되었거나 유해한 성분들의 이름을 바로 알 수 있다. 또 화장품 유해성분을 알려주는 앱도 있으니 제품을 구입하기 전에 잘 활용해보는 것도 좋다.

물론 사고 싶게 만드는 디자인의 화장품을 볼 때면 충동구매를 할 때도 있었다. 그리고는 집에 가서 성분을 알고 나면 쓰기 싫어질 때가 한두 번이 아니었다. 분명 살 때는 행복했지만 성분을 알고 나면 금방 후회하게 되는 허탈함의 연속이었다.

초기에는 친환경 제품을 사서 쓰고 싶어도 구하기도 어려웠지만 성분이 좋은 대신 불편함을 감수해야 할 때가 많았다. 나쁜 성분이 없는 대신 질이 떨어지거나 기능적인 만족도가 떨어지거나 디자인도 조악하기 그지없었는데 요즘은 완전히 탈바꿈을 이뤘다. 갖고 싶어지는 미려한 디자인에, 무엇보다 그 품질이 날고 기는 기능성 일반 화장품에 전혀 뒤지지 않는 시대가 되었다. 매체 광고를 하지 않고 SNS나 인터넷을 타고 빠르게 입소문을 타면서 광고비를 절약하기 때문인지 가격까지 착한 천연 화장품 브랜드도 다양해졌다. 이제는 마음만 먹으면 언제든 안전한 먹거리와 생활용품을 사는 것이 가능해졌다. 관심이 없고 모르기 때문에 실행할 수 없을 뿐이다.

아무리 친환경 제품이 발달한다 해도 친환경 삶을 사는 것은 아직은 불편을 감수할 수밖에 없다. 시간이 걸리고 노력이 들어간다. 편리하고 가벼운 비닐백이나 쇼핑백 대신 장바구니를 챙겨 다니고,

일회용품 대신 그릇들을 씻어 쓰고, 가벼운 플라스틱 용기 대신 유리 용기를 쓰는 일이다. 자가용 대신 자전거나 걷기, 대중교통을 이용하는 것뿐만 아니라 성분을 따지고 문제 제기를 하는 일이다. 어쩌면 우리 모두가 오감과 자극을 즐기고 편리함을 제시하는 기업의 마케팅에 동조하여 점점 게을러지는지도 모르겠다.

소비자로서 우리의 의식은 달라질 필요가 있다. 색조화장품을 사는 것이 아닌데도 색이나 향에 먼저 반응한다면 기업 또한 그 점을 중요하게 다룰 수밖에 없다. 하지만 비록 보이지 않을지라도 성분을 따지는 소비자가 많아진다면 기업은 제품의 질 자체에 더 신경을 쓸 수밖에 없을 것이다.

지구를 아끼고 오래도록 공유하기 위해, 다음 세대에 물려주기 위해, 모두가 조금씩 불편을 나누어 가지려는 그런 마음이 필요한 때가 아닐까.

몇 해 전, 건강검진에서 고혈압이라는 판정을 받았다. 다행히 몇 달 만에 정상수치로 돌아왔지만 마른 체구에 고혈압이라니. 아무래도 유전적 요인 같았다. 그때부터 향신료를 즐기게 되었는데 덕분에 소금의 양이 현저하게 줄어들었다. 향신료가 맛을 더해주니 간이 덜 되어도 먹을 만하기 때문이다. 볶음밥이나 샐러드, 거의 모든 요리에 자주 쓰이는 갈릭 파우더, 떡볶이처럼 맵고 단 요리에는 파프리카 파우더, 플레인 요구르트에 유기농 씨리얼을 타서 먹을 때는 시나몬 파우더, 토마토 스파게티를 만들 때는 바질, 그 외밀가루나 첨가물이 없는 순수 커리 파우더, 생강 파우더 등등 우리 집 부엌에는 향신료를 위한 랙이 따로 놓여있을 만큼 즐긴다. 향신료는 그 특유의 향과 맛으로 음식을 풍부하게 하는 마법의 가루 같다.

나와 딸은 음식 취향이 비슷하지만 남편과는 좀 다르다. 학원 가기 전 저녁을 먹어야 하는 딸과, 우리가 다 먹고 나면 퇴근하여 집에 오는 남편 때문에 저녁을 꼭 두 번씩 차려야 할 때가 많다. 나는 가족이 없는 점심만이라도 요리와 설거지에서 해방되고 싶은 생각이 간절해졌다. 마치 하루 종일 먹기 위해 사는 것 같은 느낌이 싫었다. 그러다가 점심은 아예 먹지 않게 되었다. 30대 후반에 들어서면서 특히 얼굴에 살이 빠지기 시작했다. 부모님은 볼 때마다 걱정이 대단하셨다. 어디 아프기라도 한 건지 매번 물어보셨다.

그때를 전후로 나는 채식을 조금씩 완화하기 시작했다. 계란과 해산물을 받아들였다. 육고기를 제외하고는 요즘은 골고루 먹으려 애쓴다. 하지만 여전히 해산물보다는 계란이 더 마음 편한 건 어쩔 수 없다.

내가 육고기를 비롯한 살아있는 모든 생물을 섭취하는 자체를 반대하는 것은 결코 아니다. 다만 매 끼니마다 고기가 없이는 밥을 못 먹는다든가 반찬 메뉴가 생각이 안 나서, 혹은 반찬 만들기가 귀찮아서 라는 이유로 생물을 섭취하는 것은 반대다. 내가 편하자고 생물을 희생시키는 것은 좀 그렇지 않은가.

한 끼의 식사에서 몸에 흡수될 수 있는 단백질의 양은 정해져 있다. 그러니 욕심을 부릴 필요가 없다.

어쨌든 점심을 안 먹는 대신에 나는 플레인 요거트에 각종 견과

류와 햄프씨드, 마키베리 파우더와 시나몬 파우더 그리고 유기농 씨리얼을 넣어 그것으로 식사를 대신한다. 맛도 꽤 괜찮다. 이렇게 메뉴를 정해놓으면 끼니를 거르지 않게 되고 '뭘 먹지?'라는 고민을 하지 않아도 되니 더없이 심플하다. 무엇보다 심플한데 영양가도 좋으니 그만이다. 토핑을 듬뿍 올린 요거트를 들고 터벅터벅 베란다 앞, 바 테이블에 가 앉는다. 무심히 오가는 차들을 내려다보며 느릿느릿 입안에서 오래도록 씹는 일은 행복하다.

한편 '먹고 싶은 대로 먹으며 살자.'라는 생각은 무책임하다. 몸을 돌보기보다는 자신의 혀 끝에만 초점을 맞추는 사람들이 늘 하는 말이다. 정말 하고 싶은 대로 하면서 살기 위해선 건강이 필수다. 오래 살기 위해서라기보다는 사는 동안 자신이 원하는 삶을 살기 위한 최소한의 필요조건이 건강이기 때문이다. 육체를 돌보는 것에 주의를 기울이지 않고 무절제한 삶을 살다가 그것을 잃고 난 다음에는 오로지 건강과 오래 사는 데만 혈안이 된다. 그 어느 쪽도 삶에 대한 낭비라고 생각될 뿐이다. 꿈을 좇고 사랑을 하고 헌신하고 마음공부를 하는, 그 무엇이라도 육체가 없이는 시작할 수 없다.

네 번째 이야기

지금 여기서 시작되는 삶

느린 걸음이라도 꿈을 내딛자

학창시절 많은 친구들은 꿈이 없어서 힘들다 했고 나는 꿈이 너무 많아서 도무지 결정을 내릴 수가 없었다. 하나를 선택하는 순간 다른 하나의 꿈이 멀어져가는 것만 같아서 모두 붙잡고 싶었다. 되고 싶은 게 너무 많았다. 실제로 나는 다른 사람들에 비해 다양한 직업을 가졌던 쪽에 속한다. 패키지 디자이너를 시작으로 영어 강사, 팝송 강사, 스토리텔러, 미술 강사 등 이런저런 직업을 전전했다. 모두 흥미롭고 매력적인 직업이었다. 내 주체 못할 열정이 꿈과 직업을 통해 흘러나오는 경험은 엄청난 희열이었다. 그림을 그릴 때도, 아이들의 반짝이는 눈에 빠져 있을 때도. 내가 아니라 내 안의 어떤 큰 존재가 나를 이끌곤 했다.

초등학교 때 엄마에게 미술학원을 보내달라고 했으나 거절당하고 당신의 선호에 따라 피아노를 시작하면서 그림은 어느덧 잊혀졌다. 중학교 때 우연히 성악책 표지에 있던 수채화 그림에 꽂혔다. 유럽의 어느 시골, 굴뚝이 있는 벽돌집과 주위의 야생화들이 어우러진 풍경화였다. 그런 풍부한 색채의 어울림을 보고 있으면 내 안에서 어떤 환희가 솟아올랐다. 아버지가 새해만 되면 우리 방에 달력을 걸어주셨는데 어느 해는 천경자 화백의 그림시리즈가 걸렸다. 그 해에 나는 그 그림들을 보고 또 보면서 오랜 시간 그림 속에 머물렀다. 그러다 어느새 붓을 들고 그림을 그리기 시작했다. 고등학교 2학년이 끝나가는 어느 날, 나는 본격적으로 그림을 그려야겠다는 강렬한 열망에 사로잡혔다. 당시 나는 이과였는데 미대를 가려면 문과여야만 했고 전과를 하기에는 이미 늦은 상태였다. 학교 전체에서도 무섭기로 소문난 담임 선생님은 조용히 나를 불러내셨다.

"다들 민감한 이때에 왜 전과를 한다고 분위기를 흐려 놓는 거냐?"

눈에 힘을 주며 선생님께서 말씀하셨다.

그때까지 나는 부모님의 뜻을 거슬러 보지도, 그 누구에게 맞서 보지도 않았다. 그랬던 내 안 어디에서 그런 용기가 났는지 자신도 의아할 만큼 나는 또박또박 대답했다.

"그래도 꼭 하고 싶습니다. 꼭 해야 합니다. 정말 열심히 할게요. 믿어주세요. 선생님."

처음으로 이 길이 아니면 죽을 것 같다는 생각이 들었다.

주위의 우려를 등에 업고 나는 야간 자율 학습 시간에 조용히 빠져나와 미술학원을 다니기 시작했고 마치고 오면 새벽 두세 시 정도까지 다시 학과 공부를 병행했다. 공부란 건 다시는 내 인생에 없다고 결심할 만큼 모든 에너지를 쏟아 부었다. 그렇게 이과에서 일 년 만에 미대에 합격했다.

맞벌이를 하신 엄마는 늘 바깥일과 가사에 치여 사셨다. 깔끔한 성격 탓에 바깥일로 이미 지쳤을 텐데도 집에 오면 또 끊임없이 청소를 하시고 요리를 하셨다. 지금 엄마는 연말이 되면 합창단원으로 정기연주회에 참석하시며 화려하게 사신다. 벽에는 엄마의 얼굴이 박힌 대형 포스터가, 옷장엔 화려한 드레스가 즐비하다. 지금의 엄마는 없고, 자신은 버려둔 채 시간에 쫓겨 살았던 엄마만 내 기억 속에 남았다면 나는 아마 죄책감을 느꼈을지도 모른다. 그래서 지금의 화려한 엄마가 한없이 고맙다.

아버지는 옛날부터 끊임없이 호기심을 가지고 무언가에 도전하는 분이셨다. 이제 새로운 뭔가를 하기에는 너무 늦은 게 아닐까 하고 생각하는 중년들에게 보여줄 수 있는 예가 여기 있다. 70대에 자격증을 따고 문화센터에서 강사로 일하는 80대의 아버지 모습은 100세 시대를 살아가는 요즘 나에게 많은 메시지를 던져준다. 똑같은 삶을 반복하며 살기에는 남은 생이 너무 길다고 생각되지 않는가.

패키지 디자이너로 2년 여 동안 일하다가, 미술 강사를 시작했다. 내가 일했던 학원은 미술 학원과 단과 학원이 붙어있었던 곳으로 당시로는 드물게 영어를 담당하는 원어민도 그곳에 근무를 했었다. 어느 날, 그 원어민이 한 학생을 붙들고 뭔가를 물어보았는데 해결이 되지 않는 것 같아 내가 다가가서 도와주었다. 그때 나를 눈여겨봐둔 원장은 얼마 지나지 않아 큰 영어 학원 겸 영어 유치원을 차리고는 나를 데려왔다. 우리나라에서 영어 유치원 붐이 처음 일기 시작했던 때 그곳은 나를 제외하고는 모두 원어민들로 채워졌다. 덕분에 나는 강사들과 원장 사이에서 통역을 하고 유치원 과정 교안을 짠 뒤 그것을 다시 강사들에게 교육시키는 일을 담당했다. 그곳에선 기존의 워크북을 쓰지 않고 모두 자체 내에서 개발한 교구로 회화 위주의 수업이 이루어졌다.

처음 원어민에게 말을 걸었던 그날을 잊을 수 없다. 영어 공부를 시작한 이래 나는 늘 어떤 상황을 설정하고 눈앞에 있는 가상의 외국인에게 말을 걸며 공부를 했다. 그리스에 사는 내 또래의 여자아이와 해외펜팔을 하고 오빠가 부모님께 선물 받았던 외국 영화 원본 세 편을 통째로 외웠으며 디자이너로 일하는 중에도 새벽 일찍 일어나 원어민 수업부터 들었다가 출근했다. 그 수없는 모의실험이 실제에서 통한다는 것을 발견했을 때 내 가슴은 마구 뛰었다.

내가 영어학원에서 일하기 전, 남동생은 일 년간 미국으로 어학연수를 떠났다. 나의 상실감은 이루 말할 수 없었지만 누구에게도 표현하지는 않았다. 대학을 다닐 무렵 이미 유학설명회를 다녔고 유학을 가고 싶다는 꿈을 꾸고 있었기 때문이다. 부모님에게 경제적으로 의지하지 않고 스스로 벌어서 학비를 댈 각오도 되어 있었다. 나의 열망은 너무나 간절했지만 부모님께서 틀림없이 반대하실 것 같았고 이어 닥쳐올 갈등을 미리 염려하다가 끝내 말도 꺼내지 못한 채 가슴 속에 묻어버렸다. 그렇게 꾹꾹 눌러 삼켜버렸던 꿈이 이상하게 돌고 돌아 결국은 미술을 전공하고도 외국인에 둘러싸여 일하게 되었다. 머릿속에 강렬히 그렸던 비전이 현실로 이루어졌다는 것을 문득 깨달은 순간 만감이 교차했다.

영어강사 중 유독 기억에 남는 존은 여자친구 헤더와 같이 세계를 일주하면서 영어를 가르치고 있었다. 돈도 벌고 세계일주도 하는 유쾌한 존은 나에게 이렇게 살아선 안 된다며 낮에 일하고 저녁에 곽 바다로 뛰어드는 삶이 얼마나 황홀한지 일장연설을 하곤 했다. 그때 영어 학원을 거쳐 갔던 그들은 모두 소박하고 자유롭게 사는 영혼들이었다. 낡아서 헤어진 소매 끝단과 무릎을 서툴지만 꼼꼼히 박아 입고 다니던 꽃미남 선은 성실하고 차분했다. 우리나라 거지들도 떨어진 옷은 입지 않던 때, 그의 옷은 차라리 신선한 충격이었고 타인을 의식하지 않는 그의 심지가 돋보였다. 내 집을 마련하고 부를 축적하기 위해 아등바등 살아가는 우리네와는 이미 다른 삶이었다.

중학교 2학년 때 영어 선생님은 이미 세계 일주를 하셨는데 가끔씩 수업시간에 그 슬라이드를 보여주시며 에피소드를 들려주시곤 하셨다. 지금이야 해외여행을 옆집 가듯 하니 SNS만 뒤져도 기똥찬 사진과 경험들이 넘쳐나지만 그 당시 세계 일주라는 것은 내게는 마치 신기루 같았다. 그 슬라이드는 나를 꿈꾸게 했고 설레게 했다. 작년에 나는 드디어 패키지 여행이 아닌 자유여행의 꿈을 근 30년이 넘어서야 실현했다. 비록 가까운 일본이었지만 항공기 예약 비교 사이트를 뒤져 가며 비행기 예약을 하고, 일본어는 1도 모르는 까막눈으로 번역 사이트를 통해 북규슈의 고속버스를 예약하며, 숙박 공유 사이트에서 현지인 집에 살아보는 숙박 예약까지, 지금 생각하면 임두도 안 나는 일을 머리 싸매가며 공부했다.

물론 패키지로 가면 이런 수고로움을 경험하지 않아도 된다. 가만히 쉬는 휴양이나 따라다니기만 하면 되는 여행도 좋지만 모험적인 여행을 딸에게 선물해주고 싶었다. 아무리 준비를 철저히 해도 언제나 변수는 생기게 마련이고 그 변수에 대처하는 요령과 경험은 자유여행만이 주는 특권이다.

버스 타는 법이 그렇게 복잡한 줄 모르고 덜컥 탔다가 당황하고 있었는데 마침 현지인의 도움을 받았고, 구글맵으로 숙소를 찾아갈 때는 통신이 간혹 원활하지 않아 계속 제자리를 맴돌기도 했다. 마치 007작전처럼 4단계를 거쳐 현지인 숙소에 들어가 보니 조그만 폴딩 도어를 열어야 들어갈 수 있는 미니멈 욕실에, 침대 밑에 또 다른 접이식 침대가 숨어있는 일본다운 앙증맞은 숙소가 나타났다. 주인장이 메모와 함께 세심하게 챙겨놓은 여러 가지 가이드북이며 간식거리, 얼굴과 발에 붙이는 패드, 남성용 세면도구까지 없는 게 없이 잘 정돈된 선반을 보니 호텔에서는 느껴볼 수 없었던 주인장의 섬세함이 여행의 피곤과 낯설음을 녹여주는 듯했다. 벳부에서 유후인으로 돌아올 때는 어쩌다 보니 막차 시간이 되었는데 놓쳤을까 봐 가슴을 졸여야 했다. 결국 SNS로 버스표를 찾아내고 외계어처럼 보이는 일본어와 한자어를 일일이 찾아가며 대조해 보고서야 안심이 되었다. 그 작업을 채원이가 했다. 어찌나 뿌듯하던지. 어느새 다 키워 세상에 내놓은 느낌이랄까.

내가 SF영화를 유독 좋아하는 이유가 있다. 남편과 처음 사귀었을 무렵, 그는 허무맹랑하고 유치하다며 도저히 SF영화는 공감할 수 없다고 했다. 하지만 어떤가. 허무맹랑하게 느껴지는 한 생각조차 세상에 던져지면 그것은 계획으로 세워지고 연구가 진행되고 어느덧 실험을 거쳐 세상에 하나씩 내어진다. 영화 〈토탈 리콜〉에 나왔던 증강현실을 처음 본 그날 나는 입을 다물지 못했다. 이제 그 상상을 현실에서 보고 있다. 꿈은 그런 것이다. 일단 머릿속에 던져두면 어느새 존재가 새로 조합을 시작한다.

비록 돌아서 느리게 오기는 했지만 어쨌든 그 길을 가고 있다. 내가 꿈꾸었던 모든 것들은 느렸지만 지금도 진행 중이다. 솔직히 말하자면 처음 꿈을 꾸었던 그때의 열망은 더 이상 내 안에 없다. 하지만 뭐랄까. 지금은 아주 오래 전 내 속에 던져놓았던 꿈이 그 길을 스스로 열어가고 있다는 느낌이다.

이제 와서 돌아보면 마치 이 세상에 오기 전, 옵션으로 이 모든 일련의 과정들을 이미 세팅해놓았던 것이 아닐까 싶을 만큼 여러 일들이 연속적으로 일어났다. 꿈을 꾸고 첫 발을 내딛는 순간, 운명은 두 번째 세 번째 길을 내어주었다. 비록 앞이 보이지 않아 두려움으로 가득한 후들거리는 걸음이라도, 걸어가야만 어느 길로 가야 할지 알 수 있게 된다.

아프다고 말할 수 있는 용기

아이를 낳기 전에는, "얼른 하나 낳아야지." 하던 사람들이 딸을 낳자마자, "둘째는 언제쯤 낳을 거예요?"라고 했다.

지금은 한 명만 낳는 것이 일반적이니 다들 그러려니 하지만 내가 30대 초반이었을 무렵에는 한 자녀를 둔 가정은 흔치 않았다. 평소 여러 벌을 겹쳐 입거나 헐렁하게 큰 사이즈를 즐겨 입었던 나는 자주 임신했냐는 말도 들었을 정도다.

둘을 낳던 그 시절에는 모두 다 둘만 낳았다. 하나가 용납되지 않던 그때 나는 참으로 많은 말을 들었다.

"애가 외로워서 안 돼."

"형제가 없으면 애가 저밖에 몰라."

"일단 낳으면 저절로 다 키워져."

난임 클리닉을 다니며 거의 4년 만에 어렵게 낳은 딸이라 나는 더 이상 아이를 갖고 싶은 생각이 없었다. 무엇보다 아이를 낳아 기른다는 것이 얼마나 세심한 배려를 필요로 하는지를 통감하게 되면서 더 낳겠다는 생각은 점점 더 사라졌다. 육아는 심리적으로, 육체적으로 엄청난 에너지를 요구한다. 많은 직업을 거쳐보았지만 그 어떤 것도 육아만큼 힘든 일은 없었다. 순둥이 딸이었는데도 말이다.

누구나 훈수를 둘 순 있지만 결국 내 인생을 끝까지 책임질 사람은 나다. 그 결정권을 함부로 타인에게 넘겨선 안 된다. 쓸데없이 남 탓만 하게 된다.

내가 유년 시절 아버지는 삼남매들과 종종 잘 놀아주셨다. 카메라를 메고 가족 나들이도 다녔다. 아버지는 퇴근하실 때면 간식거리든 선물이든 무언가 손에 들고 들어오실 때가 많았다. 자연히 삼남매는 아버지를 목 빠지게 기다리곤 했다. 오빠가 중학교에 들어갔을 무렵, 갑자기 아버지는 더 이상 우리들과 놀아주는 대신 안방에서 근엄하게 자리를 지키셨다. 이제는 아버지로서의 권위를 가질 때가 되었다고 생각하셨던 걸까. 엄마는 원래 바깥일과 가사로 틈이 없었으니 잠깐씩 얘기하는 것이 전부였지만 결정적으로 우리는 점점 자라면서 말수가 줄어들었고 각자의 영역 안에서 살기 시작했다.

돌아보면 당시의 여느 가정처럼 그냥 열심히 일상을 살아내기에만도 급급한 하루의 연속이었고 어느 누구도 마음이 서로 만나는 법을 모르고 있던 때였다. 그 보상심리가 남아 있어 딸에게만큼은 부족분을 느끼게 하고 싶지 않았다.

딸아이가 두세 살이던 무렵, 예전에 다니던 직장에서 연이어 전화가 왔다. 영어학원에서 부원장으로 일해 달라는 전화도 받았고 그 외 두 군데에서도 더 전화를 받았다. "지금쯤은 선생님이 애 다 키워서 놀이방 보냈을 줄 알았는데."라며 다들 아쉬워했다. 아이가 늦게 생기다 보니 채원이는 아직 어렸다.

그 제의를 받아들이지 않은 것을 후회하지 않는다. 다시 전화가 온다 해도 채원이가 아직 어리다면 또 거절할 것 같기 때문이다. 내가 직장이 아니라 딸을 선택한 것은 딸 때문이기도 하지만 무엇보다 나 자신을 위한 것이었다. 하지만 엄마는 내가 가정주부로서 사는 것을 못마땅해 하셨다. 나중에 안 사실이지만, 점을 봤는데 내가 일을 가져야만 행복할 거라고 했단다.

우리는 부족한 것을 향해 에너지를 쓰게 되어 있다. 수많은 사람들이 자신에게 부족하다고 생각하는 것에 공을 들이며 살아간다. 의족을 차고 험준한 산에 도전하는 사람이 있는가 하면 손가락 두 개로 피아노 연주회를 하는 사람도 있다. 내게는 그것이 사랑이었을 뿐이다. 직장을 가지든 주부로서의 삶을 살든 무엇을 선택하느냐는 그렇게 중요하지 않다. 왜 그것을 선택하는지가 중요하다. 딸과의 깊은 관계 속에서 나는 충만하고 행복한 길을 찾았을 뿐이다.

결혼은 사랑하는 사람들이 만나서 하는 것이라고 배우긴 했으나 내가 목격하는 현실들은 그렇지 않았다. 가장 많은 상처를 주고 받는 것도, 트라우마를 대대손손 물려주는 것도 모두 다 이 가족이란 울타리 안에서 벌어지는 일임을 깨닫는데 그리 오랜 시간이 걸리지 않았다.

유년시절, 시시때때로 찾아오는 끝 모를 공허함, 끝없이 추락할 것만 같은 공포를 느꼈다. 그리고 자주 무의식의 세계로 빨려 들어가곤 했다. 초등학교 시절부터 이어져 온 십여 년간의 일기는 내 마음의 탈출구가 되어주었다. 아무도 나를 이해해주지 못한다는 철저한 고립감만이 선명한 때 종이에라도 마음을 풀어놓을 수 있어 얼마나 큰 위안이 되었는지 모른다. 물론 일기에도 적을 수 없는 비밀들이 하나 둘 생기기 시작했을 당시를 떠올리면, 나는 그때로 돌아가 어린 나를 꼬옥 안아주곤 한다. 그 무엇도 아닌 너를 가장 사랑한다고….

그래도 돼

일기를 보니 1994년 1월 5일이었다. 그날은 오쇼 라즈니쉬의 『내 어린 유년 시절의 황금빛 추억』이란 책을 사서 읽었던 날이다. 내용만 보자면 그 이후로 읽기 시작한 명상책들이 훨씬 더 내게 큰 도움이 되었다고 분명히 말해두고 싶다. 그런데도 '나라는 존재'는 그 책을 읽기 전과 읽은 후로 나누어진다. 하루 만에 책을 다 읽고 덮는 순간, 내 눈에서 알 수 없는 눈물이 흘러내렸다. 책에 이마를 대고 오랫동안 꼼짝 않고 앉아있었다. 허공에 대고 고래고래 소리 쳤던 내 반항적 물음에 한줄기 빛으로 답을 받은 느낌이랄까. 그날 밤 나는 처음으로 컬러로 된 꿈을 꾸었다. 꿈에 오쇼도 나타났다. 그 책은 엄청난 이론이나 진리를 담고 있는 책이 아니었다. 따뜻한 사랑으로 넘치는 책이었다. '그래, 넌 그래도 돼.'라고 말하는 듯했다. 태어나서 처음 느껴보는 깊은 평온이었다….

그 이후로 나는 휴가도 반납한 채 명상센터와 구루를 찾아다니고 온갖 레이키(에너지)명상에 세션, 테라피에, 어느덧 좌선에 들면 다시 현실로 돌아오는 것이 쉽지 않을 경지에까지 이르렀다. 하지만 이상하게도 현실로 돌아오면 아무것도 해결되어 있지 않았다.

그 간극이 너무나 커서 꽤 긴 시간을 나는 방황하고 다녔다. 그런 수련들이 모든 문제들을 해결해줄 거라고 진심으로 믿었기 때문이다. 하지만 여러 세월을 돌고 돌아온 어느 날 문득, 나의 문제는 깊은 트라우마에서 기인한다는 것과 그 상처들을 꿰매지 않은 채 경지에 올라본들 아무것도 해결되지 않는다는 것을 깨달았다. 그 정도로 나를 비롯한 많은 사람들이 자신의 상처를 대수롭지 않게, 혹은 무시하며 살아간다. 적어도 대부분의 사람들이 상처와 고통, 불안, 두려움 따위들에 신경 쓰는 사람들을 소위 '쿨'하지 못하다는 시선으로 바라본다는 사실을 안다. 그런 지나간, 또는 부정적인 일 따위에 왜 뒤끝 있게 매달리냐는 식이다. 나는 사람들이 그런 시선들로부터 제발 자유롭기를 바란다. 자신이 성격 좋게 '보인다'는 얘기를 듣고 싶은 것인가, 아니면 자신의 아픔을 돌보아서 마음이 꼬이지 않는 산뜻한 사람이 될 것인가, 선택하라는 말이다.

마음의 무게를 회피하고 싶을 때, 많은 사람들이 술과 담배 뒤로, 수다와 쇼핑 또는 잠 뒤로 숨어버린다. 나에게는 그것이 주로 옷을 통해 표출되었다.

엄마는 무엇 하나 허투루 쓰는 법이 없으셨다. 때문에 미술대학 안에 개성 넘치는 학우들이 돌아다니는 중에도 늘 똑같은 옷을 입어야 했던 그 창피함이 내 무의식에 남아 있다가 여유가 없을 때도 옷을 구매하려는 강한 유혹에 시달렸다. 색의 조화를 맞추고 스타일을 맞추려니 비슷한 옷인데도 자꾸 사게 되는 경우가 많았다. 점원의 달콤한 칭찬에 홀딱 넘어가서 즐겨 입는 스타일이 아닌 데도 사버린 옷, 자꾸 입어보다 보니 미안해져서 사버린 옷, 언젠가 꼭 입어질 것 같다며 사버린 옷, 모두 내 마음이 '불편해지는' 것을 참지 못해 벌어진 일이다. "아니오."라고 말하기가 불편하고 다시 가서 환불하기가 불편한 것이다.

문제는 사도 사도 채워지지 않는 마음이었다. 종류를 막론하고 옷장을 꽉 채우고 나서도 여전히 허전하다면 더 산다고 해서 채워질 일이 아니다. 마음이 허전하다는 소리를 들어야 할 때다.

친구를 만나 밤이 되도록 수다를 떨어도 다음 날 상처는 그대로였다. 못 마시는 술로 정신을 놓아볼까 해도 몸만 망가질 뿐 상처는 여전히 멀쩡하기만 했다. 쇼핑에 빠져 있다 정신을 차렸을 땐 필요하지도 않은 물건들이 널브러져 있다가 집안 여기저기에서 부딪히기만 했다. 분리수거를 하고 기부를 하고 다시 되팔면서 두 배, 세 배의 에너지를 또다시 낭비해야만 했다. 행동 너머에 있는 진짜 마음을 알아차리지 못한다면 우리는 언제라도 엉뚱한 곳에서 헤맬 수밖에 없다.

마음이 내는 어떤 소리라도 다 들어줄 준비가 되어 있는지. 그때서야 진짜 마음을 알 수 있을 것이다.

너에게서 나를 본다

누구나 한번은 이런 질문을 던져보았을 것이다.

"왜 나에게 이런 일이 일어났을까?"

나 혼자만 아프고 힘들다고 느낄 때 우리는 더 외로움을 느낀다. 고립감을 느낀다.

하지만 모든 사람들이 다 아프다고 한다. 다만 똑같은 시간에 겪지 않을 뿐이다. 누군가는 이미 겪었고 누군가는 이제 겪을 차례일 뿐이다. 그렇다면 이번에는 내가 겪은 고통이 더 크다고 말하고 싶지 않은가.

엄마들끼리 수다가 이어지기 시작하면 꼭 이렇게 결론이 날 때가 있었다.

"어제 남편이 술을 먹고 밤새도록 코를 골아서 한숨도 못 잤어. 내가 내 정신이 아냐."

"우리 남편은 다음날 속이 쓰리다고 그렇게 낑낑대면서도 챙겨주는 걸 도대체 마시질 않아."

"야, 내 앞에서 말도 꺼내지 마. 울 신랑은 술 마시면 들어오질 않아. 얼굴을 봐야 뭘 주든 말든 하지."

이렇게 마지막에 쐐기를 박는 사람이 나타나곤 했다.

인간은 고통의 깊이마저도 남들에게 뒤지고 싶어 하지 않는다.

내가 더 고생했기 때문에 인생에 있어 내가 더 선배라는 식이다. 그렇게라도 조금이나마 내 고통에 대한 보상으로 위로 받고 싶어 한다. 하지만 결국은 내가 더 불행하다며 자기가 파놓은 함정에 빠질 뿐이다. 삶이 주는 무게가 나에게만 쏠린다고 생각지 말길 바란다. 알고 보면 누구나 비슷한 무게를 지고 있다.

혼자만의 고통이라는 착각에서 벗어나면 타인에게 손을 내밀기가 더 쉬워진다. 저 사람도 비슷한 일을 겪었다는 걸 생각하면 이미지 관리를 위해 애쓸 필요가 없어진다.

십여 년 동안 썼던 일기를 꺼내왔을 때 채원이는 눈을 반짝이며, "이게 뭐야?"라고 물었다.

너무 낡아 찢어진 일기들을 정리하고 나니 3권만 남았는데 사랑초가 군데군데 끼워져 있었고 세월이 무색하게 흠 하나 없었다. 글을 쓰다가 참고할 것이 있어 꺼내왔는데 채원이가 얼른 한 권을 낚아채갔다. 돌려달라고 해도 영 줄 생각이 없어보였다. 소파에 파묻혀 일기를 읽기 시작하더니, "와, 책보다 더 재미있어."라며 놓을 줄 모른다.

"엄마, 맞춤법도 틀렸어, 여기."

"일기를 밤에 쓰니까 피곤하기도 하고 졸립기도 해서 그럴 거야."

그렇게 대답하기는 했지만 무안하기도 했다.

그러다 한참 후, 딸이 갑자기 나에게로 와서 안겼다. 내 어깨에 얼굴을 파묻었다.

"왜? 왜 그래? 뭘 읽었는데?"

억지로 얼굴을 일으키자, 딸의 얼굴에 눈물이 어려 있었다.

"엄마는… 하고 싶은 것도 못하고… 딸을 낳으면 다 해줄 거라고 쓰여 있었어…"

"그랬어? 근데, 그건 옛날 일이잖아. 걱정 마. 엄마 지금 행복해."

일기에 내 지난날들이 차곡차곡 쌓여 있었다. 거기에 저장해 놓았다고 생각해서일까. 마치 남의 일기를 훔쳐보듯 내 기억에는 없는 일들이 많았다. 과제를 하느라 밤을 새우고 친구와 앞날을 꿈꾸며 열정에 사로잡혔던 날들. 집으로 돌아오면 늘 극명하게 대비되는 허무함 속에 덩그러니 놓여 있던 한 젊음이 있었다.

어릴 적 나는 흥이 많았다. 노래가 나오면 실룩거리고 부모님께 곧잘 애교도 떨곤 했다. 오빠와 남동생 사이에서 딸만이 누릴 수 있는 사랑도 받았다. 엄마는 내게 피아노를 시키고 맞춤옷을 입히신 걸 자랑스럽게 생각하셨다. 때때로 집안에 광풍이 불고 큰 상처를 받기도 했지만 그것만으로는 설명할 수 없는 근본적인 허무함이 내 속에 있었다. 마치 사색을 하도록 세팅된 내 세포 하나하나가 모두 허무를 외치고 있는 것 같았다. 자라면서 점점 '나라는 존재는 별것 아니구나.'라고 인식하며 사춘기를 우울모드 속에 살았던 나는 더 이상 감정에 빠져 허덕이는 게 싫어졌다. 대학에 들어서며 아예 다른 사람이 되겠다고 결심하기에 이르렀다. 밝은 사람이 되고 싶었다. 첫 교시가 있기 전, 일부러 일찍 가서 5층까지 오르락내리락하며 모든 선배들에게 인사를 하고 다녔다. 물론 내 옆에는 나보다 더 밝고 예쁜 절친 S가 늘 분위기를 몰고 다니긴 했다.

"참, 쬐그만 게 용기 있네."

"네가 그렇게 아침을 열어주니까 언젠가부터 기다리게 되고 기분 좋아진다."

졸업할 때까지 그렇게 매일 똑같은 하루를 시작했다. 있는 듯 없는 듯 조용하기만 했던 나는 온갖 용기를 다 짜내어 밝은 세계로 나아갔다. 내 안에서 칙칙한 구석을 모조리 몰아내고 싶었다. 어느덧 원래의 내가 내성적이고 비관적이었다는 사실을 아무도 안 믿는 단계에까지 이르렀다. 그렇게 하루아침에 사람이 바뀌고 웃기만 했으니 내 안에 방치된 상처가 불쑥불쑥 더는 못 견디겠다며 튀어나오곤 했다. 그럴 때면 나는 아무도 없는 공간을 찾아 헤매었다.

지금은 밝거나 어둡거나 상관이 없다. 그저 있는 그대로의 나다. 무언가가 되려 하지 않아도 흘러나오는 원래의 내가 좋다.

나는 가끔씩 TV에서 김제동의 〈톡투유〉를 본다. 예전부터 그의 구수한 입담과 편안한 아우라가 많은 사람들로부터 공감을 이끌어내는 것을 봐왔다. 힘든 시간을 보내고 있다는 얘기도 들었고 그래도 꿋꿋이 자리를 지키며 자신의 철학도 지켜나가는 모습이 보기 좋았다. 그런데 그 프로그램을 볼 때마다 나는 김제동이라는 사람보다 거기에 온 방청객들에 더 시선을 뺏기곤 했다. 그들의 표정, 그들의 얼굴이 이미 프로그램이 시작도 되기 전에 무장해제 되어 있는 걸 종종 목격한다. 모든 긴장과 표정관리를 해제하고 심지어 사랑이 가득한 얼굴을 하고 있다. 비록 그들이 서로 처음 보는 사이일지라도 완전한 공감대 속에서 이완되어 있다. 그리고 어떤 말이든 받아들일 준비가 되어 있다. 눈물을 흘리기도 하고 안아주기도 하며 낯선 이에게 말을 걸기도 한다. 다른 사람의 눈물에서 내 아픔을 본다.

그런 에너지 속에 파묻혀 본 적이 있는가. 콘서트를 가거나 뮤지컬, 연극, 영화, 어떤 장소라도 많은 사람들이 같은 감정과 같은 생각을 공유하는 현장에 있어 보았다면 당신은 느낄 수 있었을 것이다. 어떤 벅찬 감동이 온몸을 휘어 감는 것을. 전율이 온몸을 타고 흐르는 것을.

같은 파동에서 느끼는 무엇인가가 우리를 강력하게 하나로 묶는다. 집에서 혼자 보면서 느끼는 감동과는 그 힘이 다르다. 그러니 사람들이 기꺼이 암표를 사서라도 들어가려고 기를 쓰는 일까지 벌어진다. 시간과 돈과 에너지를 과감하게 투자한다. 단순히 다 같이 즐기니 더 재미있다가 아니라 많은 사람들이 모이는 곳에서 같은 감정선을 느끼면 우리가 더 큰 에너지로 증폭되어가는 것을 경험하기 때문이다.

병원에서 물리치료사로 일하던 B는 독립하여 자기 일도 하면서 틈틈이 마음 맞는 도반들과 명상을 같이 하기 위해 힐링 센터를 차렸다. 거기서 우리는 일주일에 한번 좌선을 했다. 때로는 많은 도반들을 초대하여 세션도 했고 때로는 시간도 잊은 채 철학과 명상에 대한 토론으로 빠져 들어갔다.

그곳에서 좌선을 하년 할수록, 홀로 수행할 때와는 확실히 다른 뭔가가 있었다. 우리들 각자가 비록 육체라는 개체에 나누어 담겨진 것처럼 보이지만 내면으로는 하나로 연결되어 있다는 확고한 사실 말이다. 물론 깊은 명상의 상태에서는 이 사실조차 알 수 없게 된다. 우리가 연결되어 있다고 판단하는 그 마음조차 사라지고 난 상태가 명상이기 때문이다. 점 하나조차 통과할 수 없는 원래의 근원만이 존재하기 때문이다. 현실로 돌아오면 그때서야 알게 된다. 내가 보는 도반의 얼굴은 그저 작은 한 부분에 불과하다는 것을. 그 또는 그녀도 '자신이 얼마나 큰 존재인지 알고 있을까?'라고 생각하며 나는 미소를 짓곤 했다. 육체는 진아가 아니라는 사실은 엄청난 환희를 선사했다. 사람들이 다르게 보였다. 경이로웠다. 그 이후로 나는 외로움을 느끼지 않게 되었다. 떨어져 있어도, 같이 있어도, 낯선 이와 있어도, 그냥 존재가 알아차려졌다.

생각이 떨어져 나간 자리에 깊은 침묵이 감돌면 마음은 고요해지고 관찰자만이 남게 된다. 그러면 모든 것들이 생생하게 다가온다. 마치 최신의 고해상도 TV를 통해 사물을 보는 것처럼 세상은 감동 그 자체가 된다.

현실에서 쟁취하여 얻게 되는 쾌락은 불꽃처럼 순식간에 사라지지만 근원으로부터 흘러나오는 행복은 마르지 않는 샘물과 같다. 인간이 이런저런 생각으로 실재를 왜곡하지만 않는다면 모든 존재가 이미 벅찬 감동이다.

일어나서부터 세수하고 밥 먹고 정신없이 일 하러 갔다가 또 밥 먹고 잠깐의 커피로 마음을 달래다가 퇴근하면 다시 닥친 가사일에 쫓기거나 아이 봐주기에 급급하면서 하루 해가 저물어가는 우리의 삶 속에서, 앞서 말한 그 경이로운 체험을 하기가 녹록치 않다는 것이 문제다. 그냥 멍 때리며 쉬기도 쉽지 않은데 내면까지

살필 여력이 없다. 그래서 우리는 할 수 있는 한 삶을 단순화시킬 필요가 있다. 줄이고 버리고 합치며 단순하게 사는 삶 속에서 우리는 조금씩 내면으로 눈길을 돌릴 수 있다.

지금 누릴 수 있는 행복

　미대 4년차가 되면 11월에 있을 졸업 작품전도 대비하고 전공에 매진하기 위해 작업실을 많이들 대여한다. 나도 절친이었던 S와 같이 방을 나누어 썼다. MDF를 직접 구입해서 맞춤 절단하여 가져온 다음 못질을 하지 않고 책상을 만들었다. 나무판을 이리저리 대각선으로 교차해 놓고 그 위에 기다란 판재를 올리면 끝이다. 그렇게 만들어진 2인용 다이와 간이침대, 작은 캐비닛과 거울이 들어서면서 작업실이 갖추어졌다. 집과 학교의 거리가 걷는 시간을 합쳐 1시간 30분이 소요되는 먼 거리라, 수업이 끝나면 주로 작업실로 가서 그림을 그렸다. 과제 제출 하루 전이나 과제가 많이 쌓여 밤을 새울 때면 간이침대에서 쪽잠을 자기도 했다. 한 과제당 보통 3, 4주의 시간이 주어지는데 매주마다 진행 과정을 프레젠테이션해야 했다.

　2절 패널에 두껍고 울룩불룩한 머메이드지를 타카로 박아 입혔다. 스프레이를 뿌려놓고 팽팽하게 당겨지면서 면이 고르게 될 때까지 기다렸다. 연필로 스케치 하기 전, 다시 한 번 더 머리 속에 가상으로 그림을 띄웠다. 글을 처음 쓰기 시작할 때가 힘든 것처럼 그림도 마찬가지다. 일단 시작하면 연속적으로 그려지게 되기 때문이다. 그러다가 어느 순간, 이게 내가 구상했던 그림이 맞나, 제대로 가고 있는 건가, 개성이 없는 것 같다, 하는 마음이 끝도 없는 불안을 지어내기 시작한다. 점점 신경이 곤두선다. 그림을 전체로 보면 그림이지만 분해해보면 그저 점일 뿐이다. 계속해서 그림을 들여다보고 있으면 전체는 깨어지고 점만이 남는다. 마음은 문제를 찾아내려 분석한다. 그림이 점점 쪼개어진다. 더 이상 그림이 아니다. 길을 잃었다. 붓이 가는 대로 내버려두면 좋으련만 마음은 욕심이 많다.

과제 제출일이 삼일 앞이다. 콘셉트를 잡느라 시간을 많이 허비했다. 지금 속도면 그날까지 너무 아슬하다. 아, 도대체 생각이 나질 않는다.

다음 순간, 후다닥 일어나서 겉옷을 들춰 입고 작업실 문을 나섰다. 옆방에 있던 같은 과 친구의 "어디 가?"라는 물음에 대충 답하고 학교로 올라갔다.

걸어서 20분쯤 걸리는 비스듬한 오르막길을 걸으며 어둠이 내리기 시작하는 거리의 실루엣을 본다. 오고 가는 학생들은 이미 끊겼다. 캠퍼스로 들어서니 건물마다 켜진 불빛만 겨우 살아있다. 매점을 지나고 의대 건물을 지난다. 매일 오가는 작업실과 캠퍼스의 거리는 걸어다니기에 지루하다. 하지만 이렇게 작업이 막힐 때면, 따로 오길 때 없는 나에겐 이 길이 위안이 된다. 평소의 지루한 느낌은 없고 금방 도착해버린다. 잠시 은행나무 밑 벤치에 앉는다. 약간 으스스한 기분이 들지만 오히려 정신은 맑아지는 느낌이라 좋다. 더 걸어야 할까 보다….

그렇게 교내에서 서성거리다 몸이 풀릴 때쯤 다시 작업실로 뛰어 갔다. 이제 뭔가 될 것 같다.

작업실 생활을 할 때 나는 늘 이런 식이었다. 작품이 제대로 풀리지 않을 때면 극도로 예민해지곤 했다. 그림을 뚫어져라 바라보고 있으니 마치 그림 속에 온전히 있는 것 같지만 착각이다. 마음이 불안으로 재잘거리기 시작하면 시간에 쫓기면서 흐름은 더 꽉 막혀버렸다.

그러면 머리를 비우기 위해 캠퍼스까지 종종 걸어갔다 돌아오는 산책을 하곤 했다.

내가 구상하는 최종적인 그림은 머릿속에 따로 있었다. 이건 어차피 시안이니 대충 그려도 될 것이라 생각하고 아무 생각 없이 단번에 휘갈겨 그렸다. 시안은 다소 원초적인 느낌을 자아내었다. 내 차례가 되어 프레젠테이션을 마치고 나자 교수님이 내 그림을 다시 이젤에 올려놓더니 느닷없이 극찬하셨다.

'엥? 이런 황당할 때가….'

정성을 들이고 심혈을 기울였을 때도 그런 칭찬은 받아본 적이 없었다. 이 일을 어떻게 해석해야 하지? 한참을 의문스러웠다.

예술은 가슴을 움직이는 작업이다. 물론 디자인과라서 콘셉트나 시안을 잡을 때는 계획이 필요하지만 작업에 들어갈 땐 예술적 요소가 빠질 수 없다. 그런데 나는 그리는 순간에도 머리를 내려놓지 못했던 것이다. 단숨에 그렸던 그 순간, 머리를 쓸 시간조차 없었다는 것이 결과적으로 나에게 행운을 가져다주었다. 아무리 소비자의 심리를 분석하고 구매 선호도를 조사하고 디자인 경향을 분석하여 시안을 내놓아도, 아무 생각 없이 그렸던 그 순간을 따라잡을 수 없다는 건 마음이 생각하기에는 불안하기 그지없는 일이었다. 불안은 영혼에게 가하는 회색빛 연막탄 같은 것이다. 가슴이 알아서 하도록 놓아두면 존재는 언제나 알아서 옳음을 드러냈다. 그때였다. 마음이 전부가 아니라 더 큰 존재가 있을지도 모른다는 생각을 한 것이…

채원이가 유치원을 다니고 있을 무렵, 오랜만에 남이섬을 찾았다. 가을이 깊었고 남이섬 전체가 낙엽으로 덮여가던 때였다. 내가 잠시 남이섬이 만들어진 유래에 대해 읽고 있는 사이, 채원이가 고사리 같은 손으로 낙엽을 왕창 끌어다가 내 신발 위에 그득히 쌓아놓고 도망갔다. 엄마는 이제 갇혔다며…

이른 아침, 첫 배로 들어가서일까. 곳곳에 쉬고 있던 새들이 내가 지나가자 그 소리에 놀라 푸드득 날아올랐고 나 또한 새들이 날아오르는 소리에 놀랐다.

메타세콰이어 길을 지나 점점 더 숲속으로 들어갔을 때 청솔모 한 마리가 눈에 띄었고 나는 그 놈에게 잠시 정신이 팔렸다. 다음 순간, 뭔가가 푸드득거리며 엄청난 속도로 날아와서는 내 눈 앞에서 떨어졌다. 심장이 쿵쾅거렸다. 이름 모를 작은 산새가 내 신발 바로 앞에 날아든 걸 보았다. 그 새는 마치 내가 나무이기라도 한 것처럼 입에 작은 나뭇가지를 물고 와서는 나 외에 다른 것들을 경계하면서 이리저리 두리번거렸다. 몸통에 빨갛고 노랗고 하얀 띠까지 있는 색이 고운 새였다. 주로 보호색을 띠는 갈색의 새밖에 본 적이 없었는데 보기 드문 종이었다. 모든 시간이 딱 정지한 것처럼 이 놈과 나, 둘만 남았다. 한참을 나는 꼼짝도 않고 서 있었다. 그 아이를 방해하고 싶지 않았다.

나는 점점 나무가 됐다. '나'가 아니라 그냥 자연의 일부가 되었다. 생각을 일으키는 마음만 내려놓으면 '나'라는 경계는 사라진다. 그때는 육체라는 경계도 사라지기 때문에 얼마를 더 머물러 있건, 같은 자세로 있으면 찾아오는 육체적 고통이나 지겨움도, 아이와 남편이 나를 찾아 헤매고 있지는 않을까라는 걱정도 전혀 느낄 수 없게 된다. 시공간마저도 사라져간다. 자연은 알고 있다. 어떻게 완전히 지금을 살아가는지.

서해에 있는 증도에 갔을 때의 일이다.

예전에는 배로 들어갈 수 있었던 곳인데 증도대교가 생겨나면서 이곳도 이제 사람의 손을 많이 타게 될지도 모른다. 하지만 지금처럼 한적한 곳으로 남아있었으면 하는 바람은, 이곳이 변변한 가로등 하나 없어 별이 더 잘 보이고 그 흔한 편의점 하나 찾기 힘든 대신, 갯벌과 많은 생물들로 넘쳐나는 곳이기 때문이다. 특히 염생 식물원을 잊을 수가 없다. 염생 습지에서만 자라는 붉은 칠면초가 식물원을 온통 핏빛으로 물들인 모습은 어디서도 본 적이 없었다. 갈대처럼 생겼으나 더 부드러운 깃털 같은 하얀 삐비꽃이 바람에 흔들리고 녹색의 함초가 그 나머지 습지를 뒤덮고 있었다. 이 선명한 색채들과 멀리 줄 지어 늘어선 염전 소금창고의 새하얀 지붕까지, 너무도 이국적인 풍경을 자아내었다.

줄곧 식물원의 풍경이 머릿속을 떠나지 않아 다음날 오전에 다시 찾았더니 신기하게도 만조 때라 물이 들어차 있었다. 어제와는 전혀 다른 풍광이었다. 데크 길의 중간쯤에 정자가 있어 잠시 기대어 눈을 감았다.

찰랑찰랑….

살짝 잠겨버린 붉은 칠면초 위로 잔잔한 파도가 일었다. 전날 내린 많은 비와 만조로 물이 들어차고 보니 간조 때는 거의 들을 수 없었던 온갖 조류와 양서류의 합창이 시작되었다.

이 풍경에 이 소리까지, 점점 무엇이 현실이고 무엇이 꿈인지 알 수 없었다.

볼거리 가득한 여행지에서 아주 화려하게 여행을 다녀도 마음이 딴 곳에 가 있다면 그저 걸어다니고 있을 뿐이다. 하지만 마음이 고요해지면서 존재와의 완전한 합일이 일어나면 그전까지 보이지 않던 모든 것들이 비로소 본연의 아름다움을 드러낸다.

비가 내릴 듯 말 듯 안개로 자욱한 신비로운 날씨였다. 바다는 우유빛을 띠었다. 지평선 끝까지 갯벌이 이어져 있었고 온통 회색빛이었다. 하늘과 땅이 구분이 안 되는, 마치 다른 행성에 와 있는 느낌이었다. 갯벌에는 물 위를 달리는 짱뚱어와 게로 가득했다. 짱뚱어는 몸은 물고기인데 짧은 다리가 있어 마치 작은 공룡처럼 생겼다. 사방이 고요했고 아무도 없었다. 나는 짱뚱어 다리를 걸으며 이 풍경을 보고 있었다. 유일하게 재잘거리는 사람은 남편과 딸밖에 없었다. 채원이가 자꾸만 옷을 잡아당겼다. 당시 사춘기가 일찍 오기 시작한 딸은 갑자기 성격이 변하기 시작했고 1년여 동안을 핸드폰에 푹 빠져 살았다. 중학교에 가면 놀기도 쉽지 않을 텐데 실컷 놀게 해주자는 마음으로 최대한 그냥 못 본 척 할 때가 많았지만 사실 거의 핸드폰 중독이나 다름없었다. 한 사람은 핸드폰을 언제 바꿔줄 거냐고 계속 다그쳤고 다른 한 사람은 핸드폰 요금 얘기를 꺼냈던 것 같다. 다리를 건너는 내내 핸드폰 얘기만 하는 두 사람에게 나는 결국 화가 폭발하고 말았다.

"도대체 눈앞에 이게 안 보이는 거야? 이 멀리까지 왜 온 거야? 핸드폰 얘기만 할 거면!"

사람만이 이런 말도 안 되는 풍경 앞에서 딴 생각을 한다. 슬픈 일이다. 놀 때는 일을 생각하고 일을 할 때는 놀 생각을 하는 식이다. 우리 가족은 짱뚱어 다리 얘기만 나오면 나를 놀려댄다. '버럭쟁이'라고.

누워서도 생각을 멈추지 못하면 자도 자는 게 아니다. 그렇다고 내려놓자고 '결심'한다면 그건 또 다른 오류를 만드는 일이다. 결심하려는 그 아이조차 내려놓으면 된다.

어떤 인위적인 행동도 의도도 목적도 없는 자연의 존재 방식은 완전히 순간 속에 존재하는 법을 알고 있다. 그래서 나는 자연 속에 있는 것을 즐긴다.

6시 알람 소리에 맞춰 천천히 몸을 일으킨다. 겨울이라 사방이 캄캄하다. 역시 조용하다. 채원이가 벌써 깨지 않도록 거실로 나가 얼른 알람을 잠재운다. 부엌으로 간다. 따뜻한 생강차를 타서 그 물로 가글을 하고 생강차를 마신다. 블루투스 스피커를 켠다. 핸드폰을 켜고 북마크에 저장해놓은 인도 명상음악을 튼다. 곧이어 스피커를 통해 부드러운 만트라가 흘러나온다. 노래로 된 일종의 기도송이다. 음의 높낮이가 심하지 않고 일정하여 마음을 흩어놓지 않는다. 노래가 깔리기 시작하면 안방으로 간다. 스탠드형 다리미판이 펼쳐져 있는 베란다로 나간다. 다리미의 플러그를 꽂아놓고 기다리는 동안 가벼운 몸풀기 운동을 한다. 공기를 느끼며 천천히 몸을 움직인다. 다리미에 불이 들어온다. 와이셔츠를 다리기 시작한다. 며칠 전 쓰던 다리미가 고장나 버린 것을 떠올린다. 다시 사야 할까. 핸디형 스팀 다리미는 면적이 작다. 다리는데 오래 걸린다. 스팀이 소리를 내며 뿜어져 나온다. 공기 중으로 흩어진다. 다리미는 다음에 사기로 한다. 와이셔츠를 옷걸이에 건다. 어제의 넥타이 색깔을 떠올린다. 그것과 다른 분위기의 넥타이를 고른 뒤 다시 부엌으로 돌아온다. 선식을 물에 타기 시작한다. 간밤에 속이 쓰리다고 했던 남편의 말을 떠올린다. 바오밥 열매 파우더는 남편에게는 맞지 않으니 빼야 한다. 뜨거운 물을 부어 저어준다. 식탁 위에 컵과 영양제까지 챙겨서 올려둔다. 남편은 서둘러 선식과 영양제를 마시고 문으로 향한다. 신발을 신는다. 서로 안아주며 가벼운 뽀뽀를 한다. 문이 닫힐 때까지 손을 흔들어준다. 닫히기 전 남편은 꼭 내 얼굴을 쳐다본다. 그때서야 얼굴을 제대로 확인하며 미소를 날린다. 문이 닫힌다.

이렇게 매 순간순간을 천천히 추적한다. 마음이 떠올린 생각들도 모두 지켜본다. 마치 내가 '나'라는 영화를 보고 있는 것처럼 모든 순간에 주의를 기울인다. 순간에서 순간으로 이동한다.

순간을 지켜보기 시작하면 알게 된다. 우리의 머릿속에 얼마나 많은 생각들이 가득하며 때로 얼마나 많은 생각들이, 혹은 중요한 단서들이 순식간에 무의식의 창고로 처박히는지. 천천히 사라져가는 생각들은 지켜보면 된다. 빛의 속도로 사라져가는 생각들을 잡아내는 게 중요하다. 그것들이 바로 우리가 생각하기 싫어하는 문제들이다. 내 삶의 문제를 쥐고 있는 가장 중요한 단서들이다.

그렇게 순간에서 순간으로 존재한다.

지구의 반은 딸

남편은 시간까지 잊지 않고 잘 챙겨가며 각종 드라마를 본다. 특히 막장드라마는 틀어 놓으면 거의 십 분 안에 어떤 드라마에서라도 고성이 오가는 것을 들을 수 있다. 내가 질색하는 부분이다. 감정이 폭발하는 상태를 싫어한다.

"그 드라마 봐?"라고 물어보는 지인에게 대답할 길이 없다. 막장 드라마를 자꾸 보다 보면 눈으로 학습이 되고 비슷한 상황에서 나도 그렇게 행동해버릴 것만 같기 때문이다. 많은 여자들이 드라마를 보면서 카타르시스를 느끼고 대리만족을 느낀다는데 나는 내가 그렇게 될까 봐 불안해했다. 채원이를 낳고 몇 년간은 감정이 들쑥날쑥 했었다. 그러니 혹여라도 반복 학습이 될까 두려웠던 것이다.

쟁반에 과일을 담아 딸아이 손에 쥐어주었던 어느 날이다. 채원이는 뭐든지 자기 손으로 해보고 싶어 하는 아이였다. 여느 아이들처럼 채원이도 악력 조절이 힘들었을 때니 당연히 흘릴 수 있다. 머리로는 분명히 이해했다.

그런데 다음 순간, 내 입에서 "왜 그래! 도대체 왜 흘리고 그래!"

라는 비명에 가까운 고함소리가 터져 나왔다. 분노의 에너지가 끓어 넘쳐 온몸을 휘감았다. 몸이 떨릴 정도였다. 내가 알던 내가 아니었다. 도대체 이 분노는 어디서부터 온 것일까. 그때 판도라의 상자가 열렸다. 마치 아카식 필름을 보고 있는 것처럼 빠르게 모든 장면들이 내 눈 앞을 연이어 지나갔다. 기억조차 없었던 온갖 분노가 해묵은 먼지를 일으키며 마구 쏟아져 나왔다.

그날 밤, 나는 딸아이가 잠든 머리맡을 지키며 오랫동안 무릎을 꿇었다. 누구도 보지 않았지만 내 자신을 용납할 수 없었다. 이 분노의 근원을 찾아 꼭 좋은 엄마가 되어 주겠다고 다짐했다.

나는 딸아이가 말을 알아듣지도 못하는 아기 때부터 잘못한 것이 있으면 늘 진심으로 용서를 구했다. 우리 사이에는 앙금이 없으며 잘못했을 땐 누구라도 먼저 자연스럽게 용서를 구한다. 그리고 그 용서를 다시는 구하지 않기 위해서라도, 모든 에너지를 끌어모아 내 마음 구석구석을 살펴보고 다녀야 했다. 내 분노는 어디서 온 것인지, 내 자존감 결여는 무엇을 먹이로 삼고 있는 것인지.

사람들은 무의식의 창고에 방치된 채, 처박혀 있는 부정적 감정들을 들춰보는 걸 일단 피하고 보는 경향이 있다. 마음 안에서는 이미 상처로 피가 나고 있는데 봉합하지 않고 밝게 살아갈 수 있을까. 잠깐은 가능할지 몰라도 어느 순간 줄줄 새어 나오게 마련이다. 그런 마음 바라보기를 하는 과정에서야 느닷없이 깨닫게 된다. 나 또한 그런 상처들을 누군가에게 주고 있었다는 사실을. 그런 거지, 늘 뿌린 대로 거두는….

아이들을 키우다 보면 누구나 죄책감을 느끼게 될 때가 있다. 도덕적으로 보이는 이 감정은 사실 부정적이다. 죄책감은 우울을 낳고 삶의 의욕을 꺾어버린다. 또는 급하게 만회하려는 마음이 엉뚱한 곳에 집착을 하게 만들고 에너지를 낭비하게 만든다. 아이에게 잘못해놓고 사과하는 대신 선물을 사주는 식이다. 그렇게 되면 아이 역시 커서 자신의 잘못을 인정하기보단 뇌물을 주며 무마하려 하게 될지도 모른다. 죄책감이 들 때마다 의식적으로 깨어있어야 한다. 실수 그대로를 인정하고 반복되지 않도록 기억하면 된다.

　요즘 부모들이 딸을 선호하는 이유들은 하나같이 딸들이 부모에게 잘하기 때문이란다. 낳는 순간, 이미 받을 것을 고려한 이 말이 좀 씁쓸하게 느껴지는 건 어쩔 수 없다.

　내가 지금의 부모들에게, 또 자녀들에게 바라는 것이 있다면 가족들에게 너무 편하게 마음을 놓아버리지 말라는 것이다. 늘 보는 관계는 익숙해진다. 익숙해지면 뇌는 알아차리지 못한다. 나에게 대하듯 막 대하기 시작한다. 그러니 부모를, 또는 자녀를 조금은 어렵다고 생각하는 게 좋다. 자연히 조심하게 된다. 이 정도라도 가족이니 이해해줄거야 라는 마음이 결국은 실수를 만들고 섭섭한 마음을 낳는다. 부모는 자신이 가진 권력으로 알게 모르게 자녀에게 많은 상처를 준다. 권력을 가진 사람은 스스로의 잘못을 깨우치기가 쉽지 않다. 거울 역할을 해줄 동등한 입장의 사람이 곁에 없을 확률이 많기 때문이다. 보호를 받고 있는 입장에서는 일일이 따져 묻기도 힘든 법이다. 부모에 의해 폭력이나 말로 상처를 받게 되면 일단 무의식 창고에 쌓인다. 어느 날 자식을 낳고 기르다가 비

숫한 상황에 처했을 때 부모가 했던 것과 똑같은 방식으로 일을 처리하게 된다. '나는 내 아이에게 손도 대지 않아, 이만하면 잘하고 있는 거야.'라고 말하고 싶을지도 모른다. 하지만 때때로 말이 폭력보다 더 깊은 상처를 남긴다. 물리적 폭력처럼 언어도 눈에 보이며 측정 가능하다면 아마 모든 사람들이 한 번씩은 감옥을 들락거리지 않을까 싶다. 아니 수시로 들락거려야 할 지도 모르겠다.

부모된 입장에서는 자녀에게 먼저 사과를 한다는 것을 참으로 받아들이기 힘들어하는 듯하다. 아니면 말로는 할 수 있다고 하지만 실상에서는 자존심이 허락하지 않는 모양이다. 부모는 완벽하지 않다. 우선 그 사실을 인정해야 한다. 누구나 가지는 인간으로서의 결함을 내 부모님도 가지고 계시고 나 또한 가지고 있다. 그렇기 때문에 나는 부모님을 이해한다. 부모 또한 실수하고 성장하며 부모가 되어간다.

내 딸을 낳고 그 아이가 유치원을 졸업할 때까지 나는 부모로서의 신고식을 호되게 치렀고, 그 아이가 초등학교를 졸업할 때까지 몇 번의 같은 실수를 더 반복했으며 아이가 중학생이 된 지금은 태풍이 걷힌 다음 날처럼 고요하고 평화롭다. 다른 집들은 중2를 두려워하지만 나는 아직 잘 모르겠다.

딸은 방학이라 늘 집에 있는데도 제 방에서 나올 때 이렇게 말한다.

"안아줘. 보고 싶었어."

"음… 같은 집에 있는데도 그립다니…."

물론 살아가고 있기에 가끔씩 또 태풍은 닥쳐올 수도 있겠지만 그게 돌이킬 수 없는 위협으로 다가오지는 않을 거란 걸 안다. 대충 타협하지 않고 모른 척 하지 않고, 한 치의 앙금도 남지 않게 끝까지 대화로써 우리의 갈등에 대해 연구하고 또 연구했기 때문이다.

타인에게는 잘하면서 가족에게 소홀한 것, 가족에게 잘하면서 타인에게는 막 대하는 것, 그 어느 것도 정상은 아니다.

나는 딸의 얼굴에 살짝만 서운함이 어려도 그냥 지나치지 못했다. 내 마음속에서도 늘 자신을 위한 변명거리들이 가득했지만 그때마다 나는 자신에게 '상관없음'이라는 레드카드를 꺼내들었다. 우리는 서로의 마음을 읽어주었고 나는 눈 한번 질끈 감고 그냥 뛰어드는 마음으로 사과를 했다. 몇 번 해보면 안다. 정말 별것 아니라는 걸.

나는 제안하고 싶다. 이혼 신청을 해도 이혼 숙려 기간을 거쳐야 하는 제도를 나라에서 장치 해놓은 것처럼, 임신을 확인하고 난 뒤부터 아이를 낳기 전까지, 국가적 차원에서 부모 교육을 해야 한다고 본다. 사람이라면 누구나 자동차를 몰고 도로로 나가기 전에, 이론을 공부하여 필기시험을 치르고 기다렸다가 또 도로 연수를 거친다. 자동차를 모는 것도 이렇게 긴 절차와 훈련이 필요한데 하물며 한 인간을 낳아 기르는 존엄한 일에 숙련 기간이 없다는 게 말이 되는가. 분노로 만들어진 자동차가 마구 거리로 쏟아져 나오는 셈이다. 뉴스에는 불특정 다수를 겨냥한 사건사고로 넘쳐난다. 아니, 뉴스까지 갈 것도 없다. 우리는 매일 같이 사회로 나가 크든 작든 상처를 주고 받으며 집으로 돌아온다. 인간을 낳아 기르는 것이 그냥 본능적으로 되는 일이라고 생각하는 자체가 오류다. 동물은 낳는 순간, 늦어도 몇 시간 안에 스스로 걷기 시작한다. 하지만 인간은 걷기까지 엄청난 시간과 에너지와 수없는 반복이 필요하다. 온전한 인간으로 길러지기까지 엄청난 배려를 요구한다. 아직까지도 육아에 있어 엄마 혼자서 대부분을 감당해내는 그런 분위기 안에서 엄마라는 존재는 수없이 나가떨어지곤 한다. 한계의 끝을 목격한다.

당시만 해도 드물게 딸 하나만 낳았던 나는 실수해볼 아이가 더 이상 없다는 점을 마음에 새겼다. 아이가 많았다면 이렇게도 저렇게도 키워볼 수 있었겠지만 선택의 여지가 없었다. 하루도 빠짐없이 육아서를 읽고 TV육아 프로그램을 시청하고 무엇보다 아이의 마음을 헤아리는데 전력을 다했다. 어디서도 그런 교육을 정기적으로 시행하고 있지는 않으니 알아서 찾아 헤맬 수밖에 없었다. 그리고 정작 부모 교육이 절실히 필요한 사람들은 생활 전선에 나가 있느라 방치되고 있는 경우가 많다.

사람으로 키워내는 과정 속에서 부모 또한 아름다운 탈바꿈을 한다. 내가 딸을 키웠다기보다 나 역시 딸에게서 엄청난 사랑을 받았으니까. 겨울만 되면 발뒤꿈치가 갈라지기 시작하고 따끔따끔거렸다. 들여다보며 한숨을 짓고 있는데 어느 순간 채원이가 대야에 물을 받아왔다. 내 발을 살짝 집어넣어 보고 뜨거운지, 미지근한지 온도를 세심히 살폈다. 허브오일 몇 방울을 떨어뜨린 뒤 내 발을 담그고 마사지를 해주었다. 한참이 지나고 발이 따뜻하게 변해가

자 타월로 정성스럽게 닦아주더니 핸드 크림을 듬뿍 짜서 다시 마사지를 해주었다. 시키지도 않았는데 그렇게 일주일간 하루도 빠짐 없이 발 마사지를 받은 결과, 내 발은 아기처럼 변해갔다. 사랑이 주는 힘 외에 그 무엇으로 설명할 수 있을까.

다섯 번째 이야기
피하고 싶은 것에 답이 있다

끈질기게 걸어가는 힘

어릴 때 유달리 성장이 빨랐던 나는 동네 아주머니들로부터 자주 이런 이야기를 들었다.

"애는 학교 안 가요?"

또래 아이들의 키는 모두 내 어깨 이하였다. 너무 크니까 유치원에라도 보내라는 주위 분들의 권유로 나는 7살도 아닌 6살 때 유치원을 갔다.

걸어서 혼자 유치원을 다녔는데 비바람이 세차게 불던 날이었다. 골목길을 지나서 다시 넓은 밭 사이로 난 길을 따라 가다 보면 담벼락 사이로 계단이 나타났다. 어린 나에게 혼자서 걷는 그 길이 재미있었을 리 만무했다. 계단에 다다랐을 때 담을 따라 휘몰아 나가는 거센 바람이 일더니 나를 덮쳤다. 숨조차 제대로 쉴 수 없는 바람이었다. 쓰고 있던 노란 우산은 약간 문제가 있었다. 우산은 바람 앞에 휘청거리더니 내 몸을 돌려 세워 계단 아래로 내동댕이쳐버렸다. "앙!" 울음을 터트렸다. 몸은 이미 반이 젖었고 넘어지면시 손바닥이 계단에 쓸려 따가웠다.

집으로 돌아오자마자 흥분해서는 그 계단에서의 상황을 엄마에게 설명했다. 손바닥을 보여주며 호들갑을 떨었지만 아무런 소용이 없었다. 당장 유치원으로 다시 가라는 명령이 떨어졌다.

하는 수 없이 돌아갔다. 같은 길을 또 가니 지겹고 축축했다. 지금처럼 아스팔트 길이 아닌 흙길은 질척거렸고 미끄러웠다. 문제의 그 계단에 이르렀을 때 저절로 몸이 긴장되었다. 이제는 빨리 유치원으로 들어가고 싶다는 생각밖에 없었다. 우산으로 바람을 막으며 계단을 오르기 시작했지만 이내 우산은 미친 듯이 날뛰었다. 세 번째도 마찬가지. 매번 다시 돌아가라는 엄마가 점점 야속해졌다. 온몸은 젖을 대로 젖었고 우산도 생명을 다해가고 있었다.

네 번째로 다시 그 길을 들어섰을 때 나는 될 때로 되라는 심정이었다. 어차피 돌아가도 엄마가 다시 보낼 테니 이제 갈 곳이 없었다. 더 이상 시간을 끌며 거리에서 헤매고 싶지 않았다. 죽기 살기로 계단을 뚫고 올라갔다. 우산은 이미 뒤집어져 쪼글쪼글해졌다. 비를 온몸으로 맞으며 계단을 다 올라서는 순간 그야말로 태풍 같은 바람이 휘몰아쳤다. 나는 다시 계단을 굴렀다. 온몸이 너덜너덜해진 것 같았다.

6살이었는데도 생생하게 기억하는 이유는, 육체적 한계를 확인하는 동시에 내 안의 어떤 한계를 넘어섰다는 느낌도 받았기 때문이었다. 손과 무릎은 까지고 비 맞은 생쥐 꼴이 되어 쓰레기가 된 우산을 질질 끌며 집에 도착했다. 이상하게도 그 순간만큼은 더 이상 엄마가 무섭지 않았다. 엄마도 그때서야 포기가 되셨다.

나는 이미 그 나이로서 할 수 있는 모든 것을 다 해보았다. 비록 마지막에 다시 굴러 떨어지긴 했지만 그것이 실패처럼 느껴지지 않았다. 결국 계단을 다 올랐고 단지 그때 일어난 자연의 현상 앞에 잠깐 후퇴한 셈이니까.

그 일이 떠오를 때마다 때로는 엄마가 야속했고 때로는 고맙기도 했다. 그날 이후 '근성'이라는 것이 쌓이기 시작했다.

7살 때 처음 엄마에게 학습지로 한글을 배우기 시작했다. 엄마는 성격이 급하셨다. 기초단계가 거의 없이 바로 통문장으로 읽기 훈련을 받았다. 초성이나 짧은 단어부터 배우는 충분한 시간 없이 학습지에 나오는 질문이나 예문들을 하루 이틀 읽어준 다음 바로 내게 읽기를 시키셨다. 수영도 못하는 사람이 바로 물에 뛰어 든 셈이었다. 지금 생각해보니 유치원에서 한글 교육도 받았겠지만 그 때 나는 아직 학습할 준비가 되지 않았던 것 같다.

당연히 속도는 느렸고 나는 심한 스트레스를 받으며 한글을 배워나가기 시작했다.

초등학교에 들어갔으나 이미 공부는 재미없고 무서운 존재였다. 글자를 겨우 읽을 수 있게 되자 이번에는 그것들을 조합해서 의미를 알아내야 한다는 부담감에 시달렸다. 아무리 읽어도 글자만 반복해서 읽어질 뿐 모든 글자와 숫자들이 따로따로 놀았다. 그것들이 어떤 의미를 지니진 못했다.

시험기간이 다가오면 초조해지기 시작했다가 시험 당일 날 나는 멀미가 나는 것처럼 속이 울렁거리곤 했다. 당연히 성적은 낮았고 나는 최대한 숨겼다가 엄마가 물어볼 때에야 거우 시험지를 내놓았다. 엄마가 모르고 있는 시험들은 보여주지 않고 그냥 넘어갔다. 그러다 가끔씩 서랍에서 시험지들이 뭉텅이로 쏟아져 나오는 날이 곧 최악의 날이 되었다. 고학년으로 올라가자 드디어 엄마는 나를 포기하셨다. 아마도 나의 성적들을 외면하고 싶으셨을 게다. 나라도 충분히 그랬을 것 같다. '나는 해도 안 돼.'라는 생각이 거의 굳어져 가고 있었다.

　　중학교 2학년 어느 가을이었다. 평일에는 TV를 볼 수도 없고 일단 공부를 하는 척이라도 해야겠기에 책상이 아닌 조그만 좌식 상을 펴고는 벽 쪽으로 가져가 기대어 앉았다. 창문 사이로 드넓은 가을 하늘이 보였다. 촛점의 흔들림도 없이 깊은 하늘을 응시하고 있었다. 어느 순간 하늘로 빨려들 듯한 기분을 느꼈다. 청명한 바람이 창을 통해 들어와서는 마치 나를 정화하고 돌아나가는 듯 했다. 반듯하게 허리를 세우고 앉았다. 깊은 호흡을 천천히 내쉬었다. 완전한 침묵이 흘렀다. 그때였다. 내 안에서 어떤 가슴 벅찬 감동이 일어났다. 새롭고 신선한 어떤 기운이 내 안으로 퍼져갔다. 단지 하늘을 응시하며 깊은 호흡을 한 것뿐인데 말이다. 전혀 의도하지 않았지만 저절로 깊은 명상에 들게 됐다. 이전의 나와 분명 뭔가가 달라져 있었다. 마치 내 영혼이 이제 공부란 걸 한 번 해보자고 나를 흔들어 깨운 것 같았다.
　　그날 이후 나는 공부에 무섭게 전념하게 되었다. 잠깐의 쉬는 시간과 밥 먹는 시간을 제외하면 대부분의 시간을 공부에 썼다. 전혀 힘든 줄 몰랐다. 몇 달 안에 나는 진보상을 두 번 받으며 상위권으로 진입했다. 진보상은 10등 이상씩 오른 학생들에게만 주어지는데 그 상을 두 번씩 받은 사람은 전교생 중에서도 거의 전무했다. 선생님은 굳이 나를 앞으로 불러 세워 다들 본받으라며, 반 평균을 끌어올릴 절호의 기회를 놓치지 않으셨다. 친구들은 마치 자기 일인 양 진심어린 박수를 보내주었다.

고등학교를 가서는 기초를 제대로 다지지 못한 수학이 발목을 잡는 바람에 평범한 수준에 머물긴 했지만 더 이상 공부는 내게 두려움의 대상이 아니었다.

대학을 다니면서 영어회화 공부를 늘 병행했다. 직장을 다니면서는 영어회화 공부를 계속하면서 명상공부를 시작했다. 채원이를 낳고 나서도 끝없이 육아에 관한 공부와 마음공부를 이어갔다. 틈틈이 미국 드라마를 보면서 영어에 대한 감각도 잃지 않으려 애썼다.

원래 나의 책 읽는 속도가 느리긴 했지만 명상책을 읽을 땐 훨씬 더 느려졌다. 하루에 한 장이면 충분했다. 명상책에는 어려운 화두가 제시되거나 아니면 새로운 명상 방편들이 소개되었는데 나는 꼭 이것을 실생활에서 실험해보고 나서야 다음 장으로 넘어갔다. 새로운 화두가 나오면 하루 종일 그 화두를 머릿속에 띄워 놓고 살았다. 크리슈나무르티의 『세속에서의 명상』을 읽던 중, '사랑은 언제나 전체적이다.'라는 부분이 마음에 걸렸다. 많은 사람들이 이 말에 남녀의 차원을 먼저 떠올리고는 '그럼 아무나 사랑해도 되는 건가?' 하는 식의 논리를 펼치고 싶어 하지만 그건 단지 한 부분에 지나지 않는다. 어떤 말로도 정의할 수 없는 원래의 순수한 상태, 경계가 없는 상태… 그 말이 어떻게 현실에서 드러날 수 있는지 천천히 지켜보면서 일상을 살아간다.

배움이 현실에서 적용될 수 없다면 그것은 그저 자기 과시용밖에 되지 않는다. 또 책을 읽고 난 후, 자신이 직접 고민하고 검증하지 않는다면 우리는 그저 외우는 기계에 지나지 않게 된다.

초등학교 때 나는 약하고 겁쟁이였다. 툭 하면 체하고 며칠씩 죽도 소화하기 힘든 날이 이어지면 기운이 없어 누워 지내야 했다. 겨울이면 어김없이 감기를 앓았다. 개근상은 받아본 기억도 없다. 꽃이 피거나 낙엽 지는 계절에 멀리까지 나들이를 할라치면 늘 심하게 멀미를 하는 딸을 아버지는 아주 속상해하셨다.

언제부턴가 아버지는 새벽에 일어나 그런 딸과, 두 아들을 깨워 산 정상까지 등산을 한 뒤 학교에 등교하게 했다. 처음에는 깜깜한 새벽에 일어나는 것도 쉽지 않았다. 쌀쌀한 날씨에는 이불 밖으로 나오는 것도 여간 힘든 일이 아니었다. 아파트가 아닌, 주택에서 살 때 이불 밖으로 나오면 몸이 으스스 떨리도록 추웠던 방 안 공기를 아직도 몸이 기억한다.

다행히 아버지는 서서히 운동량을 늘려주셨다. 처음부터 힘이 있다고 속력을 몰아붙이면 이내 페이스를 잃어버리고 만다. 그렇다고 축 쳐져 걸으면 운동을 하는 효과가 나타나지 않는다. 일정하고 깊은 호흡이 산행에 적합하다며 자주 호흡 연습을 시켜주셨다. 우리는 그 호흡에 맞춰 일정한 속도로 걸어 나가는 훈련을 받았다. 점점 운동량은 늘어갔지만 우리는 그 호흡법 때문이지 그렇게 힘든 줄 모르게 되었다. 그리고 나중에는 거의 뛰다시피 빠른 걸음으로 산 정상에 오른 뒤 능선을 따라다니는 산행도 즐기게 되었다. 내려오는 길은 처음 느껴보는 성취감과 함께 날아갈 듯이 가벼웠다. 몇 달이 지나자 나의 저질 체력은 서서히 좋아졌다.

우리는 어떤 꿈을 꾸고 어떤 일을 시작하면서 이미 마음이 급해진다. 다급한 마음은 실패가 반복되는 과정을 견디기 힘들게 만든다. 마치 모든 사람들에게 똑같은 삶의 양식이 있는 것처럼 20대에는 여기까지, 30대에는 여기까지 하는 식으로 목표치를 달성하지 못하면 실패한 인생으로 느껴진다. 너무 빨리 결과를 보려고 하는 마음이 금방 우리를 지치게 만든다.

자신의 꿈이 무엇인지만 알고 있으면 된다. 내가 실패할 수도 있으며 그때는 실패를 인정하겠다는 여지와 그럼에도 계속 하겠다는 나의 의지를 믿을 때 우리는 부드럽게 이완되고 좀 더 자연스러움 속에서 일할 수 있게 된다. 지나고 보면 오히려 계획이라는 틀 속에서 긴장해왔던 것보다 의도하지 않았지만 더 만족스러운 결과를 보게 된다.

네 잘못이 더 크게 보이는 순간

부모님의 부부싸움을 자주 보며 자란 나는 결혼을 하게 되면 무슨 일이 있어도 싸우지 않겠다고 다짐하게 되었다. 실제로 우리 부부는 싸운 일이 거의 없었고 남들에게 우리는 싸우지 않는다고 자랑스럽게 말하고 다녔다. 완전히 다른 삶을 살았던 두 사람이 만났는데, 그런 부부라면 누구나 싸울 수 있다는 당연한 사실을 외면한 채 남들에게 안 싸우는 부부로 보이는 것이 그렇게 중요했었나. 그 교훈은 결국 나의 화병을 만들었다. 우리는 싸우지 않았지만 내 면적으로는 무언가가 자꾸만 해결되지 않고 쌓여 갔다. 아니, 처음에는 나조차도 사실 아무런 문제가 없다고 인식했었다. 그런데 부부동반 모임만 나가면 유머를 가장해서 그렇게나 남편 흉을 보고 있는 나를 발견한 순간, '아, 내가 문제가 없는 게 아니었구나.'라고 그제야 깨달았다.

결혼 생활 중, 나를 가장 슬프게 한 것은, 나와 딸이 아플 때도 남편에게는 그것이 보이지 않았다는 점이다. 내가 감기몸살로 인한 열경련으로 두 번 쓰러졌을 때도, 딸이 사십 도가 넘는 고열로 누워있을 때도 남편에겐 아무것도 보이지 않았다. 그저 TV를 보고 있을 뿐이었다. '아프냐?'고 물어봐 준 적도 없었다.

남편은 채원이를 낳았던 때부터 유치원을 다닐 때까지 7년여 동안 직장 상사로부터 갖은 스트레스를 받았다. 나중에 안 사실이지만 남편은 자라는 동안 공부를 잘해서 부모님에게 따로 꾸중을 들을 일이 없었다고 한다. 하지만 직장생활에서는 질책을 당하는 일이 생기기 마련이고 당시는 좀 더 경직된 직장문화가 만연할 때였다. 남편은 그 무거운 중압감을 어떻게 풀어야 할지 전혀 알지 못했다. 나는 고민거리를 같이 들어주고 싶었지만 남편은 집에 오면 더 이상 바깥일에 대해 얘기하려고 하지 않았다. 그는 집에만 오면 잠속으로 빠져 현실을 잊으려 했다. 나 역시 윗사람과 맞지 않아 퇴사한 경험이 있기 때문에 무엇보다 그 상황을 잘 이해했다. 늘 집에 오면 잠만 자는 남편이긴 했지만 방해하지 않으려 애썼다. 하지만 나조차도 점점 한계에 이르렀다. 우리는 여전히 서로를 사랑했지만 뜨거운 감자를 손에 든 것처럼 각자의 아픔 속에서 고립된 채 살았다. 어떻게 내면으로 만날 것이지를 알지 못했다.

난임 클리닉을 2년 정도 들쑥날쑥 다니다 보니 호르몬에 교란이 일어났다. 그 후유증은 딸을 낳고부터 극심해졌다. 산후우울증까지 앓았던 나는 생리 며칠 전부터 거의 정신을 놓고 광분할 때가 많았다. 명상으로 마음을 잡는 것도 소용없었다. 대부분은 혼자 베란다로 나가 그 격정을 삭히곤 했으나 그래도 가끔씩 그 불똥이 아이에게 튈 때가 있었고, 그럴 때면 나는 늘 '이런 엄마라면 차라리 없는 게 더 나아.'라는 강한 자책감에 시달려야 했다. 육아를 혼자 감당하는 것이 점점 버겁게 느껴졌다.

　무엇보다 철저한 혼자만의 시간이 조금이라도 필요했던 나에게 그럴 시간이 1도 없다고 느낀 다음부터 나는 폐쇄공포증에 걸린 것 같은 느낌을 받았다. 남편은 자신만의 세계 안에 갇혀 살았고 친정 엄마에게는 손을 내밀고 싶지 않았기 때문에 내게는 대안이 없었다.

　아기가 너무나 사랑스럽고 이쁜데 너무나 혼자 있고 싶은 이 욕구. 어느 한 순간도 놓치고 싶지 않을 만큼 소중한데 어느새 삶을 놓아버리고 싶은 극명한 반대급부 사이에서 갈팡질팡하게 되었다.

　남편이 눈에 보이지 않을 때는 차라리 나았다. 주말에도 하루 종일 잠만 자는 남편을 봐야 하는 건 다시 생각하기도 싫을 정도였다. 잠깐도 떨어지지 않으려는 딸이 하루 종일 나와 같이 있던 때였다. 채원이가 태어나기 전까지 4년간 남편은 나의 사랑을 독차지했다. 딸이 태어나면서 자연히 옆으로 밀려난 남편은 우리 곁으로 다가오려 하지 않았다. 남편이 그러는 데에는 회사에서 받은 스트레스 외에 내 탓도 있었다. 조심성이라곤 찾아볼 수 없는 남편에게 아기를 잠깐 맡기는 것도 불안해서 견딜 수가 없었던 것이다.

　지금에 와서 후회하는 것이 있다면 내가 남편에게 좋은 아빠가 될 기회를, 실수해볼 기회를 주지 않았다는 것이다.

　둘째 아이가 있는 집에서 이런 실수를 많이 한다. 둘째가 태어나면 엄마는 아기를 보호해야겠다는 생각에 첫째가 가까이 오지 못하도록 한다. 그러면 첫째는 맏이로서의 역할을 배울 기회도, 엄마의 사랑을 받을 기회도 모두 뺏기고 만다. 첫째에게 어떻게 아기를 다루는 지를 가르치지 않고 몰아내기만 하면 첫째는 더 이상 엄마가 자신을 사랑하지 않는다고 확신하게 된다. 우리 집에서는 남편이 첫째 아이였던 셈이다.

남편은 몇 년 전까지 백화점 유아 코너를 지날 때면 백만 원이 넘어가는 고급 유모차에 눈길을 뺏기곤 했다. "채원이 다시 애기 돼라. 나 이것 좀 몰아보게."라고 말했다. 아빠 노릇을 제대로 못 해본 것에 대해 여한이 있긴 한 모양이었다.

불평, 불만이 극에 달했을 때는 명상에서 '지켜보라.'는 말도 소용 없을 때가 많다. 격렬한 감정이 온몸을 지배할 때는 이미 늦다. 평온한 상태에서 마음을 지켜보는 연습이 되어 있어야 정작 필요한 순간에 깨어있는 것이 가능해진다. 그러면 누군가를 탓하고 싶어질 때 자동적으로 자신을 의식하게 된다. 내 잘못은 없는지 먼저 들여다보게 되는 것이다.

그런데도 불만이 계속해서 쌓인다면 '나만 억울하다.'는 화병으로 발전하고 이 화병이 어느 순간 분노가 된다. 가장 좋은 방법은 당사자를 만나 얼굴을 보며 해결하는 것이 좋다. 하지만 방법이 중요하다.

갈등 상황에서의 대화법

1) 상대방의 마음 상태를 민저 읽어주자.

— 상대의 마음을 먼저 읽어주는 것은 내가 대화할 준비가 되었음을 의미한다. 일방적으로 내 얘기만 할 것이라 짐작하게 되면 상대는 결코 마음

의 문을 열지 않는다.

2) 내 마음의 상태에 대해 설명하라.

— 내 마음의 상태에 대해 설명하는 것은 상대로 하여금 공감을 이끌어내어 해결책에 같이 동참할 수 있게 만든다. 가령 "당신이 어떤 말도 없이 문을 닫고 나가버리면 나는 마치 버려진 기분이야."라고 말할 수 있다.

3) 감정을 빼고 요점과 개선방안만 알아듣기 쉽게 간략히 설명하라.

— 상대에게 바라는 점을 구체적으로 짧게 설명하는 단계이다. 또는 서로가 절충하여 해결책을 낼 수도 있다. 예를 들어, 각자 상대에게 바라는 점을 다섯 개씩 쓴다. 그중 가장 타협하기 어려운 것 두 개씩을 빼고 나머지를 가족 규칙으로 정할 수 있다.

4) 상대방이 이를 받아들일 수 있는지 다시 한 번 확인하라.

— 일방적으로 통보하는 것은 곤란하다.

나는 자주 지인에게 얘기했었다. 왜 남편에게 직접 말하지 않느냐고. 그럼 그녀는 이렇게 말했다.

"그런 걸 어떻게 내 입으로 말해."

반드시 내 입으로 말해야 한다. 상대방은 문제의 상황에서 내가 어떤 마음인지를 모르고 있는 경우가 대부분이었다. 설명하지 않고 내 속에 불만을 쌓아두면서 상대방을 비난하다가 결국 그 사람을 내 편의대로 나쁜 사람으로 만들어 버린다. 감정을 마구 쏟아내는 것이 아니라 '내 감정에 대해 설명'한다면 상대방은 알아듣고 고칠 기회를 갖는다.

채식과 자연을 벗 삼은 나는 자연에 가까운 밥상을 추구한다.

간은 갖은 향신료를 이용해 싱겁게 하고, 화학조미료는 쓰지 않는다. 마트에 가서 새로운 식품을 살 때는 뒤에 있는 성분을 일일이 확인한다. 그런 나의 철학이 깃든 밥상이 남편에게는 맞지 않았다. 그의 입맛은 직장인답게 자극적이고 조미료가 약간씩은 첨가된 맛난 음식에 길들여져 있었다. 덕분에 신혼 초부터 아무리 몸을 생각하고 5대 영양소를 고려하여 정성스럽게 차려내도 남편에게서는 수고했다는 한마디조차 듣기 힘들었다.

"와, 맛있어!" 같은 감탄사는 들어본 기억도 없다. "왜 자기는 칭찬을 안 해줘?"라고 물었더니 버릇이 나빠져서 안 된단다. 칭찬을 안 해야 더 노력을 한다나. 이율배반적인 건 그런 남편도 칭찬을 무척이나 듣고 싶어 한다는 것이다.

그래도 가끔씩은 표현을 해달라고 했더니 남편은 마치 도덕책을 읽듯이 나에게 말해주었다. 어이가 없었다. 반면 딸은 언제나 나의 요리를 좋아하고 잘 먹는다. 남편도 먹는 양을 보자면 싫어하는 것은 아니었다. 단지 표현이 없었을 뿐이다.

요즘은 TV만 틀면 남자 쉐프와 남자 연예인들이 나와서 요리를 한다. 남편은 요리 프로를 볼 때마다 감탄을 연발하며 깨달았다는 듯 연신 고개를 끄덕여댔다. 그러더니 어느 날 검은 비닐 봉투를 들고 들어왔다. 장을 봐 왔다며 미역국을 끓여 주겠단다. 그리고 무나물까지 만들었다. 요리가 정말 즐거운지 남편은 처음 하는데도 뭔가 뚝딱뚝딱 쉽게 만들어 나갔다. 처음 요리를 했을 때 몇 번이고 레시피를 확인해가며 만들었던 나에 비하면 남편은 경험도 없으면서 모든 과정을 머릿속에 넣어놓고 시작하는 것 같았다. 식탁 세팅까지 직접 하더니 딸에게 물었다.

"맛있어?"

채원이가 먹기도 전에 남편의 말이 먼저 나갔다. 딸은 한참을 망설였다. 남편과 내가 동시에 재차 물었다.

"맛있냐구?"

딸은 다시 잠깐 뜸을 들이더니 "그럼 아빠는 왜 엄마한테 맛있다고 얘기해주지 않아?"라고 대답했다.

남편도 놀랐겠지만 나 역시 내심 놀랐다. 그날 이후, 남편은 뭔가 깨달은 것 같았다. 가끔씩 요리를 해주고 싶어 했고 우리는 그때마다 진심으로 맛있다고 칭찬을 아끼지 않았다.

믿지 못한 건 나였어

대학을 졸업하기 바로 전, 나는 K식품 회사에 입사했다. 종합식품기업이었던 K회사에는 따로 베이커리 사업부가 있었다. 나는 그 사업부를 담당하는 패키지 디자이너가 되었다. 내가 소속된 곳은 디자인실이었지만 담당은 베이커리 쪽이었으니 나는 디자인 부장과 베이커리 본부장을 동시에 상사로 둔 입장이 되었다.

베이커리 사업부는 디자인실과 좀 떨어져 있었다. 보통 걸음으로 십 분 정도 걸리는 거리였다. 일주일에 한두 번 정도는 맡은 프로젝트에 대한 중간 결과물을 들고 가서 본부장과 협의를 해야 했다. 향기로운 빵 냄새와 기계 냄새가 뿜어내는 수증기들과 합쳐져 묘한 냄새를 풍겼다. 사업부까지 가는 길은, 여름에는 그늘도 없이 뜨거운 증기까지 뿜어대니 숨이 턱턱 막혔고 겨울에는 공장과 각종 시멘트 구조물 사이를 통과하는 차가운 삭막함이 떠돌아다녔다.

베이커리 사업부에는 따로 칸막이가 없이, 오른편 끝 쪽에 마련된 본부장 자리까지 모두 오픈되어 있었다. 전 직원이 들락거리며 업무를 보는 모습이 한눈에 들어왔다. 대충 20여 명이 일하는 것으로 보였다. 부장님이 나를 데려가 본부장님에게 따로 인사를 시커주었다. 오늘부터 베이커리 담당을 맡게 되었다며. 나보다 나이 차이가 20년을 넘지는 않았던 것으로 기억한다. 본부장님은 웃으며 악수를 청했다.

지역마다 있는 베이커리 지점을 돌며 현장을 시찰했고 모든 베이커리 관련 디자인을 익혀가는 단계부터 시작되었다. 제품 개발실에서 만들어진 시제품이 디자인실로 넘어오면 출시도 안 된 제품을 먼저 맛보는 기쁨과 함께 제품의 외형과 성분까지 참조해서 디자인 작업에 들어갔다. 물론 'M베이커리'라는 브랜드 이미지와도 어울려야 한다. 이 모든 것들을 종합하여 디자인 콘셉트를 잡고 시안을 만들어 본부장과 만났다. 초기에는 주로 내가 본부장님에게 가르침을 받았다. 실무를 익혀야 하니 당연한 수순이라 생각했다. 단지 보기에 좋은 디자인이라고 모두 상품화가 될 수 있는 건 아니었다. 제품의 단가에 맞춰야 하고 인쇄가 가능한지의 여부 등 많은 변수가 따랐다.

하지만 점점 시간이 갈수록 나는 의문을 품게 되었다. 기술적인 부분은 그렇다 쳐도 디자인 부분에서 사사건건 본부장님과 부딪히기 시작했다. 디자인은 상업적인 예술이다. 본인의 취향이 아닌 회사와 브랜드 이미지, 그리고 일관성에 예술이 더해지는 것이다. 그런데 본부장님에게만 가면 매번 그 일관성이 흔들렸다. 어떤 때는 브랜드 이미지에 맞춰야 한다고 했다가 어떤 날은 완전 개인 취향으로 빠져버렸다. 그 개인 취향이라는 것마저도 일관성이 없어 점점 미궁으로 빠지는 느낌이었다. 아무리 시간이 흘러도 이분이 원하는 스타일이 뭔지를 도대체 종잡을 수 없다는 느낌이었다.

인간은 예측할 수 없을 때 불안해진다. 나는 평소에 늘 웃는 밝은 사람이었다. 누군가와 어떤 갈등 상황에 빠질 때면 나는 철저히 표현하지 않고 속으로 묻어버렸다. 마치 아무 일도 없었던 것처럼. 아주 친한 친구가 아니라면 그 누구에게도 나의 문제를 내보이지 않았다. 시간이 지나고 경험치가 쌓이면 뭔가 가닥이 잡혀야 하는데 여전히 오리무중이었고 계획적인 디자인을 할 수 없다는 것이 나에게는 더할 수 없는 스트레스로 다가왔다.

본부장님은 디자인 전공자도 아니었고 단지 예전 직장에서 눈 너머로 실무를 익혔다는 디자인 경험과 평소 미술을 가까이 했다는 점을 내세워 늘 자신의 미적 감각을 강요했다. 시안을 아무리 공들여 해가도 결국 자신이 원하던 딱 그 무언가가 나오기 전까지 끊임없이 시안이 반려되었다.

'내가 정말 실력이 없어서 그런 건 아닐까.'

급기야 나는 시안을 가져가기 전, 디자인 전공자 출신들로만 이루어진 디자인실 전 동료들에게 일일이 묻기 시작했다. 그냥 칭찬 말고 솔직한 의견을 달라며 묻고 다녔다. 돌아오는 대답은 문제가 없다는 것이었다. 부장님도 정기적으로 돌아다니며 다른 직원들과 내 디자인 과정들을 다 살펴보지만 달리 토를 단 적은 없으셨다.

본부장은 단지 숙련된 미술 기술자가 필요했던 것일까, 내 손만 빌리겠다는 것인가, 하는 생각에 점점 화가 쌓이기 시작했다.

'이번에는 정말 한 번에 통과할 것 같다.'는 확신이 들던 날조차도 "이건 볼 필요도 없다."라는 대답이 날아왔다.

그 순간, 나는 갑자기 자리에서 벌떡 일어났다. 목소리가 점점 높아지더니 마지막엔 분노를 쏟아내고 말았다.

"정말 그렇게 아닌가요? 그러시다면 제발 좀 알아들을 수 있게 확실히 설명해주세요. 저는 도대체 본부장님이 무엇을 원하시는지 아직도 전혀 모르겠습니다. 혹시 제가 싫으셔서 매번 이러시는 겁니까?"

내 목소리는 떨리면서도 울음이 섞여 있었다. 쳐다보지 않아서 모르겠지만 아마도 사업부에 일순간 정적이 흘렀던 것 같다. 누군가에게 그렇게 분노를 쏟아낸 건 난생 처음이었다. 마치 내가 세상을 뒤집어 엎어버린 것 같았다.

다음 날, 본부장님을 다시 찾았다. 나는 무릎을 꿇고 용서를 빌었다.

"아무리 생각해봐도 어제 제가 너무 잘못한 것 같습니다. 용서해주십시오."

본부장님은 의외로 덤덤했다.

그 후로도 이성적으로 설득해보기도 하고 달래듯이 말해보기도 하고 동정에 호소하기도 하고 감정에 휩쓸려 격앙되기도 하고 친구처럼 격의 없이 말해보기도 하고, 할 수 있는 온갖 시도를 다 해봤던 것 같다. 고민에 고민을 거듭해도 앞이 안 보이니 화장실에 들어가서 엉엉 울곤 했다. 퉁퉁 부은 눈으로 나오면 동료 언니들은 무슨 일이냐며 나를 걱정해주었다. 하지만 딱 거기까지였다. '만약에…'라는 단서를 붙이고 파트를 바꿔줄 수 있느냐고 물어봤을 때 모두들 내 눈을 피했다.

사실 본부장님과의 관계가 아니면 아무 문제가 없었다. 매일이 즐거웠다. 시장조사를 하고, 스튜디오 촬영을 하고, 계절이 바뀔 때마다 매장 직원들의 유니폼을 선정할 때 모델이 되어 주기도 했다. 회사에서 TV광고를 결정하던 해, CF촬영이며 이벤트로 콘서트를 열었던 행사도 잊을 수 없는 추억이 되었다. 짧게는 한 달, 길게는 몇 달을 걸쳐 디자인이 나오니 결과물을 볼 때의 뿌듯함은 말할 수 없었다. 우연히 길을 걷다 내 디자인이 들어간 쇼핑백에 사람들이 빵을 사들고 걸어가는 모습을 볼 때면 묘한 감정이 일어났다.

하지만 사업부로 갈 시간이 다가오면 나는 도살장에 끌려가는 소 마냥, 우울해지고 긴장으로 온몸이 뻣뻣해졌다. 머릿속에서는 온갖 부정적 생각들이 떠다녀 질식할 것만 같았다. 언젠가부터 피부에 여드름이 나기 시작했다. 사춘기 때도 없었던 여드름이 온 얼굴을 뒤덮더니 급기야 가벼운 토너조차 바를 수 없는 지경이 되었다. 얼굴은 점점 홍당무가 되어 갔다. 사람들이 많은 곳은 피하고 싶어졌다. 그나마 간신히 붙어있던 마지막 자존심마저 바스락거리는 메마른 소리를 내며 공중으로 사라져 버리는 듯했다. 병원을 다녀 봐도 아무 소용이 없었다. 어떤 것도 효과가 없었다.

그때쯤이었다. 내가 명상을 시작한 것이. 그 방법마저 몰랐다면 아마도 더 큰 사단이 났을 것이다.

어느 날 본부장님과 얘기하던 중, 자포자기 상태로 물었다. 어떤 감정도 없이 딤딤했다.

"제가 어찌하면 좋을까요? 본부장님, 저는 이유라도 알고 싶습니다."

짐작은 했지만 그 대답은 정말이지 충격이었다.

"나도 내가 왜 이러는지 모르겠네요."

그 답은 다른 어떤 말도 더 이상 필요하지 않게 만들었다. 자신도 모르겠다는데 더 이상 무슨 말이 필요하겠나. 인생이 왜 이 모양인지 도대체 알다가도 모를 일이었다. '내 인생은 뭐 이렇게 한 번에 되는 일이 없냐. 뭐 이렇게 매번 꼬여.'라고 자조했다.

그리고 얼마 후 나는 부장님께 사직서를 내고 말았다. 부장님은 사직서는 못 본 것으로 하겠다며 꼬박 일주일간 나를 설득했다. 그리고 이런 말도 했다.

"왜 한마디 상의도 하지 않고 그렇게 결정을 해버리나? 직원이 여기 한둘도 아닌데 누구라도 붙잡고 상의했어야 하는 것 아닌가?"

질책을 듣고 있자니 마음이 아파왔다. 맞는 말씀이었다. 왜 나는 누구에게라도 상의하지 않았던 걸까. 내가 얼마나 힘든 시간을 보냈는지 아무도 모르게 한 채로. 그렇게 나는 본의 아니게 전 직원을 무정한 사람으로 만들어버렸다.

머리로는 일방적으로 던져버린 거친 사표에 대해 후회를 했지만 내 마음은 이미 회사를 떠나고 남아있지 않았다. 동료들에게 한없이 미안했다. 먼저 솔직하게 얘기한 뒤에 대안을 찾는 것이 우선이었어야 했다. 사표는 그 후에 내도 늦지 않았을 것이다. 그렇게 1년 11개월간의 디자이너 생활을 마감해버렸다.

어느 날, 퇴근하는 지하철 안이었다. 나는 손잡이를 잡고 서 있었다. 무심히 고개를 들어 창문을 보았다. 웬만해서는 지하철 안에서 누군가를 잘 처다보지 않는데 우연히 내 오른쪽에 서 있던 나이 지긋한 한 남자와 눈이 딱 마주쳤다. 낯이 익었다. K식품을 퇴사한 지 한 십 년쯤 흐른 후였다. 나는 한눈에 알아보았다. 본부장님이었다.

"언젠가… 만나게 된다면 꼭 이 말은 해드리고 싶었어요. 덕분에 제가 많이 배웠습니다. 힘들었던 건 사실이지만 그래서 많이 배웠어요. 많이 감사했습니다."라고 인사했다. 본부장님은, "미안했어요."라는 짧은 한마디만 남기고 침묵을 지켰다. 그 당시 나는 내 실력을 믿어주지 않는 그분을 원망했지만 세월이 흐르고 보니 막상 나를 믿지 못했던 건 바로 나 자신이었다. 복잡미묘한 감정이 일어나면서 지난 시간들이 스쳐 지나갔다. 마음에 걸렸던 사람을 우연히 옆자리에 서서 만날 확률이 얼마나 될까. 나는 운명에 감사했다.

딸은 자주 내게 이런 말을 한다. "왜 엄마는 못하는 게 없어?"라고 입에 발린 칭찬이 아닌, 진심으로 눈을 반짝이며 물어본다. 수도 없이 반복된 실수들이 없었다면, 또 그 실수들을 제대로 들여다보지 않았다면, 결코 삶이라는 거대한 기계를 부드럽게 돌리진 못했을 것이다.

나에게 그 시절의 정신적 고통이 없었다면 나는 어떻게든 이 삶을 유지하려고만 했을지 모른다. 보이는 삶 뒤에 가려진 인간의 본성과 영혼, 근원에 대해 굳이 알려고 하지 않았을 것이다. 현실에서 우리는 마음만 먹으면 얼마든지 쾌락거리를 찾아내고 당장 즐거움 속으로 숨어버릴 수 있기 때문이다. 비록 쾌락은 순간으로 끝나며 다음 순간 그 쾌락을 유지할 수 없다는 또 다른 고통이 시작되긴 하지만 말이다.

바닥까지 긁었던 고통들이 간절함을 낳고 그 간절함은 엄청난 에너지를 폭발시켜 내가 삶의 실체를 보고야 말겠다는 열망을 가지게 만들었다. 그 열망이, 마음이 지어내는 온갖 불안, 두려움, 분노 같은 부정성을 피하지 않고 그대로 뚫고 직진하게 만들었다. 이해하면 그것으로부터 자유로워진다. 삶의 부정성을 이해하는 순간 나의 고통은 끝이 났다. 아직도 마음이 간간히 자기 목소리를 높이긴 하지만 그 이전의 삶과는 비교할 수 없는 삶이 시작된 것이다.

완벽하지 않은 너를 사랑해

많은 부모들이 자녀가 헤맬 때 기다리지 못하고 다 해주고 싶어 한다. 그럴 때마다 내가 속으로 다짐하는 것이 있다.

'차라리 내가 있을 때 실수하게 하자.'

마음은 당장 원리를 설명해주고 싶고 어떻게 하면 변수를 피해 갈 수 있는지, 각각의 길마다 일어날 수 있는 모든 변수를 일일이 다 가르쳐주고 싶긴 하다. 백 번 그러고 싶다. 하지만 그렇게 해버리면 아이에게는 시행착오에 대한 데이터가 쌓이지 않는다. 그래서 정작 중요한 순간에도 거듭 헤매게 될 것이다.

중학교 1학년에 올라오며 딸은 늘어난 과목들에 대해 중압감을 느꼈던 모양이다. 새로운 과목들도 다 잘하고 싶어 했다. 반면 수학과 영어 과목이 초등학교 때와는 다른 난이도라는 걸 아직 실감하지 못하고 있었다. 그래서 두 번의 시험 동안, 영어, 수학에 투자하는 시간 분배가 다른 과목들보다 오히려 더 적었다. 채원이가 중요 과목에 대한 능력이 떨어지는 건 아니었다. 다만 전략이 잘못되었던 것이다. 더 강조해서 얘기해줄 수도 있었지만 왠지 직접 느끼게 해주고 싶었다. 시험 결과는 실망스러웠다. 당연한 결과였지만 딸은 내게 물었다. 왜 그때 진작 얘기해주지 않았냐고. 사실 얘기해주었지만 딸에게는 중요하게 들리지 않았을 뿐이다.

다행히 1학년 내신 반영률은 다른 학년에 비해 높지 않다. 결과적으로 이 경험은 딸에게 아주 좋은 약이 되었다.

겨울방학이 되기 전에 딸은 이쁜 학습 다이어리를 사더니 수학과 영어에 대한 집중 시간표를 짰다. SNS를 뒤져가며 실용적인 시간 분배부터 다이어리 쓰는 요령까지 세심하게 미리 조사하더니 방학 동안 제법 시간을 효과적으로 운용하는 모습을 보여주었다. 실수를 통해 직접 체험한 필요성은 엄청난 열정을 만들었다. 더 이상 내가 무언가 얘기해 줄 필요가 없어졌다.

딸이 초등학교 5학년 때쯤, 학교에서 포스터 그리기 숙제를 내줬다며 나에게 이렇게 그리면 되냐고 물어왔다. 피겨 스케이팅을 하는 한 소녀의 옆모습이 그려져 있었다.

"엄마, 나 잘 그렸지?"

잠깐 동안 생각을 한 나는 대답 대신, 여기저기 고쳐야 될 점들을 가르쳐주기 시작했다. 그리고 다른 볼일을 본 후 다시 돌아와 보니 딸의 그림은 여전히 문제투성이에 울퉁불퉁한 선들로 가득했다.

나는 곧 아이에게서 연필을 빼앗아 들고는 문제가 있는 부분들을 고쳐나가기 시작했다. 처음에는 얼굴과 다리 선만 고치려던 계획이 곧 그림 전체로 번지기 시작했다. 내가 그린 선과, 딸이 그린 선들이 너무 다르다 보니 손을 댄 이상, 어쩌면 당연한 결과였는지 모른다.

내 기준대로라면 그 그림은 완벽해보여야 했다. 하지만 잘 그린 그림이긴 했으나, 어린이의 그림도, 어른의 그림도 아닌 어정쩡한 그림이 되고 말았다. 어떤 것도 느껴지지 않는 그림이었다.

한심했다. 평소에도 나는 그림을 볼 때 잘 그린 그림보다는 작가의 개성과 혼이 느껴지는 그림을 더 좋아했는데 그런 내가 이런 짓을 하다니. 어떻게 아이를 키우면서 늘 생각과 달리 이상한 행동을 하게 되는지 정말 알 수 없는 노릇이었다.

그날 이후 나는 딸이 먼저 도움을 요청해오는 상황이라 해도 옆에서 보조로 도와주는 정도에서 그쳤다. 내가 앞서 나가며 모조리 설명해주는 그런 친절한 훈육법도 그만두었다. 완벽을 추구했지만 늘 허당이었던 나도 해낸 일들을, 나보다 똑똑한 두뇌를 가진 딸이 못할 리 없었다. 이제는 딸이 직접 실수 지도를 만들어 갈 차례다. 나는 대신 칭찬을 구체적으로 해주었다. 인사치레의 칭찬도 아니고 내가 원하는 방향으로 아이를 끌고 가기 위한 칭찬도 아니었다. 과한 칭찬은 아이를 자만에 빠뜨리지만 구체적인 칭찬은 아이에게 자신감을 심어준다.

중학교에 입학하고 첫 수업을 들었던 날, 딸은 집에 와서 펑펑 울었다. 초등학교를 졸업할 때까지 딸은 복습 위주로 나와 같이 공부를 해왔다. 그렇게 해도 교과 과정을 따라가는 데는 별 무리가 없었다. 그런데 중학교 대비 선행학습이 전혀 안 되어 있었던 딸은 처음 만난 같은 반 친구들에게 적잖이 충격을 받았던 모양이었다. 한 과목이 끝날 때마다 친구들끼리 그 과목의 첫 느낌과 선생님에 대한 첫인상 등을 얘기했는데 그럴 때 한 아이가 나서서 이해가 안 되는 부분을 마치 선생님처럼 자세하게 가르쳐주더라는 것이었다. 딸은 아직 그 수업의 내용도 거의 파악하지 못한 상태라고 생각하고 있는데 말이다. 나는 그제야 '선행'이라는 의미를 실감했다. 딸 아이는 오죽했을까. 마치 온 세상이 끝난 것처럼 자신이 너무 바보 같다며 엉엉 울었다.

그 전까지 채원이는 외동딸이지만 늘 다른 사람을 도와주고 가르쳐주는 걸 즐기는 아이였다. 이제는 입장이 바뀐 것이다. 시대의 흐름을 타지 못한 내가 딸에게 미안해해야 하는 걸까. 하지만 울었던 만큼 잘하고 싶어 하는 딸이 고마웠다.

"자신을 비하하고 탓하는 데 에너지를 쓰지 않았으면 좋겠어. 엄마랑 좋은 방법을 찾아보자."

나는 EBS방송을 과목별로 다운로드 받아서 딸에게 보여주었다. 인터넷 강의는 무한반복이 가능하니 딸아이는 자주 방송을 들었고 서서히 낯선 용어들이 주는 공포로부터 벗어나기 시작했다.

어느 날 채원이는 더 이상 영어일기를 쓰기 싫다고 했다. 듣기나 문법, 독해는 별 문제가 없는데 영어일기만큼은 학원에서 내주는 주제에 맞춰 일기를 쓰다 보니 자신도 모르는 다양한 표현들이 필요하게 되고 여기저기 인터넷 사전이나 번역기를 돌려보아도 결국 많은 문제에 부딪히게 되었다. 그동안의 노트를 내게 보여주었는데 일기의 반 정도에 줄이 그어져 있었고 선생님이 수정한 글로 빽빽하게 채워져 있었다.

어릴 때도 딸은 자기가 틀려서 수정받은 글을 보기 싫어했다. 나중에는 틀렸다는 V표시조차 싫어했다. 결국 V표시 대신 아무것도 표시하지 않는 걸로 바꾸기까지 했다. 채원이는 틀린 것 그 자체도 싫어했지만 그것을 엄마나 선생님이 본다는 것을 싫어했다. 인정받고 싶었다는 것이다.

나는 아이를 점수로 야단치지 않는다고 평소 생각해왔다. 하지만 그것은 내 착각이었을 뿐, 아이는 아주 미세한 내 표정의 변화까지 읽었다. 내 무의식은 딸의 시험에서 거듭되는 같은 실수나 부주의한 실수들을 속상해했고 그 감정은 결국 아이에게 전달되고 말았다.

다시 깊은 성찰을 해야 할 시점이 왔다. 말로만 그칠 것이 아니라 아이의 노력과 과정을 칭찬해주고 결과에 연연하지 않는 진짜 성찰이 필요했다.

얼마 전 중간고사가 끝난 뒤, 식탁에서 딸이 내게 말했다. 아이는 이제 자기주도 학습을 효율적으로 하는 방법을 드디어 찾은 듯하다. 그 성과가 눈에 보이는 결과로 나타났는데도 "엄마, 우리 반이 전교에서 가장 공부를 잘 하는 아이들이 몰려 있어. 내가 이 성적을 받아도 0.4% 차이로 그 친구보다 아래야."라고 했다.

등수는 공개하지 않는 걸로 아는데 아이들끼리는 그래도 저마다 비교하면서 알아내는 모양이었다.

"그 0.4%라는 비교가 이 달콤한 공기도, 엄마가 너에게 주는 지금 이 사랑도 느낄 수 없게 만들어. 쉴 수도 없고 공부만 하게 만들지. 그러니까 넌 그냥 네 길을 가면 돼. 엄마는 지금 최선을 다하는 네 모습만으로도 정말 기뻐. 이건 진심이야."

"난 1학년 때 엄마가 보여준 그 표정을 잊을 수가 없어. 엄마에게 칭찬을 많이 받고 자라서인지 공부에서도 그런 인정을 받고 싶은데 그게 안 되서 너무 힘들었단 말이야."

딸아이는 자신이 완벽한 점수를 받아와야만 엄마에게 인정받고 사랑도 더 많이 받을 수 있을 거라고 확신하고 있었다. 1학년 때 보여준 내 실망스런 표정은 잘못된 공부 전략에 대한 안타까움이었는데 아이는 내 표정을 오해하고 있었던 모양이다.

언제나 완벽을 추구했던 내 심리를 딸이 그대로 물려받았다. 전혀 물려줄 생각이 없었던 기질이다. 완벽주의가 얼마나 스스로를 옥죄고 채찍질 하는지 누구보다 잘 알기에 딸이 안쓰러웠다. 무엇보다 아이는 자꾸만 목표와 기준을 높이면서 끊임없이 현재를 닦달하고 있었다.

언제부턴가 과제는 했는지, 혹은 준비물은 챙겼는지, 가끔씩 묻는 이런 질문들조차 아이는 아주 예민하게 반응할 때가 있었다. 마치 내가 엄청난 간섭을 하고 있는 느낌이었다. 그 애는 언제나 완벽한 모습만 사람들에게 보여주려 했다.

그때서야 내가 딸에게 모든 모습을 골고루 보여주고 있는 게 아니라는 사실을 문득 깨달았다.

"엄마가 착각한 게 있어. 네가 예민하고 또 엄마랑 너를 너무 동일시하니까, 네가 잘못될까 봐 두려워서 말하지 않은 게 있어.

어릴 때 엄마는 겁도 많았고 사람들 앞에선 늘 쭈뼛거렸어. 제대로 말도 못 하고 버벅거렸지. 너무 약했고 용기도 없었어. 온갖 공포증은 다 가지고 있었고 무엇보다… 내 자신을 사랑하지 않았다. 그런 나를 네가 닮아갈까 봐 엄마는 너무 두려웠어. 이런 사실을 모르는 게 네가 나를 안 닮는 길이라 생각했어."

코가 시큰거렸다.

"네가 지금의 내 모습만 보고 자신을 괴롭힐 줄 알았다면 좀 더 일찍 말해주는 거였는데…. 엄마도 끊임없이 실수해. 엄마가 네 나이 때는 너처럼 잘하지 못했어. 어른이 된 지금의 엄마와 너를 비교하면 네가 너무 불리하잖니."

완벽한 모습만 보이면 아이가 완벽하게 클 거라는 기대는 하지 않는 게 좋다. 한 자녀를 둔 가정에서 부모가 너무 흠 잡을 데 없는 사람들이라면 아이는 그 속에서 자신감보다는 자괴감을 더 느낄 지도 모른다.

내 손을 잡고 어린 시절의 나를 오히려 위로해주었던 그날 이후 딸은 변했다. 자신의 결함도 인정하기 시작했고 무엇보다 변명이 사라졌다. 자신의 결함을 감추는 데 급급하기보다는 그 결함을 보듬고도 잘 살아갈 수 있다는 것을 보여주는 것이 훨씬 더 낫다.

불안과 동행하기

소파에 푹 파묻혀 쉬고 있을 때 딸의 손을 만지작거리다가 무심코 손톱을 보았다. 한동안 괜찮더니 다시 손톱이 깊숙이 잘려나가 반 토막이 나 있었다. 채원이는 한쪽 손톱으로 다른 쪽 손톱을 갈아서 없애버리는 버릇이 있었다. 그 정도가 심할 때는 더 이상 갈아낼 것이 없는데도 갈아서 피가 나기도 했다. 볼 때마다 내 살이 뜯겨 나가는 느낌이었다. 이 정도라면 무척 아팠을 텐데 도대체 무엇이 이 행위를 멈추지 못하게 하는 걸까. 보통은 불안증세가 이런 버릇을 만드는데 내가 뭘 잘못한 건가, 아이에게 스트레스를 주지는 않았나 싶은 생각에 마음이 불편했다.

열 손가락 모두 밴드를 칭칭 감아보기도 하고 매니큐어를 이쁘게 칠해주기도 했다. 손톱이 잘 자라는 네일 큐어 핸드크림을 미리 사다놨다가 손톱을 긁고 싶을 때마다 바르게 한다든지, 혹은 네일 아트 사이트를 북마크 해놨다가 들어가서 예쁘게 가꿔놓은 손톱들을 보며 긍정적 자극받기를 기대했다. 최후의 방법으로는 따끔하게 혼내 보기도 했지만 아무런 효과가 없었다. 물론 행동 요법이 좋은 자극이 되긴 했지만 며칠을 가지 못했다.

언젠가 기억났다며, 초등학교 때 옆에 앉았던 친구가 심하게 손톱을 긁는 버릇이 있었다고 했다. 학교에서 늘 그랬다고 하는데 보고 싶지 않아도 자꾸 눈길이 갔단다. 그러면서 자신도 모르게 학습이 된 것 같았다. 이후에는 자신도 불안해지거나 별일이 없어도 긁고 있었다고 했다. 실제로 딸은 TV를 볼 때처럼 그냥 쉴 때 그러곤 했다.

속상한 마음에, "왜 또 그래? 요즘 불안한 일도 없잖아."라고 했더니 아이는, "안 만진 지 일주일이나 됐다고! 일주일 동안 안 건드렸어!"라며 신경질적으로 재차 강조하더니 벌떡 일어나 방으로 들어가 버렸다.

우리는 마음이 부딪힐 때마다 일단 혼자만의 시간을 가졌다. 감정은 시간이 지남에 따라 누그러졌다. 그러면 다시 생각했다. 꼭 그래야 했을까, 라고. 누가 먼저랄 것도 없이 다시 만나서 안아주고 "미안해."라며 속삭여주었다. 다시 이어진 얘기 끝에 딸은 "엄마는 내가 불안하지 않을 거라고 어떻게 확신해?"라며 울먹였다.

그렇게 과민반응을 보인 이유는 내가 야단치지 않아도 이미 내 적갈등이 심한 상태였기 때문이다. 자신의 손을 보면서 맘대로 되지 않는 자신에게 화가 나 있었다. 그 상태에서는 누가 아무리 에둘러 말한다 해도 터질 수밖에 없었다. 내가 확인사살을 한 셈이었다.

방학이 끝나고 다시 친구들을 만나 보니 방학 동안 학원에서 심화학습과정을 거친 친구도 있고 따로 과학 같은 어려운 암기과목을 학원에서 미리 배우고 온 아이도 있다고 했다. 친구들의 그런 말에 '내가 공부한 게 맞을까?'라며 자신을 또 의심하게 된 것 같았다.

그날 저녁 우리는 많은 얘기를 나누었다. 딸은 다시 밝은 표정을 되찾았다.

불안으로 인해 어떤 버릇이 생겨나곤 하지만 이제 그 버릇을 하지 않으면 불안해지는 사태가 발생한다.

한 가지 일에 몰입해 있거나 매 순간 '지금'에 산다면 물론 불안하지 않을 수 있다. 하지만 주시가 생활화되지 않은 사람이 하루아침에 매 순간 주시를 하기는 쉽지 않다. 하루 종일 무언가에 집중할 수도 없다. 조금이라도 틈이 생긴다면 언제든 불안은 올라올 수 있다.

인간의 모든 행위가 마음에서 비롯된다는 사실을 제대로 상기하기만 했어도 마음을 어루만져주는 데 더 많은 시간을 할애했을 것이다.

그로부터 얼마 후, 딸의 손톱을 들여다보다가 여전히 약지가 심하게 깎여나간 게 보였다. 아이를 야단치려던 바로 그 찰나, 내면에서 '영혼의 울림'이 주어졌다. 가끔씩 내가 모르고 한 잘못들에 대해, 내면에서 한순간에 바로 잡아주는 이 영적 가르침을 나는 영혼의 울림이라고 부른다. 딸의 손톱을 보는 순간, 갑자기 그 가르침이 주어졌다. 마치 섬광이 지나간 것처럼 번쩍하면서 쿵 내려앉는 느낌, 뒤이어 "아…"라는 낮은 탄식이 나도 모르게 입에서 흘러나왔다.

내가 무엇을 잘못했는지 한순간에 선명하게 보였다. 나는 딸아이에게 어떻게 자신의 손을 학대할 수 있는지 가르쳐주고 있었던 셈이다. 손톱을 검사하고 나무라고 손등을 때리기도 하면서 말이다. 그것이 학습이 되어 자신도 모르게 손톱을 긁었다가 문득 자신이 벌여 놓은 일을 깨닫는 순간, 내가 딸의 손에게 가했던 대로 자신을 더 검열하고 자학하게 되었다는 사실을 문득 알아차렸다. 나는 그동안 자신이 이 문제를 어떻게 바라보고 있는 지를 아예 인식하지 못하고 있었다. 단지 자신의 손을 학대하는 딸아이를 나무라고 싶었던 것뿐인데 대체 내가 무슨 짓을 한 걸까.

내면 깊은 곳에서 뜨거운 무언가가 치솟아 올랐다. 아이의 눈을 들여다보며 한마디 한마디에 의미를 가득 감아 말해주었다.

"엄마는 너를 사랑해. 네 손도 정말 사랑해."

아이의 손을 내 뺨에 가져가 부벼 주었다. 보습 크림을 정성껏 발라주고 마사지도 해주었다. 이 모든 행위를 마치 보석 다루듯 하면서 네 손은 아무 문제가 없음을 말해주었다.

다른 실수들은 알아채거나 고치는 데 그리 오랜 시간이 걸리지 않았다. 그런데 손톱만은 왜 이렇게 오랫동안 같은 실수를 반복했는지 돌이켜보니 내 불안이 아이의 손톱에 비친 불안을 끌어당겼던 것이다. 불안과 두려움으로 하는 행위는 그게 무엇이든 문제를 낳는다. 나의 잘못된 대처가 아이의 증상을 더 심하게 만드는 데 한몫했다.

내가 손톱을 보자고 할 때마다 자신의 잘못된 습관을 들여다보아야 하고 뒤이어 찾아올 사책이 끔씩했던 것이다. 나는 눈에 뻔히 보이는데도 왜 자신이 한 일을 인정하지 않는 것인지를 물고 늘어졌다.

그 팽팽한 줄이 끊어진 것은 나의 말로 시작되었다.

"채원아, 엄마가 예전처럼 네가 잘못했다는 얘기를 하고 싶은 게 아니야. 사실 엄마가 잘못했다는 걸 이제야 깨달았어. 어떻게 네 손을 사랑해야 하는지 엄마가 보여주질 못했네. 오히려 야단치기만 했지. 손톱이 잘려나간 것도, 손톱 밑 피부가 푹 파여져 벌겋게 부어오른 것도 엄마는 너무 끔찍해서 지켜보는 게 진짜 마음 아팠어. 그래서 빨리 고쳐줘야겠다는 급한 마음에 오히려 혼내기만 했지. 정말 미안하구나."

몇 번을 연이어 사과했다. 그러자 그때까지 자신의 행동에 대해 들여다보기를 거부하며 변명으로 일관하던 아이는 와르르 무너졌고 울기 시작했다. 불안으로 시작된 버릇이라는 점을 통감했다면 당연히 질책이 아니라 사랑으로 감싸줬어야 될 일이었다.

아이에게 따로 말한 적은 없으나, 나의 어린 시절과 너무 꼭 닮은 딸의 심리 상태를 볼 때마다 육체뿐만 아니라 정신도 유전된다는 사실에 새삼 놀라곤 했다.

내가 어릴 때 엄마는 깔끔한 성격 탓에 자라난 손톱 부분이 전혀 보이지 않을 정도로 바짝 붙여서 깎아 주셨다. 그런데 아이의 손은 피부가 연약하니, 손톱이 잘린 끝부분이 무척이나 시리고 아팠다. 손톱 깎는 일이 두려웠다. 또 짧게 깎다 보니 손톱 모양은 점점 납작해지고 동그래졌다. 커서는 내가 조절해서 깎아도 될 일을, 나 역시 엄마의 습관을 그대로 물려받아 똑같이 자르고 있었다.

단지중까지는 아니지만 유난히 짧은 새끼손가락으로 피아노를 치다 보니 한 옥타브라도 들어간 곡을 연주하기 위해선 안간힘을 써야 했다. 5년간 매일 한두 시간씩 피아노 연습을 한 탓에 짧은 새끼손가락 대신 손이 점점 커져 갔다. 다른 아이들은 매끄럽게 연주하는 곡을, 나는 아무리 맹연습을 해도 짧은 새끼손가락이 두 개의 건반을 동시에 건드리는 일이 다반사였고 곡이 깔끔하게 연주될 리 없었다. 자연히 피아노를 칠 때마다 내 손가락을 저주했다. 커다란 손에 굵은 손가락, 납작하고 둥그런 손톱, 이보다 더 최악은 없을 듯했다. 하여 손에 대한 콤플렉스가 많았다. 남들 눈에 띄지 않기 위해 네일 아트라는 호사 한번 누려본 적이 없었다. 매니큐어도 바르지 않았다. 물론 지금은 콤플렉스 때문이 아니라 그냥 귀찮아서 바르지 않는다. 매니큐어를 바른 후 뜯겨 나갈까 노심초사하며 집안일이나 하고 싶은 일을 못하게 될까 봐 하지 않는 것뿐이다. 하지만 그 전까지는 단 한 번도 내가 하고 싶은 일을 하게 해주는 고마운 손이라는 관점에서 바라본 적이 없었다. 안타깝게도.

"나에게 내 손은 감추고 싶은 미운 손이었지. 그 생각이 너에게 유전되었을 수도 있어. 단지 네가 친구의 버릇을 따라 한 게 다가 아닐 수도 있다는 말이지. 네 잘못이 아니라는 말이야. 알고 나면 별것 아닌 게 되지. 인정하고 나면 얽혀있던 실타래가 저절로 풀리기 시작하는 거야. 너와 내가 인정했으니 이제 다 잘될 거야."

우리의 얘기가 끝난 후 딸은 아주 후련한 표정이 되었다. 딸에게서 뭔가가 툭 떨어져 나가는 것이 내게까지 느껴졌다. 며칠 후, "엄마가 그 얘기 들려준 뒤로 나 진짜 변했어."라며 딸은 먼저 내게 손을 내밀었다. 손을 봐 달라며, 손톱 좀 예쁘게 정리해 달라며. 아이의 태도에서 주저하는 마음은 싹 없어지고 자신감이 느껴졌다.

그 전까지는 결코 내게 손을 내보이는 법이 없었다. 이제는 손톱 검사를 굳이 하지 않아도 안다. 우리에게 손톱은 이제 사랑이 된 것이다. 몇 년간을 끌어왔던 기나긴 오류가 허무하게도 한순간에 제 갈 길을 찾아갔다. 사랑은 늘 정답이다.

두려움을 이기는 용기

채원이가 8살이던 초여름의 어느 날, 딸에게서 걸려온 전화를 받았다. 그런데 딸이 아닌 친구의 목소리가 들려왔다. 아파트 안 놀이터인데 채원이가 전화를 못 받는 상황이니 일단 빨리 와 보라고 했다. 불길한 느낌에 심장이 두근거렸다. 뛰어나가 보니 놀이터 안쪽에서 채원이가 왼쪽 팔을 감싸며 걸어 나오고 있었다. 팔은 한눈에 봐도 골절되어 날카롭게 부러진 부분이 불룩 솟아 있었다. 피부 안쪽인데도 육안으로 보일 정도였다. 안에서 출혈도 일어났는지 그 부분이 파랗게 변하고 있었다. 정신이 아득해지는 느낌이었다. 내 눈을 살피며 이게 얼마나 심각한 일인지 파악하려는 딸의 간절한 눈을 보는 순간 얼른 정신을 차렸다. 나까지 무너지면 겁에 질린 아이는 금방이라도 무너질 것 같았다.

귀에까지 들리는 내 심장소리를 들으며 다행히 먼저 나와 있던 친구 엄마의 도움을 받아 가까운 병원으로 급하게 택시를 타고 갔다. 응급실에 눕히고 접수를 하고 어긋난 뼈를 맞추기 위해 아이를 안심시키며 단단히 부여잡았다. 어린이는 최우선 고려 대상이라 가장 빨리 배정해놓은 수술 시간이라 해도 다음 날 오전이었다. 엄마 마음으로는 이런 상태로 하룻밤을 지내야 한다는 것을 도저히 이해할 수 없었지만 어쩔 수 없었다. 뜬눈으로 밤을 지새우고 고작 8살이던 아이를 전신 마취해 차가운 수술실로 혼자 들여보내는 일련의 과정이 모두 꿈만 같았다. 핀을 박는 수술이 진행되었고 우리는 보름 간 더 입원했다.

사고의 발단은 채원이가 친구랑 같이 시소를 탔는데 그 친구가 이제 그만 타겠다는 말을 미리 하지 않은 채 (아니면 내리면서 그제야 말을 했을 수도 있다) 그냥 내려버렸고 그때 딸이 미처 중심을 못 잡고 떨어지면서 팔이 바깥쪽으로 꺾여버렸다는 것이다.

시소의 높이라고 해봤자 아이의 키보다 낮았고 밑에는 모래도 깔려 있었는데 어떻게 팔이 그렇게 쉽게 부러질 수 있는지 도저히 납득할 수 없었다. 인간이 얼마나 연약하게 느껴지던지…. 그 사고만 놓고 보자면 아이를 어디 내놓기도 두려울 정도였다. 한동안은 전화만 와도 가슴이 뛰었다.

생각보다 채원이는 치료와 재활과정 모두를 잘 견뎌내었다. 오히려 그 이후에 염려가 서서히 현실로 드러나는 순간이 왔다. 딸은 놀이터는 아예 가지 않더니 대놓고 말한 건 아니지만 놀이공원에 가는 것도, 물놀이를 하는 것도 별 시큰둥한 반응이었다. 그렇지 않아도 신중한 편인데 확실히 전보다 더 무서움을 탔다.

어느 날 공원에 산책을 갔다가 나무로 된, 좀 특이한 어린이용 유격시설 같은 놀이터를 발견했다. 나는 먼저 가서 그것들을 타보았다. 생각보다 어른이 타기에도 재밌었다. 채원이를 불렀지만 아이는 역시나 반응이 없었다. 물론 마음이 회복되기를 기다려주는 것도 나쁘지 않았겠지만 그땐 이미 몇 달이 흐른 상태로 내 마음은 좀 급했다. 나는 결국 채원이를 놀이기구로 이끌었다. 구름다리 중간쯤 왔을 때 딸은 부들부들 떨기 시작했다. 속상함을 지나 슬슬 화가 나려고 했다. 딸의 입장에서 보면 내 키만 한 구름다리의 높이라도 백 층과 맞먹는 높이처럼 느껴졌을지 모른다. 하지만 나에게는 딸이 두려움에 꼼짝없이 갇혀버린 죄수 같아 보여서 화가 났다. 놀이터에서 일어난 사고가 딸의 삶을 이리저리 흔드는 것을 더는 두고 볼 수 없었다. 물론 시간이 지나면 트라우마는 옅어지겠지만 딸이 활발하게 사회와 바깥 활동을 해야 할 시기에 두려움으로 인해 행동반경이 좁아지는 것이 너무 안타까웠다.

"아직 네 마음은 힘든 거지? 그래도 오늘처럼 조금씩이라도 도전해봤으면 좋겠다. 피하면 더 두려운 법이야. 잘했어."

나는 한 발 물러났고 아이를 안아서 내려주었다. 고의적으로 불안한 대상에 자신을 끊임없이 노출시키는 노력이 필요하다. 인간은 습관의 동물이니까 분명 무뎌지는 날이 온다.

인간의 자기방어는 끈질긴 변명을 지어낸다. 다 나았다고 생각하고 싶은 심리가 비슷한 트라우마를 만들어낸다. 놀이터를 극복하고 나면 물놀이가 무서워지고 물놀이를 극복하고 나면 놀이동산이 두려워지는 식으로 말이다. 사실은 극복된 게 아니라 두려움이 또 다른 숨을 곳을 찾아 여기저기로 도망다니며 마음속에서 끈질기게 실아남으러 하는 현상이다. 그러니 비슷한 증상 모두가 극복되어야 진짜 끝장이 나는 것이다.

팔 골절상을 입었던 채원이는 그 이후로 병원 가는 것을 더 두려워하게 되었다. 무슨 일로 병원을 갔는지는 정확히 기억나지 않지만 어쨌든 주사를 맞아야 하는 상황이었다. 병원이 가까워오자 점차 걸음이 느려지고 말은 빨라지기 시작했다.

"주사가 아플까? 맞기 싫은데. 엄마, 오늘 안 맞으면 안 돼? 우리 다음에 오자."라며 같은 말을 계속 반복했다. 딸의 손을 꼭 잡았다. 미리 말한 걸 후회하면서. 딸의 손은 더위가 아니라 식은땀으로 미끄러웠다. 미세하게 떨리고 있었다. 떨림이 점점 몸 전체로 번져갔다. 한창 따가운 햇살이 아스팔트 길 위를 이글거리며 내리쬐고 있었다. 딸은 마치 한겨울처럼 또다시 부들부들 떨기 시작했다. 꽉 잡은 손을 통해 딸의 세상은 온통 불안과 두려움으로 가득 차 있다는 것이 그대로 느껴졌다. 딸만이 극명하게 다른 세상에 존재했다.

모두가 알아서 제 갈 길을 가고 있었다. 세상은 아무렇지 않게 늘 있던 대로 존재했다. 결코 뒤집어지지 않을 것 같은 이 평범한 일상 속에서, 딸의 마음 안에서만 이 두려움이 실제로 살아 그 아이를 완전히 지배하고 있는 것이 느껴졌다. 맞잡은 손을 따라 전해오는 아이의 두려움과 불안과 공포가 고스란히 느껴졌다. 마음이 만들어내는 세상과 실재가 얼마나 다른지 똑똑히 보았다. 그 마음의 지옥에서 당장 건져줄 수 없는 내가 한없이 무력하게 느껴졌다. 안쓰러웠다. 우여곡절 끝에 주사를 다 맞고 나서야 언제 그랬냐는 듯 딸은 환한 미소를 지어보였다. 세상은 흘러가야 하는 곳으로 흘러갈 뿐인데 마음만이 불안 대상에 대해 요동치고 있다는 것을 깨우치는 날이 오겠지. 마음은 결코 내가 아니라는 것, '나'는 변하지 않는 순수한 의식 그 자체라는 것을 깨닫는 날이 오겠지. 마음이 지어내는 허상이라는 점을 통절히 느끼지 않는 한 그 진짜 같은 꿈속에서 깨어날 수 없다.

　우리 가족과 남편의 대학 동기들이 가족들을 데리고 제주도에 모여 다 같이 여행하기로 한 날이었다. 채원이는 또래 아이들이 많아 처음 만난 사이인데도 금방 친해졌다. 둘째 날 남편들은 골프를 치러 나갔고 엄마와 아이들은 승마와 짚라인에 도전했다. 말이 그렇게 키가 큰 줄은 미처 몰랐다. 내 키가 작기도 했지만 스스로 탈 수 있는 높이가 아니었다. 채원이가 좀 걱정되었지만 자기처럼 귀여운 망아지를 탄 모습은 무척이나 사랑스러웠다. 바람에 부드럽게 날리는 아이의 긴 머리와 망아지의 갈기가　한 눈에 들어왔다. 아이는 엄살을 떨었지만 말에게 자신의 존재를 내맡기고 하나가 된 모습은 감동 그 자체였다. 망아지라 해도 자신보다 훨씬 컸는데 우려와 달리 곧잘 탔다.
　짚라인을 타러 가서는 기대 반 걱정 반이었다. 4개의 코스로 이어져 있는 그곳은 아파트 이삼십 층은 될 만한 높이였다. 장비들을 주렁주렁 달고 타워를 오르는 동안 계단 사이로 보이는 아래 풍경이 높이를 실감하게 만들었다. 점점 다리가 후들거렸다. 계단 옆 지지대를 잡은 손에 힘이 꽉 들어갔다. 나는 고소공포증이 있었다. 하지만 높은 곳에 오르길 주서하지 않았기 때문에 내 마음의 입장에서는 달리 선택사항이 없었다. 후회하는 한이 있더라도 일단 올랐다. 사실 사방이 탁 트인 철근 구조물을 오르는 것이 짚라인을 타는 것보다 훨씬 더 무서웠다. 바람이 제법 느껴졌고 무엇보다 점점 올라갈수록 타워가 조금씩 흔들리고 있다는 게 느껴졌다. 당장이라도 타워가 종잇장처럼 반으로 푹 꺾여버릴 것만 같은 망상에 사로잡히며 심장이 마구 뛰기 시작했다. 다시 딸이 염려되어 흘낏 훔쳐보니 생각보다 담담하게 오르고 있었다. 말로 내뱉는 순간, 정말 무서워질까 봐 그 누구도 말을 못하는 건지, 아님 정말 즐기고 있는 건지 알 수 없었다. 오히려 계단이 너무 많다고 투덜거리는 소리가 들려왔다.

"와, 경치 너무 좋다. 괜찮아, 다들? 무서우면 아래를 내려다보지 말고 멀리 봐. 멀리 보면 하나도 안 무서워."라고 허세를 부리며 한마디 했지만 사실 그건 내 자신에게 한 말이었다. 다 오르고 나자 나는 오로지 멀리 있는 제주의 풍경에만 시선을 고정시켰다.

"누가 먼저 뛰어내릴 겁니까?"라는 가이드의 말에 일제히 줄을 서더니 별 망설임도 없이 순식간에 뛰어내렸다. 두세 명만 남자 나는 불현듯 옛 생각이 났다. 초등학교 때 처음 예방주사를 맞는 날이었다. 어쩌다 보니 점점 차례가 밀려 뒤로 갔는데 마지막에 남은 아이들은 겁이 많아 울기 시작했다. 그 애들을 보고 있으니 내 생각도 극한으로 치닫기 시작했다. 거의 쓰러질 것 같았던 그때의 두려움이 떠올랐다. 완전히 구석에 몰려서 주사를 맞고 난 뒤에야 웃으며 솜으로 문지르는 순간이 찾아왔다.

드디어 내가 뛰어내렸다. 중력 때문에 크게 한 번 아래로 꺼지는 순간, 뱃속의 모든 장기들이 진공상태에 들어가 각자 떠다니는 그 느낌은 정말이지 매번 적응이 되지 않았다. 하지만 반동으로 다시 튀어 오르는 순간부터 눈앞이 환해졌다.

두려움으로부터의 해방감은 매번 엄청난 희열을 선사했다. 처음엔 밑을 내려다보는 것이 엄두가 안 났지만 두 번째부터는 아래에 펼쳐진 풍경이 제대로 눈에 들어왔다. 손가락으로 바람을 가르며 삼나무 숲을 지나고 큰 연못을 지나는 동안 상쾌함은 이루 말할 수 없었다. 뛰어내려보지 않으면 느낄 수 없는 자유로움이다. 짚라인은 어쩌다 한 번 타는 것이지만 살면서 부딪히는 두려움은 끝도 없다. 그럴 때마다 도망 다닐 수는 없다. 제대로 한 번 느끼고 두려움을 극복할 것이냐, 도망 다니며 평생을 두려움에 시달릴 것이냐의 문제다. 두려움 속으로 뛰어들어보면 안다. 마음이 얼마나 호들갑스러운 지를.

나는 그렇게 나에게 나를 던진다.

여 섯 번 째 이 야 기

나에게 닻을 내리다

나와 잘 지내기

이탈리아에서 요가 마스터로 일하고 있는 M은 한 번씩 우리나라에 머물렀다 간다고 했다. 그는 허리까지 내려오는 긴 머리를 정갈하게 하나로 묶고 인도의 산야신(구도자)들이 주로 입는 배기바지를 입고 있었다. 그에게 아이리딩을 받았는데 눈동자를 카메라로 찍은 뒤 슬라이드로 크게 확대해보면 눈동자에 새겨진 지난 삶을 들여다볼 수 있다고 했다. 그가 내 눈동자 사진을 보며 했던 말이 아직도 강하게 뇌리에 남아있다.

"제발 '착하게 살려고' 하지 말고 이제 남은 생은 자신만을 위해 살아봐요. 진정 자신을 아끼다 보면 주시가 되고 그러면 에고는 저절로 녹게 됩니다."

그때는 그의 말이 이해가 되지 않았다. 직관과 통찰력을 갖춘 데다 무엇보다 섬세한 눈을 가진 그가 헛소리를 할 것 같진 않았으니 말이다. 오히려 요즘에 와서야 개인주의적인 서양의 가치관들과 더불어, 욕망을 체험하고 이 에너지를 변형시켜 진아에 이르는 현대적 요가들이 물밀 듯 들어오고 있지만 16년 전 그때는 참으로 생소한 말이었다.

살면서 끊임없이 주입 당해온 '이해하라, 용서하라, 미워하지 마

라. 착하게 살아라.'라는 구태의연하지만 진리인 이 말은 사실 내 마음을 오랫동안 불편하게 만들었다. 이 말을 실천하기 위해 나 자신과 싸우느라 얼마나 많은 에너지를 소모했는지 모른다. 소모 정도가 아니라 심한 죄책감과 자괴감에 시달려야 했다.

착하게 살지 말라는 것이 아니라 방법이 효율적이지 못하다는 얘기를 이제부터 하고 싶은 것이다.

해도 그만, 안 해도 그만인 욕망은 주시만 해도 된다. 하지만 정말 하고 싶은 것이 있다면 해봐야 한다. 질릴 때까지 가지고 놀고 나면 내려놓을 수 있게 된다. 아이에게 장난감 하나를 쥐어주면 아무리 마음에 드는 장난감이라도 하루를 못 넘긴다. 하지만 눈에 보이는데도 가지고 놀지 못하게 하면 몇 시간이라도 목 놓아 울 수 있는 게 아이다. 공교롭게도 어른도 이와 마찬가지다. 자라면서 억압당한 욕구나 욕망들은 더욱 강하게 남아 커서도 언제든 분출할 기회를 엿보고 있는 중이다. 많은 사람들이 잘 나가던 대기업을 때려 치고 엉뚱한 일을 시작하거나, 좋아하는 일을 찾아 돌진하는 경우를 종종 본다. 언제고 터질 일이 터진 것뿐이다.

육체를 가지고 태어난 이상 개성이 이끄는 대로 살면서 그 과정 속의 마음을 끝까지 지켜보면 된다. 어떤 길을 가건 마음과 자신을 동일시하지 않고 지켜보는 것이 중요하다. 꿈이 삶의 최종적 목표여서가 아니라 자신을 찾아가는 여정의 한 길이 될 수 있기 때문이다.

꿈과 현실 사이에서 어느 쪽도 포기하기 싫어 갈등에 놓인 사람들을 많이 본다. 나는 우선 가보라고 권한다. 가다가 맞지 않으면 돌아오면 된다. 이 길이 내 길이다 싶으면 끝까지 가면 된다, 설혹 돌아온다 해도 내가 겪어본 뒤 포기하는 일에 대해선 내 자신을 납득시킬 수 있다. 그때 받아들이는 포기는 처음부터 꿈을 포기하는 것에 비하면 훨씬 덜 힘들다. 반면 그 길을 가보지도 않고 포기한다면 현실의 나와 꿈을 꾸는 나와의 내적 갈등 사이에서 엄청난 에너지 소모가 일어난다. 해보지도 않고 포기해버리면 우리는 평생 하고 싶어 하는 마음과 싸우며 살아야 한다. 방황하거나 그대로 밀고 가거나 그 무엇을 하더라도 당신이 자신과 싸우는 것만큼 힘들지는 않다. 그렇게 엄한 곳에 에너지를 낭비할 바엔 한번 가보는 게 낫다.

여러 갈래 길에서 어디로 가야 할지 고민한다면 다 하고 싶은 욕심 때문에 아무리 고민해도 고를 수가 없다. 반면 어느 길을 포기할 때 더 후회할지를 생각해보면 진짜 마음을 알기가 좀 더 쉬워진다.

이처럼 하고 싶은 대로 살면서 나를 주시하면 된다. 간절한 꿈과 격정적 감정이 어떻게 일어났다 사라져 가는지 좋아하는 일을 하면서 지켜보면 된다. 그것이 주시다. 무슨 일을 하느냐보다는 그 일을 하면서 그 순간에 깨어있었는지가 사실 더 중요하다. 알아차리지 못한다면 같은 일을 백번 겪어도 아무 일도 일어나지 않는다.

그렇게 나의 열정을 풀어놓으면 내려놓을 수 있는 날도 오게 되고 열정이 시리져 가면 에고를 내려놓을 수 있는 날도 온다. 그러면 착하게 살려고 발버둥치지 않아도, 죄책감을 느끼지 않아도, 저절로 타인이 눈에 들어오는 날이 온다. 저절로 내 안에 사랑이 차

오르면서 이 좋은 걸 타인에게도 느끼게 해주고 싶어진다.

내 꿈을 좇아 달려가 본 사람이라야 다른 사람의 꿈도 인정해줄 줄 안다. 내 생긴 그대로와 내 결점까지 인정할 수 있는 사람이라야 타인의 삶에 토를 달지 않고 있는 그대로 볼 수 있게 된다.

내 상처를 알아야 다른 사람의 상처도 보인다. 상처가 깊을수록 회피하고 싶겠지만 그 마음을 이겨내고 상처를 돌본 사람은 어떨 때 인간이 상처 받는지를 잘 알게 된다. 그래서 타인을 배려하는 섬세한 사람이 되어간다. 결국은 나를 모른 채 착하게 살려 하면 그것은 위선이 될 가능성이 크다. 나에게 없는 것, 내가 모르는 것을 어떻게 타인에게 줄 수 있을까. 그러니 나를 사랑으로 채우는 것이 우선이다.

M은 내가 딱 세 번 기회를 주고 용서했다가 아니면 가차 없이 돌아서는 사람이라고 했는데, 나는 그가 본 그대로였다. 그 전까지 나는 나조차도 실수할 수 있다는 당연한 사실을 간과하며 살았다. M을 만난 이후 내가 생각하는 나 자신보다 훨씬 더 많이, 나 역시 누군가에게 실수를 하고 상처를 주었다는 사실을 인정하게 되었다. 비록 고의가 없었다 할지라도. 그런 나 자신을 용서하면서 나아가 내게 잘못한 이들도 용서할 수 있게 되었다.

어느 날 딸의 얼굴에 고민의 흔적이 보여 슬며시 물어보았다.

시간 관리를 잘하는 딸은 시험에 맞춰 벼락치기를 하는 법이 없다. 계획에 비해 늘 실행력이 부족했던 나와는 달리, 입 댈 필요도 없이 알아서 자기 관리를 잘한다.

"엄마, 요즘 또 불안해. 시험이 한 달 남으니 공부 안 하던 애들이 공부를 시작했어. 애들이 학원 얘기, 공부 얘기를 시작하면 나는 불안해져."

"많이 불안해?"

우선 꼭 안아주었다.

"엄마가 보기에는 네가 너를 볼 수 없다는 게 안타깝구나. 너도 이미 열심히 하고 있는데 그런 너는 안 보이니? 네 친구들도 너를 봤다면 불안할걸. 사람 마음은 모두 비슷해."

"불안하면 안 된다는 걸 알면서도 애들과 자꾸 비교하게 돼, 엄마."

또 비교가 문제였다.

딸의 얼굴을 찬찬히 들여다보고 있으려니 문득 알아차려지는 것이 있었다.

"채원아, 네 마음속에서 이래선 안 돼, 저래선 안 돼, 라고 다짐하는 게 많니?"

"…응, 난 그런 게 많아."

"고인 물은 자연스럽게 흘러가는 물을 이길 수 없는 법이야. 그러니 네 자신과 싸우지 마. '불안하면 안 돼.'라고 말하는 아이가 바로 네 자신과 싸우는 아이란다. 불안한 감정은 그저 지켜보면 돼. '이 래선 안 돼.'라는 생각을 하면 부정적 사고에 힘을 실어주는 거란다. 대신 '이렇게 하자.'라고 긍정적 사고에 집중해봐."

딸의 얼굴이 점점 밝아지기 시작했다.

"엄마, 난 이번 시험에 올 A를 받는 게 목표야."

하지만 딸은 목표를 세우고 나면 늘 압박감에 시달렸다.

"그러니? 일단 목표를 가지는 건 좋아. 하지만 목표보단 매일을 어떻게 사느냐가 더 중요해. 네가 잘하고 있는 일일 계획표대로만 해도 충분히 좋을 것 같은데, 엄마가 보기엔."

"목표를 생각하지 않고 있다가 정말 놓쳐버리면 어떡해?"

딸아이는 다시 걱정스런 눈으로 내 눈을 뚫어져라 쳐다보았다.

"그런 생각이 바로 미래로 가서 미리 걱정하는 거야. 넌 이미 충분히 최선을 다하고 있는데. 그러니 목표는 한번 설정해놓은 것으로도 충분해. 네가 매일 걱정하지 않아도 네 영혼은 이미 알고 있어. 자신을 의심하지만 않는다면 네 영혼이 알아서 재조정을 한단다."

불행히도 이것은 우리 딸만의 문제가 아니다. 어른이 되어서도 블로그나 SNS를 보면서, 또 옆집을 보면서 여전히 비교의 굴레에서 벗어나지 못하고 불안에 떠는 사람들이 넘쳐나기 때문이다.

채원이가 어릴 때 옆집에 살던 친한 이웃동생이 있었는데 그녀는 타의추종을 불허하는 절약의 달인이었다. 집에 오면 모든 영수증을 일일이 다시 계산해서 누락된 게 없는지 확인하고 50원이라도 못 받은 게 있으면 전화를 해서 따져 묻고 이율 높은 은행 상품을 훤히 꿰고 있으며 어디 가야 물건을 싸게 살 수 있는지 분야별로 모르는 게 없는, 아주 똑 부러지는 아줌마였다. 그런 동생을 이웃으로 두고 있던 어느 날, 더 이상 여행을 갈 수도, 또 가서 돈을 제대로 쓸 수도 없는 나를 발견했다.

'내가 갑자기 왜 이러지? 이 좋아하는 여행을 와서?'

알고 봤더니 50원도 허투루 쓰지 않는 그녀를 보며 돈에 대한 강박관념이 생기기 시작했음을 깨달았다. 나와 돈에 대한 관념이 많이 다른데도 그녀가 내 머릿속을 헤집어 놓은 것을 생각하니 쓴웃음이 났다. 내가 그녀처럼 돈을 잘 관리할 수도 없고 돈에 관한 큰 꿈을 가지고 있지도 않다는 사실을 인정하는 순간, 돈에 대한 강박관념에서 벗어났다.

모든 가치의 기준이 내 안에 있어야 한다. 그 기준이 우리의 외부에 있는 한 끊임없이 우리는 불행할 수밖에 없다. 어떤 조건도 필요 없이 인간은 이미 온전하다. 이미 행복하다. 사실 그것을 찾아 엉뚱한 곳으로 돌아다니니 알 수 없는 것뿐이다.

육체를 넘어선 고귀함

십 대에 바라본 세상은 온통 잿빛이라 별로 오래 살고 싶은 마음도 없었다. 딱 서른까지만 살아도 좋겠다는 생각을 했지만 막상 돌아서고 보니 서른이 되어 있었다. 이십 대에 노인처럼 보였던 오십 대 진입을 눈앞에 둔 지금, 오십이라는 나이조차 '눈 깜짝할 사이'라는 말이 실감났다.

며칠 전, 한 친척의 사돈께서 돌아가시는 바람에 장례식에 갔다 왔다. 말년에 노부부는 상황이 여의치 않아 각자 다른 병원에 입원하게 되었다. 그리고는 안사돈이 호스피스 병동으로 옮겨지며 하루 만에 돌아가셨다. 안사돈은 본인의 병이 더 위중한데도 늘 남편 걱정으로 자신의 몸 돌보기를 오히려 소홀히 했다고 한다. 별다른 종교 활동이 없었던 두 분은 아마도 삶을 정리하는 데 긴 시간이 필요했던 듯하다. 우리 부모님 세대들은 따로 종교 활동을 하지 않았다면 마음공부를 할 기회도, 삶을 뒤돌아보거나 정리할 시간도 없이 앞만 보고 달려왔던 세대다.

친척분의 인도로 안사돈이 먼저 가톨릭에 입문하여 영세를 받았고 남편도 자신의 뒤를 잇기를 원했지만 바깥사돈은 한사코 영세를 거부했다고 한다. 그런데 우연이라고 하기엔 잘 맞아 떨어지는 상황의 연속 끝에 대세(정식 세례가 아닌 비상시에 주어지는 세례)가 주어졌고 바깥사돈은 대세를 받는 내내 웃음을 만면에 띠고 있었다고 한다. 그 대세가 있은 바로 다음 날, 기나긴 투병 생활을 끝내고 안사돈이 숨을 거두었다. 자녀들이 아버지가 걱정되어 어머니가 돌아가신 걸 숨겼다 해도, 비록 다른 병원에 입원해 떨어져 있는 부부였다 해도, 부인이 세상을 떠난 걸 남편도 알았을 것이다. 부인 역시 이미 의식이 없었지만 영혼만은 남편이 대세를 받아들인 걸 알았을 거라 생각한다. 그리고 초연히 서로를 놓아줄 수 있었을 것이다.

어떤 종교를 통해서든 명상을 통해서든, 인간은 끊임없이 마음을 비춰보아야 한다. 싫든 좋든 마음은 영원으로 가는 문이기 때문이다.

삶의 소중함을 깨닫는 가장 빠른 방법은 죽음이다. 나의 죽음을 인정하지 못한다면 머리로만 받아들일 뿐, 다음 날이면 잊어버리게 된다. 하지만 마음 깊이 인정하고 나에게 일어날 일임을 받아들이게 되면 삶의 모든 의문이 한꺼번에 풀릴 수도 있다.

채원이는 한 번씩 죽음에 관한 질문을 꺼냈다. 유치원 때 드라마를 보다가 "엄마, 죽는 게 뭐야?"를 시작으로 초등학교 때도 몇 번이나 죽음에 관한 질문을 꺼냈다. 문득 엄마와의 이별이 걱정되기 시작한 모양이었다.

"엄마가 죽으면 다시는 우리 못 만나?"라며 내 눈을 살폈다. 채원이는 내 대답보다 내 눈에서 진실을 찾겠다는 듯이 뚫어져라 나를 쳐다보았다. 나는 우리가 언젠간 이르게 될 죽음에 대해, 부정적 관념이나 터부시하게 되는 것을 원하지 않았다.

명상가들 중엔 전생을 기억하는 사람들이 드물게 있다고는 하지만, 일반적으로 봤을 때 전생을 떠올린 뒤, '너는 이번 생에도 여전히 잘 살고 있구나.'라고 말하는 사람이 거의 없는 걸 보면 비록 영혼은 불멸한다 해도 죽을 때 이생의 기억은 모두 지워진다고 보는 게 타당하다.

"그럼, 엄마랑 내가 죽은 뒤 하늘나라에서 다시 만나도 나를 기억 못 해?"

딸의 눈에 참았던 눈물이 흘러내리기 시작했다.

그때 시공간을 초월한 아픔이 한꺼번에 몰려왔다. 죽음이 눈앞에서 일어난 것 같았다. 걷잡을 수 없는 이별의 고통이 휘몰아쳤다. 나도, 딸도 주체할 수 없는 고통 앞에서 속수무책이었다. 우리는 이후로도 이런 고통을 몇 번은 더 겪었다. 그리고 알았다. 그 순간에는 죽을 것 같은 고통만이 우리를 지배했지만 우리는 죽음이라는 주제를 피하지 않고 받아들였고 온몸으로 느꼈다. 그리고 그 고통이 소진되는 순간이 왔을 때 우리는 지금 이 순간이 얼마나 진하게 와닿는지 알 수 있었다. 나에게 죽음 자체는 더 이상 공포가 아니다. 그럼에도 그 고통이 일어난 것은 딸의 고통이 내게로 전해진 때문이기도 했고 에고와 육체가 가진 한계가 전해주는 고통이기도 했다. 다시 말해, 육체가 전부라는 생각이 우리로 하여금 죽음이라는 고통을 만들어낸다.

"우리가 죽은 후에는 원래대로 우리는 하나가 될 거야. 단지 엄마와 딸로서 만나는 게 아닐 뿐이지. 육체는 지구에서만 필요한 수단이니까."

에고와 육체를 넘어서면 삶도 죽음도 없는 영원하고 무한한 존재가 펼쳐진다. 육체를 넘어 무한한 존재가 되는 것도 쉽지 않지만 무한한 존재에서 육체라는 작은 틀 안으로 다시 돌아오는 것 역시 쉽지는 않다. 마음으로 사는 세상이 절대적 행복은 아니라는 말이다. 그러니 죽음을 두려워할 필요는 없다.

감정은 죄가 없다. 감정은 순수한 에너지다. 단지 감정을 틀어막을 때 오히려 문제가 발생한다. 딱딱한 인간이 되고 자신을 알 수 없게 된다. 부정적 감정 역시 회피하거나 동일시하라는 게 아니다. 주시하고 인정하는 마음이 필요하다. 물론 아이들에게 이런 종류의 얘기를 꺼낼 때는 연령에 맞춰 적당한 완급조절이 필요하다.

슬픔, 우울, 분노, 화, 짜증, 죽음 같은 부정적 주제들을 모른 척하고 감추려 하면 가구 밑으로 굴러 들어가 버린 오래된 빵조각처럼 부패하게 된다. 하지만 밝은 곳에 드러내놓고 햇빛에 널어놓으면 문제는 생기지 않는다. 보기 싫어도 오히려 잘 보이는 곳에 내어놓아야 한다.

어떤 것도 부정하지 않고 자기 삶을 지켜볼 수 있게 되면 물 흐르듯 자연스러운 삶이 시작된다. 마음이 시련이라는 그늘에 걸리는 일 없이 시련은 시련대로 한 몸처럼 타고 넘을 수 있게 된다. 시련에 저항하지만 않는다면 말이다.

회사에서 배당금이 나왔다며 정직하게 가져다주는 남편이 너무 고맙다. 덕분에 주춤하던 저축을 다시 할 수 있어 얼마나 고마운지 모르겠다. 남편에 대한 믿음이 송두리째 흔들렸던 시간을 지나 거짓말처럼 더 단단해진 우리 관계를 보며 서로가 노력했던 시간들이 헛되지 않아서 감사하다.

며칠 전 B형 독감에 걸려 5일 동안 학교에 가지 말라는 진단을 받은 채원이는 가끔씩 몸이 안 좋아서인지 짜증을 낸다. 그럴 땐 이유를 알면서도 나도 인간인지라 덩달아 짜증이 난다. 그래, 짜증이 났구나. 그래도 약 먹고 바로 열이 잡히니 얼마나 고마운지 모르겠다. 이 좋은 봄에 독감 막차를 탄 딸이 불운하게 느껴지기도 했지만 몸이 늘어질 텐데도 잘 먹어주는 것까지 얼마나 고마운지 모르겠다. 이내 정신을 차리고 딸에게 "엄마가 좀 더 견뎌볼게."라고 씩 웃으며 말하니 딸도 "엄마, 미안해."라며 씩 웃는다. 며칠 동안 각자 마스크를 착용하고 시도때도 없이 손을 씻는다. 엄마에게만 안기면 저절로 잠이 스르르 드는 것 같다며 채원이가 '엄마 이불'이라고 부르는 게 우리의 포옹이다. 유행성 독감이라 서로 거리를 유지한 채 며칠을 지내다 보니 그저 안을 수만 있어도 행복하다는 것을 깨닫는다.

전에도 몇 번 집안에서 넘어져 크게 다치고 여기저기 병원 다니시느라 곤혹을 치르신 시어머니께서는 얼마 전 또 집안에서 넘어져 팔목에 금이 가 깁스를 하고 계신다. 덕분에 며느리로서의 일과 염려는 늘었지만 의사의 말처럼 넘어진 상황을 생각하면 핀을 박지 않아도 되는 것이 얼마나 다행인지 모르겠다.

"힘들어도 내가 하는 게 낫지. 남 부리니 얼마나 답답한지 모르겠다. 몸 성한 게 영광이다."라는 말씀을 몇 번이고 되뇌신다. 반찬통 여는 것도, 옷 입는 것도, 샤워를 하는 것도, 어느 것 하나 속시원히 할 수 있는 게 없으시다. 이것저것 수발을 들다 보니 어머님 말씀이 백번 지당하게 느껴진다. 아무리 며느리가 잘 수발해도 본인 손만 할까. 사소한 일도 자신만의 스타일대로 처리하는 방식이라는 게 있는데 말이다.

'그저 몸만 성해도 무엇이든 해볼 수 있겠는데.'라는 순간이 올 수도 있겠지. 하지만 그런 생각이 죽음에 임박해서 든다면 정말 곤란하다. 떠나야 할 때가 다가와 연명치료를 받으면서도 삶을 겨우겨우 붙잡고 있다면 어떻게 될까. 그러니 몸이 허락할 때 더 이상 미루지 않고 해보는 것이 답이다.

경기도에서 4년간 사는 동안 거의 바깥출입을 하지 않고 살았다. 그중 1년간은 묵언수행자처럼 거의 말을 하지 않고 지냈다. 의도적인 게 아니라 저절로 내게 침묵이 찾아왔기 때문이다. 그 침묵은 세상과의 단절이 아닌, 내면으로의 깊은 침잠에서 저절로 우러나온 침묵이었다. 하지만 단 한 번도 남편과 딸은 내가 왜 달라졌는지 의아해하지 않았다. 나는 우리가 같은 공명 속에 있어 굳이 설명이 필요하지 않았음을 직감했다.

이사 가기 바로 전, 나는 내 삶이 점점 가싸처럼 느껴졌다. '이건 아니야.'라는 생각이 강렬하게 나를 휘어잡기 시작했을 무렵, 때맞춰 우리 가족은 경기도로 이사를 가게 되었다. 그곳에서 나는 마트를 가는 외엔 나가는 일이 거의 없었다. 명상책 안에서 화두 하나를 꺼내들고 나면 온종일 치열하게 사색에 빠지거나 명상에 들거나 상처를 치유하면서 내면을 돌보았다.

집 앞 논길을 지나 아스팔트길을 따라가다 보면 신기루처럼 철새 도래지가 갑자기 펼쳐졌다. 볼 때마다 나만 아는 보물섬을 발견한 느낌이었다. 가끔씩 그 길이 그리워진다. 그 길을 산책 다니는 동안 온갖 꽃들을 만났고 봄에는 개구리들을, 여름에는 작열하던 태양과 장맛비 속에서 슬리퍼를 끌며 다녔다. 가을에는 갈대와 낙엽 사이를 지나고 눈이 녹지 않는 매서운 겨울을 지나며 그렇게 사계절을 함께했다. 백로들이 보이는 길가에 앉아 고고한 자태를 뽐내며 유유히 날아다니거나 꼼짝 않고 잠들어 있는 모습을 나 역시 꼼짝 않고 지켜보았다. 여전히 그 길은 머릿속에서 선명하다. 내 인생의 그 어느 때보다 치열한 내면의 토굴생활을 했던 곳이기 때문이다.

도시와 시골의 경계선에 위치했던 그 아파트처럼 나 역시 내 자신을 세상과 영적 세계의 경계선 사이에 놓아두었다. 세상의 모든 경계선을 허물고 다시 쌓는 작업을 했다. 모든 것에 '왜?'라는 질문을 다시 던졌다. 내 인생에 그런 시간들이 주어졌다는 것에 한없이 감사했다. 그 시간들이 없었다면 아직도 중심을 못 잡고 있었을지 모르겠다.

마트에서 냉이를 사다가 쑥을 발견했을 때 친정엄마가 생각났다. 봄만 되면 아파트 뒷산에서 쑥을 직접 캐다가 한아름 싸주시는 모습이 자동적으로 떠올랐기 때문이다. 올해도 어김없이 엄마는 쑥을 싸주셨다. 봄 향을 만끽하고 싶어서 국을 다 끓인 후 불 끄기 바로 직전에 넣는 쑥과 냉이의 향은 그만이다.

어느 새 온 도시에 눈이 내린 듯 찬란했던 벚꽃은 마지막 소명을 다하고 있다. 조용하던 거리에 걸어 다니는 사람들이 많아졌다. 조금 있으면 벚꽃비가 내리겠지.

정오쯤 제법 따가운 햇살이 거실 전창에 드리워져 이때다 싶어 창문들을 활짝 열었다. 이제는 창문을 다 열어도 바깥 온도와 차이가 없는 진짜 봄이 온 듯하다. 딸의 독감 덕분에 5일 동안 나까지 방 안에 눌러 붙어있다 나온 오랜만의 나들이는 공기도 고맙고 걷는 것마저도 고마웠다. 아파트 허공이 아닌 땅을 밟고 있다는 느낌이 감사했다. 시련은 사람을 소박하게 만든다. 원래 있어왔던 모든 것들이 다 고마워지는 순간이다.

행동 뒤에 숨은 진짜 마음

어릴 적, 내가 생각하는 사랑이란 내 생각을 인정받고 싶다는 것이었다. 그런 면에서 충족되지 못한 사랑은 늘 '나 자체'만으로는 인정받지 못한다는 자존감 결여로 나타났다. 사회로 나온 나는 다른 사람에게 늘 밝은 아이, 잘 웃는 아이였지만 그것은 사회가 바라는 무난한 사람 코스프레를 한 것이었고 진짜 나는 아니었다. 그렇게 '타인이 보는 나'와 '나 자체' 사이의 간극이 너무나 커 방황했던 시절이 있었다.

원하지도 않는 사람을 붙잡고 여기저기 입 바른 소리를 하며 참견했던 시간들을 지나, 누군가 너무 힘들어 보이면 살짝만 흔들어 주기 위해 나 자신의 실수와 실패담을 늘어놓았다. 하지만 그러는 동안에도 정작 내 상처는 그 누구에게도 진정으로 내보이지 못했다. 웃음을 버무려 적당히 아무렇지 않은 듯 얘기하는 정도거나 다른 이들을 돕기 위한 예로 쓰였을 뿐이었다.

막상 내 상처를 드러내 보였을 때 그 얘기를 감당할 수 있는 사람도 드물었다. 뒤집어 말하면 자신의 상처에 대해 제대로 공부하는 사람이 드물다는 말이기도 했다. 트라우마는 한 번에 치료되지 않는다. 끈기 있게 자신의 상처에 대해 들여다보고 응어리진 감정을 해소한 자만이 타인의 감정도 받아줄 수 있다. 그렇지 않으면 들은 척할 뿐이거나 듣고도 어떻게 반응해줘야 할지 몰라 당황하거나 그냥 침묵으로 넘어가버릴 뿐이다. 그리고는 결국 사이가 멀어지기도 한다. 내게서 멀어져 간 그녀도 콤플렉스가 많은 여자였다. 자식과 남편은 한쪽으로 제쳐두고 오로지 자신의 취미로 블로그를 도배하며 자신을 부러워하는 팔로워에 온 시간을 투자하기는 하지만 막상 자신의 콤플렉스나 치부를 들여다보는 것은 꺼리는 사람이었다. 그런 그녀에게 내 상처와 과거 이야기는 이해할 수 없는 세계, 부담스런 세계로 다가왔을 것이다. 그녀 자신의 결점도 허용이 안 되는데 타인의 결점을 봐줄 수 있을까. 그렇게 그녀는 점점 멀어져갔다.

어느 모임에서 이 작가님이 술이 한창 올라 불그스름해지고 무장해제된 얼굴로 거기 있던 사람들에게 나를 가리키며 말했다.

"저 사람 사연이 많나 봐."

그러자 그 옆에 있던 다른 작가님이 술김에 잘못 알아듣고 이렇게 말했다.

"어? 누가 또 울어?"

그렇지 않아도 작가들 아니랄까 봐 다들 감성이 풍부해 웃다가 울다가 난리도 아니었다.

다음 순간, 뭔기기 내 속 깊은 곳에서부터 울컥하고 올라왔다. 폭풍 같은 오열이었다. 안타깝게도 그 자리는 처음 보는 사람들도 가득한 자리였다. 거기서 미친 여자처럼 대성통곡할 순 없어 결국

의아한 눈길을 한 몸에 받으며 자리를 뛰쳐나왔다. 집으로 돌아오는 내내 눈물이 멈추지 않았다.

아무리 생각해봐도 이유를 알 수 없었다. 그 정도로 주체 못할 상처가 더 이상 내게 남아있는 것도 아니었다. 한참 후에야 내가 울었던 진짜 이유를 알아냈다. 그것은 비록 짧은 몇 마디였지만 내가 느껴보지 못했던 위로였다. 단지 말 때문이 아니라 그 너머에서 공감하는 에너지가 느껴졌고 그 무엇이 내 내면 깊은 곳을 툭 건드렸다. 진짜 위로에 반응하는 서러운 눈물 같은 것이었다.

어쨌든 내가 스스로를 위로하는 것이랑 누군가에게 위로를 받는 것은 또 다른 차원의 경험이었다는 걸 인정하지 않을 수 없었다. 온몸이 따뜻해지고 어느 때보다 강렬하게 살아있음을 느꼈다. 내가 왜 지구에 태어났으며 인간 속에서 살아가는지를 오랜만에 되뇌었다.

마음을 공부하면서 가슴에 저항하지 않고 솔직해지면 부정적 마음이 긍정적 마음으로 바뀌면서 거대한 에너지가 형성된다. 그 폭발적 에너지인 사랑은 꽃향기처럼 퍼져나가 온 세상을 물들인다. 그렇게 나를 미친 여자처럼 울게 만들기도 한다.

딸은 감성이 풍부하고 위로를 잘해주지만 세상을 다 겪어낸 자가 내어주는 위로와는 다를 수밖에 없다. 하지만 여전히 큰 힘이 된다.

자고 있는 내 얼굴에 다가와, "엄마 너무 사랑스럽다."라며 온 얼굴에 키스를 퍼붓고 간다. 또 어떨 땐 내가 한창 말하고 있는 걸 유심히 바라보다가 "엄마 너무 귀엽다."라며 한껏 사랑을 담아 표현

한다. 엄마가 좀 쳐져 있다 싶으면 온갖 애교를 다 동원해서라도 내 마음을 일으켜 세워놓는다. 가끔씩 누가 엄마인지 헷갈린다. 처음 그런 말을 들었을 땐 비록 딸에게 들은 말이라도 설레기까지 했다. 새로워진 느낌이었다. 오십을 바라보는 나이에 귀엽다는 말을 들을 수 있다는 것 자체가 축복이 아닐까.

이십 대에는 티셔츠 한 장에 청바지만 걸쳐도 빛이 나는 것처럼, 사랑을 받고 자란 아이는 사랑을 주는 게 익숙한 것처럼, 이미 갖춘 자는 꾸미지 않아도 빛이 난다. 마찬가지로 자존감만 있다면 자꾸 뭔가를 덧붙일 필요가 없게 된다. 책을 읽어야만, 일기를 써야만, 계획표에 쓰여진 항목 중 한 가지라도 실천해야만 내가 안정감을 느낄 수 있다면 '나는 아무것도 아니야'라는 자기비하에 빠져있는 건 아닌지 먼저 살펴봐야 한다. 생각보다 오랜 시간 동안 나는 그저 이 습관을 가진 게 고마웠을 뿐 단 한 번도 내가 그 취미에 집착하는 이유에 대해 의심하지 않았다. 의심했다면 자존감을 되찾기 위해 좀 더 일찍 나에게 관심을 가졌을 것이다. 나는 이미 태어난 그 자체로 완전한데도 뭔가를 자꾸 채워 넣어야 한다는 심리 자체가 나를 믿지 못한다는 반증이기 때문이다. 우리는 좋은(?) 습관에 대해선 그 뒤에 숨은 심리를 의심하려 들지 않는다. '좋다고 느껴지는' 습관 뒤에도 나의 결핍이 숨어있을 가능성이 많다. 좋은 습관을 하지 말라는 말이 아니다. 하기 선에 그 행동을 하는 진짜 이유에 대해 진지하게 생각해보는 것이 먼저다. 그렇지 않으면 아무리 좋은 습관을 가지고 있다 해도 우리는 여전히 불안하며 설사

성공한 삶이 온다 해도 끊임없이 '아직 부족해.'라며 눈앞에 놓인 행복을 놓치게 될 것이다. '내가 부족하다는 심리를 이용하면 성공을 좀 더 앞당길 수 있겠지.'라는 기대 속에 방치하고 싶겠지만 그 상태에서는 성공 뒤에도 만족이란 결코 없다. 자신을 바라볼 때 이미 '불완전 필터'를 끼우고 바라보고 있다는 사실 자체를 모르기 때문이다.

중학교 때부터 독서와 일기에 대한 습관이 시작되었다. 시험공부를 하면서도 참고서 밑에 깔아놓은 문학책을 틈틈이 꺼내 읽으며 그것으로 휴식을 대신했다. 문학책을 읽으면 눈앞에서 상상이 파노라마처럼 펼쳐지며 머리가 말랑해지는 느낌이었다. 그나마 머리가 쉴 수 있는 그 느낌이 좋았다. 한 권을 다 읽은 후에는 뭔가가 된 듯한 뿌듯함과 해냈다는 성취감이 느껴졌다.

자기 전, 쓰는 일기는 똑같이 반복되는 학교생활에 작은 생기가 되어주었다. 생각이 안 나도 어쨌든 꾸역꾸역 쓰고, 잠 오면 개발새발 졸면서 쓰고, 화나는 날에는 화풀이 하듯 갈겨쓰고 책이나 영화를 봤을 땐 누군가에게 얘기하고 싶어 못 견디겠다는 듯, 일기에 구구절절 마구 풀어놓았다. 하지만 언젠가부터 써왔던 세월이 아까워 놓을 수가 없게 되었다. 물론 잊어버리지 않기 위해 정성 들여 쓴 특별한 날도 있었지만 그 외의 날들은 대부분 일기를 위한 일기를 쓰는 날이 점점 많아졌다.

책 또한 마찬가지였다. 사춘기 때 책을 읽으며 마음의 도피처로 삼았던 시간들을 거쳐, 퇴근 후 약속이 없다면 집으로 돌아와 지친 몸을 좌식소파에 누이고 몇 시간씩 책 속으로 빠져들었다. 채원이가 어려 가사와 육아에 치여 살 때도 어떻게든 시간을 쪼개어 책을 읽었다. 아이가 낮잠을 자면 나란히 옆에 누워 책을 읽거나 좀 컸을 땐 색칠놀이나 퍼즐놀이처럼 시간을 요하는 놀이를 미션처럼 던져주고는 책을 읽어 나갔다.

하지만 부득이한 사정으로 책을 못 읽거나 일기를 못 쓴 날이면, 나는 여전히 열심히 살았는데도 쓸데없는 짓만 하다 하루를 허비한 것처럼 죄책감마저 느껴졌다. 아무리 책이나 일기가 내 인생에 중요한 부분이어도 그것 없는 내 인생은 아무것도 아닌 게 될까 봐 견딜 수 없다는 건 분명 문제가 있었다. 결국 나는 일기를 먼저 중단했고 책읽기마저도 한동안 중단했다. 그것들이 없어도 내 인생이 충분히 의미 있고 즐거울 수 있다는 것을 느끼며 살았다. 내면에서 뭔가 무거운 것이 떨어져나가는 느낌이었다. 물론 처음엔 이대로 내가 끝나버릴 것 같은 두려움마저 있었지만 결국 그것은 내 마음이 멋대로 지어내는 불안일 뿐이었다. 그리고 지금은 그것들과 다시 즐거운 동행을 하고 있다. 책에 나오는 저자의 생각을 여과 없이 그대로 받아들이지 않고 스스로 생각하는 것은 필요하지만, 책을 읽으며 반드시 교훈을 뽑아내야겠다는 강박관념 역시 내려놓았다. 일기도 매일 쓰는 것이 아니라 정말 쓰고 싶을 때, 떠오르는 생각이 있을 때만 썼다. 이제는 그것들을 하든 하지 않든 내 마음이 허무나 불안을 더 이상 일으키지 않는다. 최선을 다해 살고 있는데도 끊임없이 불안에 시달리는 사람이라면 한번쯤 습관을 돌아보길 바란다.

삶은 꼭 줄타기와 같다. 아무리 좋은 것이라 해도 과하면 줄에서 떨어진다.

아무리 좋은 습관이라도 내가 그것을 하지 않고는 불안해서 못 베기겠다고 느끼는 순간, 나는 일부러 걷어치운다. 철저하게 그것 없이 살아본다. 그것을 하는 삶과 그것을 하지 않는 삶, 둘 다에 상관없는 삶, 그중 어떤 선택도 다 가능해야 예전의 살던 방식으로 다시 돌아가곤 했다. 이것은 무언가에 집착하고 있는지 깨닫기 위한 좋은 방법이다. 그렇게 하고 나면 '행위 없는 행위'가 가능해진다. 무언가를 하고 있지만 그 무게에 짓눌리지 않고 온전히 그 일과 하나가 될 수 있다.

'부모'라는 이름의 정원사

우리 집 거실 베란다에는 작은 화분들이 옹기종기 제법 모여 있다. 식물을 유난히 좋아하셨던 부모님의 영향을 받아서인지 신혼 때부터 늘 식물을 키워 왔다. 나에게 온 게 무슨 죄인지 많은 식물들이 죽어 나가기도 했다. 다육이처럼 그냥 놔둬도 잘 크는 식물들을 키웠더라면 좋았을 것을, 물주기도 제때 딱딱 못 맞추면서 하필 알로카시아 오도라 같은 잎이 넓은 열대식물들을 좋아하거나 지중해식 날씨에나 잘 크는 율마처럼 까다로운 초록이들을 좋아했으니 말이다. 그래도 꿋꿋이 또 키웠다. 그러다 이제는 욕심을 버려 다육이들과 미세먼지를 흡수하는 틸란드시아 종류만 키운다. 아, 다행히 마지막에 들여온 알로카시아는 잘 크고 있다.

식물을 키워보면 알게 되는 것 중 하나는 어린 묘목일 때가 아주 중요한 시기라는 사실이다. 햇빛에 민감하게 반응하는 어린 묘목을 방향도 바꾸지 않고 그대로 방치해 놓으면 그 초록이는 아예 굽은 줄기를 가지게 된다. 몇 주만 지나도 회복 불가능인 경우가 많다. 어릴 때 이리저리 돌려가며 균형을 맞춰주어야 하는데 그 시기를 놓쳐버린 것이다.

아기도 마찬가지다. 처음 태어나 2, 3년간이 얼마나 중요한지 모른다. 그때 거의 모든 것이 결정된다는 말은 내가 키워 봐도 뼈저리게 느끼게 되는 사실이다.

하지만 "우리 아이는 아무리 해도 안 돼."라는 엄마는 될 때까지 기다려주지 않아서일 뿐이다. 생후 2, 3년간의 시기를 놓쳤다면 시간이 좀 더 걸린다는 각오 정도는 해야 한다. 몇 번 해보고 안 된다며 제발 포기하지 않길 바란다. 이유식이든 잠자는 습관이든 그게 무엇이든 말이다. 다른 사람은 포기해도 부모만은 포기하지 말아야 하는데도 그들은 자신의 모습을 아이에게서 보는 것을 외면하고 싶어 한다. 자신의 허점을 보기 싫어하는 사람들은 아이의 문제 행동 역시 보기 싫어한다. 그리고는 순전히 아이 탓으로 돌려버린다.

딸이 어렸을 때, 내가 기분이 가라앉아 있거나 생각대로 상황이 풀리지 않고 일에 치여 짜증이 날 때면 아무리 이래선 안 된다 생각하면서도 은연 중에 부정적 에너지가 새어나가곤 했다. 그 화가 딸에게까지 옮겨갔다. 그러면 여과 없이 딸은 그날 하루 대마왕이 되어 나에게 두 배, 세 배로 고약하게 굴었다. 처음에는 아이의 문제 행동만 보이고 '정말 애들은 종잡을 수 없네. 정말 애 키우기 힘들다.'라는 생각밖에 안 들지만 역추적하면 여지없이 원인은 나로부터 출발하는 것이었다. 그것을 깨닫고 나니 이번에는 스스로를 자학하며 우울한 동굴로 다시 기어들어가는 악순환의 연속을 맛보았다. 이 고리를 끊기 위해선 자신의 잘못을 깨달았을 때 스스로를 고립시킬 게 아니라 잘못을 인정하는 단계가 우선이다. 인정하고 나면 또다시 죄책감이나 우울감이 몰려오겠지만 이 때 다시 한 번 그 부정적 에너지를, 어떻게 하면 아이와의 갈등 상황을 전환할 수 있는지에 대한 방법을 모색하는 쪽으로 써야 한다. 사람들이 잘못을 인정하기 싫어하는 이유는 잘못 그 자체보다는 그 후에 다가올 자괴감을 더 견디기 힘들어하기 때문이다.

나는 이럴 때 늘 일부러 바보 같은 엄마가 된다. 약간 모자라는 사람처럼 군다. 유머는 '알고 보면 이 세상에 심각한 것은 아무것도 없구나. 인생은 코미디가 맞구나.'라는 사실을 가장 짧은 시간 안에 깨닫게 해주는 마법 같은 힘을 지녔다. 끝도 없이 나락으로 떨어지던 우울감이 '꿈 깨.'라며 뒤통수를 한 대 갈겨 맞은 것처럼 즉시 지금으로 돌아오게 만든다. 자괴감은 그저 에너지를 갉아먹지만 유머로 바뀐 에너지는 사랑이 되어 서로에게 퍼져나간다. 딸의 웃음소리를 듣는 것만큼 행복한 것도 없다. 그 어떤 심오한 말도 생각을 깨뜨리기 위한 도구일 뿐 한 생각조차 본질을 통과하지는 못한다. 어떤 생각도 죽음이나 명상에 들어설 수 없다. '이게 진짜구나.'라는 한 생각조차 죽음을 통과할 수 없다. 머리가 하얗게 비워진다. 다시 천진해진다. 딸과 같이 한바탕 웃는다.

왜 우리들은 '부모님 뜻을 거스르지 않아야 한다.'라는 생각을 하면서 종종 마음이 무거워지는 걸까. 부모 된 입장으로서 자녀가 이렇게 부모의 뜻을 잘 따라준다면 당장 본인은 고맙고 편할지 모른다. 하지만 그렇게 키워지면 사회로 나갔을 때 여전히 자녀는 다른 사람의 뜻을 거스르기 힘든 사람이 될 확률이 많다. 성인이 된 후 그 자녀는 뜻하는 바를 관철시키며 온전히 자신의 삶을 살기가 쉬

울까. 한 살이라도 더 많은 직장 상사나 동기 앞에서 말이다. 장유유서라는 우리의 아름다운 문화가 있긴 하지만 부모라는 권력을 등에 업고 이 지위를 자녀와의 관계 속에서 매번 남용해버리지 않도록 항상 스스로를 경계할 필요가 있다. 그저 관습에 따라 예의를 지키고 살 뿐, 내면에서 서로를 인정하지 못한다면 그것이 다 무슨 소용이겠는가.

채원이가 막 걸어 다니기 시작했을 무렵, 외출했다 돌아와서 현관 불을 켜려 하면 그때마다 딸이 자지러지게 울었다. 안아주어도 소용이 없었다. 아기였을 때 딸은 웬만해선 잘 울지 않는 순한 아이였다. 처음엔 도대체 그 원인을 알 수 없었다. 아이들은 바깥 공기를 좋아하니 또 나가고 싶어 그런다고만 생각했다. 외출한 뒤라 피곤하여 빨리 쉬고 싶은데 아이는 매번 현관에서 울어대니 참 막막했다. 그래서 작정을 하고 다음 번에 들어오면서 딸을 유심히 관찰해보니, 자기를 안아서 현관 스위치가 있는 곳으로 가주길 원했다. 그리고는 반드시 자기 손으로 현관 불을 켜고 싶어 했다. 처음엔 딸이 여느 아이들처럼 스위치를 똑딱거리며 켰다가 껐다가 하는 행위 자체를 즐기는 줄 알았다. 그런데 안아서 스위치까지 가주자 딱 한번 제대로 켜는 것으로 아주 흡족해했다. 계속 만지게 해달라고 떼쓰지 않았다. 그제야 딸을 이해할 수 있었다. 아이는 스위치로 장난을 치고 싶었던 것이 아니라 자신이 보기에 불을 켜는 것이 외출에서 돌아왔을 때 아주 중요한 행위로 보였고 무엇보다 그것을 자신이 직접 하고 싶었던 것이다. 어린 딸이 보기에 그것은 '자신이 할 수 있는, 작지만 특별하고 의미 있는 일'이었다. 덕분에 우리는 혹시라도 딸이 스위치를 켜게 하는 것을 잊어버린 날이면 어김없이 다시 밖으로 나갔다가 들어와야만 했다. 그래도 채원이를 이해하고 나자 짜증은 온데간데 없어지고 오히려 기특한 생각이 들기 시작했다. 그 후로는 불을 켜는 단순한 동작이 아닌, 우리 가족을 위한 특별한 의식처럼 느껴져 아이가 불을 켤 때면 같이 환호성을 질러주었다. 딸은 그 순간마다 정말 행복해했다. 부디 그때처럼 세상에 불을 밝히는 빛나는 존재가 되었으면 하는 바람이다.

'이해'하면 대부분의 문제 행동들은 없어진다. 아니, 처음부터 문제 행동이 아니었던 것이다. 이해하고 나면 아무것도 아닌 일이 된다. 마음이 즉시 편해지거나 문제 행동이었다 해도 원인을 알게 되면 용서가 쉬워진다. 그렇게 모든 행동의 원인을 찾다 보면 사실은 문제 행동이 많은 세상이라기보다는 이해하지 못하는 자가 넘쳐나는 세상이라고 표현하는 게 더 맞겠다.

부모는 늘 완벽해야 한다는 생각을 버리는 게 좋다. 오히려 부모가 좀 모자라면 아이는 그것을 사랑으로 채워주려 하기 때문에 없던 능력도 생기게 된다. 부모라면 아이가 어릴 때 한번쯤 이런 놀이를 해봤을 것이다. 엄마가 아픈 척하면 아이가 다가와 '호'를 정성스럽게 해주고 가는 놀이.

부모는 어차피 불완전하므로 결과가 아닌, 과정으로 보여주는 것이 좋다. 싸움을 안 하는 게 아니라 싸움을 잘 풀어가는 방법을 보여주고 실수했으나 사과하는 법을 보여주고 이해할 수 없는 사람과도 동행하는 법을 말이 아닌 몸으로 보여주는 것이 좋다. 잔소리는 가장 쉬운 방법이나 또한 가장 비효율적인 방법이기도 하다. 잔소리는 힘들이지 않고 입만 놀리면 되지만 관계를 멀어지게 할 뿐이다. 세상에 좋은 말은 넘쳐나고 진리도 넘쳐난다. 한데 왜 여전히 깨우치지 못하고 있는 사람들이 많은 걸까. 좋은 말을 습득하여 그대로 말로 내뱉는 것은 쉬운 일이다. 책만 읽을 수 있어도 가능한 일이다. 하지만 말과 생각이 한 사람의 삶 자체를 변화시키기 위해서는 더 많은 에너지와 간절함이 필요하다. 충격적인 사건이나 감당하기 힘든 고통이 와서 우리를 깨어있을 수밖에 없게 만들거나, 그래서 우리의 무의식까지 송두리째 흔들어 버릴 만큼의 간절함이 저 깊은 내면으로부터 치밀어 오를 때 비로소 변화가 가능해진다. 적어도 내가 살았던 흔적 중, 세상에 해가 되는 흔적만큼은 아이에게 대물림하지 않고 떠날 수 있기를 바란다.

채원이가 뱃속에 있을 때도 명상을 너무 열심히 한 덕분인지 딸은 앉아있을 수 있게 된 아기 때부터 사람들을 유심히 관찰하는 걸 좋아했다. 그리고 걸어 다니게 되자 누군가를 돕고 싶어 했다. 저도 아기인데 말이다. 다른 아기에게 자기 장난감을 나눠주기도 했고 우는 아기가 있으면 나에게 다가와 내 손을 잡아끌었다. 식욕과 수면욕 외에는 어떤 욕망도 없이 그저 잘 웃고 행복하기만 한 딸을 보면서 오죽했으면 시어머님은 '쟤가 정상적으로 클 수 있을까?'라는 생각까지 하셨단다.

그런 딸을 보고 있으면 무에서 유가 되었다가 다시 무로 돌아가는 삶의 순환을 보는 것 같았다.

세상을 모른 채 순진무구했다가 학교라는 사회로 나와 벌써부터 온갖 종류의 인간들을 다 경험하다가 이제 다시 자신의 눈으로 삶을 바라보려 발버둥치는 중이기 때문이다. 중학교에 올라와서는 저절로 모든 문제들이 해결되었지만, 자기 본능과 욕구대로만 행동하는, 혹은 부모의 문제 행동을 그대로 모방한 다양한 인간군들이 이미 유치원과 초등학교에도 존재했다. 딸은 그런 아이들 틈에서 종종 힘들어했고 밤마다 악몽에 시달리기도 했다. 딸을 괴롭히는 상황을 나서서 다 정리해버리고 싶다는 욕구를 불쑥불쑥 느끼기도 했지만 결론은 언제나 똑같았다. 누군가에게라도 탓을 돌리고 싶다는 생각에 선과 악으로 정확히 양분해버리고 싶었지만 마음공부를 하면 할수록 세상에는 이해하지 못해 서로 상처를 주고 받는 사람들뿐이라는 사실을 확인할 수 있었다. 나무라고 잘못을 꼬집어내고 비판하는 것은 손쉬운 방법처럼 보이지만 원인이 되는 상처를 덧나게 하기도 한다. 가슴으로 품어주는 무한한 사랑이야말로 어디서부터 풀어내야 할지 모르는 암담한 문제들까지 한순간에 녹여내는 기적을 이루어낸다. '엄마'라는 존재만이라도 잣대를 들이대기 이전에 사랑, 그 자체로 끝까지 남아있길 바란다.

어디로 가든 그 길에 이른다

왜 살아야 하지? 라는 근본적이고 끝나지 않을 물음의 답을 찾아 가는 동안, 나는 자신도 모르게 착각한 한 가지가 있었다. 당연히 그것은 인간이 닿을 수 없고 함부로 취득하기 어려운 어떤 대상일 것이라는 확고한 생각 속에 사로잡혀 있었다. 그랬기 때문에 큰 영혼이 무의 세계를 열어주기도 하고 눈앞에서 보는데도 매번 그 진리를 놓쳐버렸다.

중학교를 다니던 어느 날, 피아노 의자 위에 철학책을 올려놓고 읽다가 한 생각에 꽂히게 됐다. '이 세상에서 변하지 않는 것이 하나라도 있을까?'라는 생각을 하는 동안, 내 머릿속에서는 변하는 것들이 하나하나씩 지워져갔다. 어느 순간 이 세상 모든 것들이 증발하더니 깊은 우주 속으로 빨려 들어가는 느낌을 받았다. 갑자기 몸이 한번 심하게 떨리더니 롤러코스터를 탄 것처럼 엄청난 속도로 우주로 빨려 들어가는 느낌과 함께 심장이 쿵 떨어지는 듯했다. 그때 소스라치게 놀라면서 현실로 돌아왔다. 분명 꿈을 꾼 건 아니었고 한 생각에 몰입하는 순간 그 생각이 증발하면서 다른 세상이 열리는 경험을 했다.

지금에 살라는 말은 단순히 미래와 과거 사이에서 방황하며 행복을 놓치지 말라는 뜻 외에도, 순간 속에 온 에너지를 끌어 모아 몰입하면 지금과는 완전히 다른 실체를 보게 된다는 뜻도 있다. 내가 어떤 능력이나 초능력을 지녀서 그런 경험을 했던 게 아니다. 단지 나는 어린 나이에 삶에 대해 지나치게 진지했고 열정과 간절함이 좀 지나쳤던 것뿐이다. 그 간절함이 순간을 뚫었을 때 모든 것이 드러났다. 지식이나 경험이 아닌, 간절함과 단순함이, 원래부터 있어왔지만 보이지 않았던 세계를 드러내주었다. 그것은 누구에게나 이미 열려 있다. 단지 옳다, 그르다, 좋다, 나쁘다, 라는 생각과 판단들이 본질을 볼 수 없게 만드는 것뿐이다. 판단하지 말고 이해하면 된다.

초등학생이었던 어느 여름 아침, 이불에서 잠깐 뒤척이고 있었는데 웬 시커먼 물체가 멀리서 곧장 내게로 날아오더니 동생과 나 사이에 뚝 떨어졌다. 나는 비명을 지르며 이불 밖으로 튀어나갔다. 바퀴벌레였다. 그렇게 생존력이 좋다는 바퀴벌레조차도 요즘은 도시에서 보기가 쉽지 않다. 그때는 쥐 잡는 운동까지 있었다. 사람들은 이런 동물을 혐오한다. 인간에게 유리하면 좋은 것, 불리하면 나쁜 것이라고 양분해버리기 쉽지만 자연의 입장에서 보자면 다 필요한 구성원 중의 하나일 뿐이다. 더 나아가 영적 차원에서 말하자면 그 어떤 것도 분리되어 있지 않다는 것, 그것이 요점이다. 다시 말해 우리가 보고 있는 모든 것들은 다 물질적으로는 나누어져 있는 것처럼 보이지만 영적으로는 이미 하나이다. 무엇을 보든 그것은 나의 또 다른 모습인 셈이다. 그래서 어떤 길로 가든 우리는 종국에는 한 길에서 만날 수밖에 없다.

삶에서 우리는 선과 악, 강자와 약자처럼 상대적으로 양극을 느끼지만 영적 차원에서 보자면 그것은 좋다, 나쁘다로 나누어지지 않고 매 순간 그저 균형을 맞추며 존재할 뿐이다. 삶을 이해하고 싶다면 잠시라도 개인과 마음, 인간 본위의 생각을 멈춰 보면 알 수 있다.

보이는 물질세계에 익숙해져버린 이 확고부동한 생각을 뚫고 영적인 세계, 사랑, 에너지, 영혼과 같은 보이지 않지만 엄연히 존재하는 것들을 믿고 받아들이기 위해서는 나의 모든 면을 있는 그대로 받아들이려는 용기가 필요하다. 예를 들자면 아주 징그럽게 생긴 외계인이 어느 날 내 앞에 나타난다 해도 형체에 좌우되지 않고 두려움마저 끌어안으며 대화란 걸 할 마음이 있느냐고 묻고 싶다. 그 정도로 모든 신념을 내려놓을 수 있는 신선함이라면 본질에 더 빨리 다가갈 수 있다. 그 '허용'이 두려움을 포용하는 마르지 않는 사랑을 불러온다.

한 생각에 반대하는 순간, 우리는 그 반대편 진영에 힘을 실어주게 된다. 성소수자들과 낙태처럼 찬반논쟁이 치열한 문제들을 예로 들자면, 우리가 한쪽 편에 서서 극렬히 반대할수록 그 반대편에 많은 에너지를 투자하고 있음을 알아야 할 것이다. 욕을 하고 비난을 하면서 우리는 많은 에너지와 시간과 집중을 거기에 쏟아 붓고 있음을 자각하지 못한다. 그것이 무엇이든 에너지를 쏟는 대상은 커지고 강력해지면서 삶에 큰 영향을 미친다. 그러면서 그 반대 진영을 우리 스스로 우리의 삶 깊숙한 곳으로 끌어들이고 있음을 알아차려야 한다. 그러니 어떤 것에도 반대하지 않고 그저 당신이 원하는 삶을 살면 된다. 원하는 것에 집중하면 그것이 곧 현실이 된다. '난 내가 원하는 대로 살아본 적이 없는데?'라고 생각된다면, 당신의 마음 깊은 곳에 있는 믿음 체계가 사실은 '내 마음대로 살아지지 않는다.'는 부정성으로 가득 차 있지 않은지 들여다볼 필요가 있다. 그 부정성까지 껴안아라. 나이가 들어 삶의 뒤안길에서 더 이상 원하는 것이 없을 땐 모든 것을 허용하며 깨어 있다면 그보다 더 좋은 건 없을 것이다. 사실 그런 삶은 마음이 완벽해지려 발버둥 칠 때보다 결과적으로 더 조화롭다. 경계가 사라지고 우리의 의식은 점점 더 확장된다. 그것은 기존의 관념처럼 시간에 따라 사라져가는 사랑, 또는 변질되는 사랑이 아니라 온 우주를 물들이고도 부족함이 없는 사랑이다.

좋아하는 일에 집중하다가 어느 순간 정신이 번쩍 들면서 '지금 몇 시지?'라고 되뇔 때가 있다. 돌이켜보면 흐르는 시간조차 느껴지지 않는 몰아의 경지로 들어간 것이다. 처음은 집중으로 시작했지만 어느 순간, 집중하고 있는 나조차 사라지는 순간이 온다. '지금 집중하고 있구나.'라는 생각을 한다면 그건 다시 자아로 돌아온 것이다. 한 생각조차 들어서지 않는 순간, 오로지 몰입 자체만이 존재하게 된다. 그것이 곧 명상이다.

집안 곳곳은 잘 정리되어 있는 편인데 남은 짐들이 가는 마지막 장소, 창고. 그곳은 눈에 잘 띄지 않는다는 이유로 아직도 정리가 되지 않고 있다. 예전에 가구리폼을 하면서 쓰고 난 자투리 나무

자재들과 여행가방, 이젤, 접이식 상, 기증할 물품들까지 온갖 물건들이 쌓여 있다. 쌓은 데 또 쌓으니 발 디딜 틈도 없고 들어가서 뭔가 찾아 나오려면 결심이 필요할 정도다.

언젠간 쓰리라 생각하고, 내 추억이 어려서 버리지 못하고, 정리할 엄두가 안 나서 이사할 때 한꺼번에 하리라 미루는 등 끝없이 합리적 이유를 지어내면서 버리는 자체를 미룬다. 버리는 자체를 싫어하는 사람들은 제 살이 떨어져나가는 것처럼 아깝다고 한다. 결국 진짜 버린 게 아니라 그냥 방에서 창고로 장소만 이동한 것이다. 오히려 눈에 잘 띄지 않는 창고까지 왔으니 이제 정말 이사를 가지 않는 한 정리 할 필요성을 전혀 못 느끼며 살아갈 지도 모른다. 그렇게 우리는 상처와 분노, 후회를 이리저리 옮겨놓기만 할 뿐, 마음 저 밑바닥까지 내려다보고 해결할 오늘의 기회를 계속해서 미뤄가고 있는 지도 모른다.

머리와 마음을 쓰는 한 가지 방법만을 요구받는 지금의 교육 체계 안에서 자라난 우리들은 이 운영 체계외의 다른 활용법을 잘 모른다. 하지만 엄연히 우리에겐 아직 가슴이 남아있고 직관이 있고 영혼이 있다. 한 생각은 필연적으로 반대의 생각을 낳지만 그 생각 너머에는, 어떤 것들을 나누고 판단하고 가치를 부여하기 이전에 이미 그 자체로 완벽한 근원이 존재하고 있다. 하지만 진리를 찾겠다고 철학, 명상, 심리를 기웃거렸으나 어떤 위대한 철학자나 사상가도 그 자체로 완벽한 이념 체계를 내놓지는 못했다. 모든 이상적 이념에는 언제나 적용될 수 없는 예외가 공존했다.

그 옛날 전국에서 모여든 수십 명의 도반들이 밤을 새워 가며 끝장 토론을 펼쳐도 '이것이 진리다.'라는 단 한마디의 말조차 입 밖으로 낼 수 없었던 이유가 바로 그것 때문이었다. 우리는 동 틀 무렵, 피곤해서가 아니라 점점 말이나 글로써 남겨질 수 있는 그 어떤 진리도 존재할 수 없음을 깨달으며 점점 침묵 속으로 빨려 들어갔다. 그곳엔 토론 뒤의 허무함이 아니라 말과 글이 사라진 후의 깊은 고요가 흘러 다녔다.

하지만 어이없는 건 더 이상 생각할 수 없을 만큼 생각하고, 말할 게 없을 만큼 말한 후에야 이 평화가 찾아온다는 것이다. 많이 읽고 많이 생각하고 많이 토론하고 많이 깨져 봐야, 아닌 것을 제외한 원래의 본질이 드러난다. 그래서 말과 글은 진아로 이르는 문이 된다.

우리는 다음 날, 한옥 마당 한편에서 고구마를 구워 먹으며 담소를 나누었다. 아침 식사 후 집 아래 길로 내려가 바닷가에서 해를 맞으며 좌선을 했다. 그리고 조용히 각자의 집으로 돌아갔다.

비움을 온몸으로 실감하고 나면 다시 돌아갈 수 없다는 마음이 생기면서 미루지 않게 된다. 날아갈 듯 가벼운 일상을 한번 살아보게 되면 타인의 시선 따위 아랑곳없이 내 마음에 걸리는 문제가 보이면 바로 반응하고 들여다보고 돌보고 여유를 주고 쉬는 것에 공을 들이게 된다.

각자의 선택이 나머지 인생을 좌우하겠지만 마음이 무거워 외면했던 문제들은 형태를 바꿔가며 끊임없이 우리 앞에 다시 나타난다. 돌아가더라도 결국 우리는 진실과 마주하게 된다. 너무 힘들어 피했다고 해서 더 불이익을 맞는 것은 아니다. 다만 제대로 치유해서 나머지 인생을 가볍게 살 것이냐, 피하느라 나중에는 원인도 모른 채 계속 시달리면서 나머지 인생을 무겁게 살아갈 것이냐의 문제다.

몇 년간 일한 직장을 그만두었던 날, 마지막 업무를 마치고 바로 출발해 한 리조트에서 2박 3일 동안 혼자 머물렀다. 결혼 전이라 부지런한 부모님과 같이 살 때였다. 나는 철저히 아무것도 안하고 싶었다. 곁에 누가 있으면 제대로 못 쉴 것 같았다. 넓은 방에서 완전히 혼자인 채로 텅 빈 공간을 즐겼다. 첫 날은 편의점에서 산 인스턴트 식품으로 간단히 끼니만 해결하고 거의 하루 종일 잠만 자거나 바깥 풍경을 바라보며 무심히 어슬렁거렸다. 전창으로 시원하게 뚫린 그곳은 낮은 산자락에 위치해 제법 풍광이 좋았다. 빽빽한 나무들 아래로 온천 마을이 내려다보였다. 아무리 좋아하는 일을 해도 사람을 대하고 일을 처리하는 과정에서 스트레스가 없을 수는 없었다. 점점 길어지는 야근에 일요일만 겨우 쉬었던 당시의 업무 환경에서 나는 육체적, 정신적으로 많이 지쳐 있었다. 그랬으니 마지막 날 떠난 그 여행에서 아무것도 안하는 것, 혼자 있는 것이 얼마나 달콤했는지 모른다. 둘째 날에는 한 실내 식물원에서 온종일 따뜻하게 지냈다. 나무와 식물이 많은 곳에 가면 나는 무한한 행복을 느꼈다. 그들이 뿜어내는 향기, 신선한 공기, 눈이 편안해지는 자연의 색, 촉촉이 머금은 습기까지 그 속에 있으면 '나'라는 존재는 그냥 녹아 없어지고 모든 것들이 하나가 되었다.

매 순간 내가 하는 일에서, 내가 보는 세상에서, 나를 통해서 신이 표현되도록 할 뿐이다. 명상이 나를 통해 일어난다. 놓쳤다면 다시 돌아오고 또 돌아오면 된다. 지금 이 순간으로…

가슴으로 껴안아 줄게

　강원도의 어느 명상원에 갔을 때의 일이다. 어둠을 뚫고 새벽같이 일어나 네다섯 시간 완행 기차를 타고 강원도에 도착했다. 다시 택시를 잡아타고 산으로 들어가니 피라미드처럼 뾰족하고 높은 지붕을 가진 큰 건물이 보였다. 아무것도 없이 전체가 커다란 방으로 이루어진 그곳에는 몇몇 사람들이 보였다. 어떤 이는 한 쪽에서 좌선을 하고 있었고 다른 이들은 춤을 추고 있었다. 그들은 아마 오쇼가 좀 더 대중적이고 현대인에게 맞도록 고안한 액티브한 명상 방편 중 하나를 하던 모양이었다. 음악은 없었지만 마치 음악을 느끼는 것처럼 아주 느리고 부드럽게 바다 속을 유영하듯이, 공기 속을 떠다니듯이 춤을 추고 있었다. 그러다 어느 순간, 격렬하게 빨라지고 격정적이 되기도 했다. 어떤 짜임이나 의도 없이 존재가 이끄는 대로 순간을 춤으로 표현하고 있었다. 홀 한편에서 가만히 지켜보던 나도 갑자기 춤이 추고 싶어졌다. 일어나서 가운데로 천천히 나아갔다. 어색하게 차렷 자세로 내려져있던 손은 조금 올라가더니 이내 멈추고 다시 올라가더니 멈췄다. 한 발 내디디고 싶었지만 꼼짝도 하지 않았다. 내 안에서 천천히 음악을 느끼도록 기다렸다. 더 기다려 봐도 소용없었다. 처음에는 쳐다보지도 않는 사람들의 시선이 두려워 움직이지도 못하는 건가 했지만 그게 아니었다. 점점 뭔가가 올라왔다. 춤추고 싶었고 소리치고 싶었지만 그 멀리까지 와서도 손가락 하나 내 맘대로 움직일 수 없었다.

나는 비로소 알 수 있게 됐다. 얼마나 많은 상처와 분노들이 나를 틀어막고 있었는지. 내가 그랬듯이 생각보다 많은 사람들이 자신이 얼마나 깊은 상처와 분노를 안고 있는지 잘 모른 채 살아간다. 어느 날 원인도 모르는 병을 앓게 되거나 별일도 아닌 일에 혼자만 죽을 것 같은 심각함에 빠져버린다거나 주위의 사람들이 더는 못 견디겠다고 다 나자빠지고 나서야 사태의 심각성을 깨닫게 되는 경우가 많다.

무조건 긍정적으로 살아야 한다고 믿는 경우, 상처를 들여다보지 않게 된다. 감정을 표출하지 않는 경우, 부정적 감정을 외면한다. 자신의 판단은 늘 옳다고 믿는 경우, 남들을 평가하고 비판한다. 그러면서 자신의 잘못은 보지 못한다. 인간은 믿을 만한 존재가 못 된다고 생각하는 경우, 커다란 벽을 쌓고 그 안에서 홀로 살아간다.

그럼에도 인간의 마음은 이 모두를 가진 존재라는 것을 인정하게 된다면, 그 용기로부터 모든 것이 시작된다. 춤은 못 췄지만 적어도 어떤 문제가 있는지는 알게 되었다. 그로부터 봉인된 무의식이 천천히 풀려나기 시작했다. 내가 모르는 수많은 나의 모습들을 만나게 됐다.

고고하고 맑고 높은 경지를 추구하던 그때, 나는 내 능력 밖의 경험을 하였다. 그것은 세상과 나를 단절시키고 자만심을 불러 왔다. 뭔가 잘못됐다는 것을 직감했다. 단 한 점의 티끌도 빼지 않고 마음을 낱낱이 들여다보기 시작하자 서서히 다시 세상이 열렸다. 그렇게 점점 낮아졌다. 그 어떤 것도 막지 않고 온갖 부정성에도 나를 노출시키는 순간, 내 마음 안에도 악이 공존하고 있음을 깨달았다. 단지 그것을 선택하지 않았다는 차이가 있을 뿐, 그 마음이 없는 것이 아니었다.

높아져야 잘 보이는 것이 아니라 끊임없이 낮아져야 잘 보인다. 마음이 선과 악을 지닌 양면의 칼날이라는 점을 인정하고 나면, 어떤 것도 배제하지 않고 있는 그대로를 알아차린다면, 세상의 모든 것으로부터 내가 보인다. 내가 곧 그들이고, 그들이 곧 나라는 것이….

이번 여행도 예전처럼 자연으로만 찾아 들었다.

그중에서도 과실류나, 화목원 같은 길은 그야말로 색채의 향연 같다.

같이 간 몇 안 되는 가족들은 한참을 앞서가고 나는 늘 뒤처져 작은 생물 하나하나와도 교감하느라 시간 가는 줄 몰랐다.

완전한 정적이 감싸자 자연의 소리가 점점 커지기 시작했다.

새들의 소리… 그들이 날아오르는 소리….

잎들이 비벼대는 소리….

바람 소리….

여수로 오랜만에 짧은 여행을 갔더랬지. 그때도 지금처럼 더위가 몰려오던 때였어. 남해대교 앞에서 귀여운 펌 머리에 홀터넥 하얀 블라우스를 입고 간이용 유모차에 탄 채로 미소를 날리던 꼬마는, 어느새 열다섯 살 소녀가 되어 같은 장소에서 남해대교를 내려다보고 있구나. 감회가 새롭다. 여수도 변했지만 순식간에 시간을 건너뛰어 온 것처럼 훌쩍 커버린 너. 그 시간만큼 나 또한 나이를 먹었다는 사실이 새삼스럽다.

언젠가 네 앞에 네 사랑을 알아봐주는 멋진 남자가 나타날 수도 있고 결혼을 할 수도 있으며 내게서 떠나는 날도 오겠지. 시련 앞에 어쩔 줄 모르는 시간이 와도, 어떤 선택 앞에 놓여 있다 해도 자신을 믿고 헤쳐 나가렴.

끊임없이 판단하고 매달릴수록 그것밖에 안보이게 된단다. 그것이 아니면 네 삶이 무의미해 보이는 지경에까지 이르기도 하지. 그러니 그냥 네 자신을 믿고 삶이 너를 통해 일어나는 순간순간을 즐기렴. 그것만큼 오류 없이 저절로 풀어지는 건 없단다.

마치 주사기의 피스톤 원리처럼 두려움은 누를수록 더 튀어 오른다. 그러니 결코 두려움을 피하거나 잊거나 부정하지 마라. 두려움과 싸우느라고 낭비되는 에너지로 인간들은 늘 삶에 녹초가 되는 것이란다. 다시 말하지만 네 내면의 영혼과 본성을 믿고 두려움조차 품어라. 그러면 두려움의 에너지는 결국 사랑으로 변형 된단다.

세상의 모든 딸아.

여성은 이래야 돼, 라는 관념과 판단을 내려놓으면 원래의 본성 이 깨어난단다. 그러면 노력하지 않아도 어느새 사랑과 영혼의 울 림으로 가득 찬 매력적인 여성이 되어 있을 거야. 그런 네 자신을 믿으렴. 딸아, 온 우주를 가득 담아 사랑한다.